古典文獻研究輯刊

八　編

曾永義　主編

第16冊

虛幻與現實之間
——元雜劇「神佛道化戲」論稿

毛小雨　著

國家圖書館出版品預行編目資料

虛幻與現實之間——元雜劇「神佛道化戲」論稿／毛小雨 著
— 初版 — 新北市：花木蘭文化出版社，2013〔民 102〕
序 2+ 目 2+160 面；19×26 公分
（古典文學研究輯刊　八編：第 16 冊）
ISBN：978-986-322-392-4（精裝）
1. 元雜劇 2. 宗教劇 3. 劇評
820.8 102014672

ISBN-978-986-322-392-4

9 789863 223924

古典文學研究輯刊
八　編　第十六冊　　　　　　　　ISBN：978-986-322-392-4

虛幻與現實之間——元雜劇「神佛道化戲」論稿

作　　者　毛小雨
主　　編　曾永義
總 編 輯　杜潔祥
出　　版　花木蘭文化出版社
發 行 所　花木蘭文化出版社
發 行 人　高小娟
聯絡地址　235 新北市中和區中安街七二號十三樓
　　　　　電話：02-2923-1455／傳眞：02-2923-1452
網　　址　http://www.huamulan.tw 信箱 sut81518@gmail.com
印　　刷　普羅文化出版廣告事業
初　　版　2013 年 9 月
定　　價　八編 24 冊（精裝）新台幣 42,000 元

虛幻與現實之間
——元雜劇「神佛道化戲」論稿

毛小雨　著

作者簡介

毛小雨，河南開封人。1981 年起，先後就讀於鄭州大學和中國藝術研究院，博士學位。現任中國藝術研究院戲曲研究所研究員、戲曲史研究室主任。編著出版有：《胡連翠導演藝術》、《中國戲曲臉譜藝術》（獲國家級最高圖書獎中國圖書獎和國家圖書獎提名）、《北京戲劇通史》和《中國近代戲曲史》。主持國家課題《粵劇神功戲與嶺南民間信仰》。譯著有《古代印度戲劇》、《印度現代戲劇簡述》、《巴西 20 世紀戲劇概說》、《中國共產黨與中國戲劇》、《喬治・格什溫傳》、《張協狀元》、《漫畫漢英語言精華──唐宋詩》、《漫畫漢英語言精華──唐宋詞》、《商代文明》、《空軍戰士》及《梅蘭芳訪美京劇圖譜》等。

1996 年～ 1997 年度作為中印兩國雙邊文化交流項目的訪問學者赴印度普那大學學習，對印度藝術進行了深入的研究，考察了印度許多重要的文化遺址，拍攝了大量的圖片。回國後出版專著《印度雕塑》、《印度壁畫》、《印度藝術》和攝影作品《印度建築藝術》、《中國人眼中的印度》。

提　　要

元朝是由起於漠北高原的蒙古貴族建立起來的，它版圖遼闊，通過滾滾鐵騎，殺伐征戰，成為一個橫跨亞、歐的統一大國。蒙古族人入主中原之後，一方面保持著傳統的薩滿教信仰，另一方面也在征服西藏的過程中接受了藏傳佛教。為了管理和穩定以漢族為多數的多民族組成的社會，蒙古貴族在宗教信仰上實行承認現狀和相容並包的政策，對佛教、道教、伊斯蘭教、基督教以及其他信仰都給予寬容，形成元代宗教文化多元並存、同時發展的局面。

儘管元朝國祚不長，但其對宗教相容並蓄的態度，使元朝的各種宗教都有相當多的信眾，進而影響到社會生活和文學藝術的方面。

元雜劇的宗教戲劇是元雜劇的重要組成部分，本文通過對全部宗教劇目爬梳整理，並經過詳細考查和辨析，提出了有別於「神仙道化戲」的新的概念。

另外，本文也論及了元雜劇宗教戲劇的模式，宗教與戲劇的有機結合，以及「八仙戲」這一特殊的戲劇現象。同時，作者在對《西遊記》雜劇研究時，發現它是介於原生的西遊故事和小說《西遊記》之間的重要橋樑，因為它有別於小說《西遊記》，其一些特徵更能證明前輩學者關於《西遊記》和印度史詩《羅摩衍那》之間的因緣。

通過對元雜劇宗教戲劇的研究，可以發現，任何文學作品都不是向壁虛構的，宗教戲劇也是社會現實的反映，從中可以看出世態炎涼、官場傾軋、妓女苦況和高利貸制度等，使我們對元代社會有一個更深入的認識。

序

劉蔭柏

　　毛小雨的《虛幻與現實之間——元雜劇「神佛道化戲」論稿》一書，是他的博士論文。當時研究生部只要求博士生寫八萬字左右的長篇論文，而我卻苛刻地要求他寫一部二十萬字左右的學術專著，他欣然同意了，並如期完成，且作得很好，這使我很快慰。

　　小雨的父親是河南大學中文系的教授，研究古典文學的學者，他受家庭影響，古文根底紮實。他上大學時，是外語系的優秀學生，尤其在英語上下功夫較深，許多年前曾將唐詩、宋詞翻譯成英文出版，這很不容易。小雨還有幸作為訪問學者赴印度留學，對宗教有比較濃厚的興趣。歸國後，他撰寫並出版了《印度雕塑》、《印度壁畫》和《印度藝術》等專著，在學術界有一定影響。

　　小雨是從我攻讀中國戲曲史的博士生，鑒於他對宗教有興趣，又有研究能力，而我又多年從事過有關道教史、佛教史的教學和研究工作，經過一段時間的共同商討，最後確定了這項研究課題。小雨讀書很雜、很勤、很刻苦，在比較充分掌握有關資料的基礎上，先擬出大綱、提要，在與我商討後動筆完成。他非常注重第一手資料，其中有些章節多次易稿。他的這部書有以下幾個特點：

　　第一，他用「神佛道化戲」取代了自明初朱權以來一直沿用的「神仙道化戲」分類法，不但拓寬了研究視野，而且這樣歸類也更符合實際情況。過去的研究者，大多注重對元雜劇中道教內容戲的探索，而不大對元雜劇中佛教內容戲的深入研究，尤其缺乏對兩者兼顧的綜合性論述，更沒有出過對「神佛道化」進行縱深研究的學術專著。小雨的這部書恰好彌補了這方面的學術空白，拓寬了元雜劇研究的領域。

第二，他在對元代社會政治、經濟、宗教和文人心態研究的基礎上，從事對元雜劇中「神佛道化」戲的探索，既有寬度又有深度，力求真實地反映它的歷史價值和文學價值，給人以啓迪。

第三，在研究《西遊記》雜劇時，與《西遊記》小說既聯繫，又比較，並在吸收前人近一個世紀研究成果的基礎上加以考辨，進而提出自己的見解。他根據玄奘《大唐西域記》及《大莊嚴論經》、《雜寶藏經》、《六度集經》等譯經，認為《西遊記》中孫悟空或多或少受到印度史詩《羅摩衍那》中神猴哈奴曼的影響。儘管他的有些看法與我過去研究不大一樣，我仍很高興。因為他沒有人云亦云，而是在認真研究、認真思考，這正是年輕一代學者應具備的品格。

第四，在對「八仙」傳說及有關戲曲劇本、劇目的研究中，他既吸收了浦江清《八仙考》、趙景深《八仙傳說》的研究成果，又補充了一些新的正史、野史、小說、戲曲、寶卷中的資料，尤其是佛教經典中有關資料。在研究「八仙」戲的形式與內容上，也不乏新見。

第五，能從縱橫兩方面互相照應，加以研究，涉及面廣，既能給人以比較全面的論述，又能深入挖掘重點劇本、劇目，不失之空泛。

鑒於以上幾點，我願為小雨這部有價值的學術專著作序，並向廣大讀者推薦。

2002 年 10 月 19 日

目次

前　言

　　元雜劇作為中國戲劇的黃金時代的標誌不是一個偶然的現象，它反映的思想和涵蓋的內容是形形色色，包羅萬千的。宗教戲劇是元雜劇的一個重要的組成部分。元代宗教的發展狀況是諸教並存，相容並包。佛教因蒙古民族崇信而更加發揚光大，道教在北方如燎原之火燃遍中原大地，還有一些其他宗教派別都得到了發展的機會。宗教發展影響了信仰者，進而影響整個社會，其世界觀和方法論以及傳教的題材和內容都浸透在人們心中。作為現實反映的文學創作，就不可避免地將宗教內容納入自己的視野當中。同時，中國戲曲的產生和宗教的發展有密不可分的關係，從原始藝術中蘊含的戲劇因素到廟會演出的娛神大戲，都帶有很強的宗教色彩。就像西方的《聖經》是文學創作無盡的話題和靈感一樣，中國宗教也是中國文學或者說是中國戲劇創作一個經常利用的主題。如佛教關於人生無常、善惡報應、三世輪迴的故事，道教關於度脫昇天、仙凡殊途、絕世離俗的故事成了中國戲劇常見的內容。

　　雖然說歷代研究者對元代的宗教戲劇多有注意，但是由於概念模糊和研究的粗放，對元雜劇的宗教戲劇常常以「神仙道化」一言以蔽之，誤導了後人對元雜劇宗教戲劇的認識。本文意在通過對元雜劇宗教戲劇的研究，使人們對元雜劇宗教戲劇有一個更清楚的認識，進而對元雜劇以及元代社會有一個更全面的把握。

一、元雜劇「神佛道化戲」概說

　　「神佛道化」是這部論文提出的一個新的概念，這是在傳統的分類概念的基礎上，經過對全部元雜劇的重新閱讀而提出的，因此，在對「神佛道化戲」進行研究之前，有必要對元雜劇分類研究的歷史做一下回顧。

1.「神佛道化戲」的概念界定

　　作為一代文學高峰的元雜劇，由於反映的社會層面包羅萬象，刻畫的文學形象千姿百態，林林總總，不一而足，一方面這為後代的研究者提供了大量的生動的材料，一方面這也為研究者在豐富的劇作方面想理出一個頭緒設置了障礙。於是研究者們根據元雜劇所反映的內容，對其進行了分類。對某種藝術或行業進行分類研究，大概是元人的一種習慣。陶宗儀的《南村輟耕錄》便有「醫有十三科」，「畫家十三科」，並進一步解釋道：「世人但知醫有十三科，畫有十三科，殊不知裱背亦有十三科。」〔註1〕這種對技藝的分類，當時是人們常見的形式。

　　再加上元雜劇與我國古代小說關係非常密切，從故事情節到表現手段都與宋元話本有著絲絲縷縷的聯繫，如灌園耐得翁《都城紀勝》記載南宋杭州城說書者已經分類，各有所長。他說：「說話有四家：一者小說，謂之銀字兒，如煙粉、靈怪、傳奇。說公案，皆是搏刀趕棒，及發跡變泰之事。說鐵騎兒，謂士馬金鼓之事。說經，謂演說佛書。說參請，謂賓主參禪悟道等事。講史

〔註1〕分別見《南村輟耕錄》卷十五、卷二十八、卷二十七。

書，講說前代書史文傳、興廢爭戰之事。」〔註2〕宋元間人羅燁在《醉翁談錄》裏，也把話本小說分爲：「靈怪、煙粉、傳奇、公案、兼朴刀、桿棒、妖術、神仙」〔註3〕等類。

當後世研究者對元雜劇進行內容方面的研究時，很自然地也使用這種分類方法。元夏庭芝《青樓集志》把元雜劇分爲「駕頭、閨怨、鴇兒、花旦、披秉、破衫兒、綠林、公吏、神仙道化、家長里短之類」。〔註4〕而影響最大，最爲著名的當屬朱權在《太和正音譜》中的「雜劇十二科」〔註5〕把元雜劇分爲十二大類：

一曰神仙道化

二曰隱居樂道（又曰林泉丘壑）

三曰披袍秉笏（即君臣雜劇）

四曰忠臣烈士

五曰孝義廉節

六曰叱奸罵讒

七曰逐臣孤子

八曰鈸刀趕棒（即脫膊雜劇）

九曰風花雪月

十曰悲歡離合

十一曰煙花粉黛（即花旦雜劇）

十二曰神頭鬼面（即神佛雜劇）

自從寧獻王朱權把「神仙道化」列爲「雜劇十二科」之首後，後世的研究者忽略了元雜劇中宗教戲劇的多樣性，對元雜劇涉及的大量與佛教有關的劇目語焉不詳，對元雜劇中的宗教戲劇一言以蔽之曰「神仙道化」。如日人青木正兒認爲「『神仙道化』不消說是取材於道教傳說的，就現存的作品來看，則有兩種：一種是神仙向凡人說法，使他解脫，引導他入仙道；一種是原來本爲神仙，因犯罪而降生人間，既至悟道以後，又回歸仙界。我的意見，把

〔註2〕《都城紀勝》「瓦舍眾伎」條。

〔註3〕《醉翁談錄》「舌耕敘引」條。

〔註4〕《中國古典戲曲論著集成》二。

〔註5〕《中國古典戲曲論著集成》三。

前者稱爲度脫劇，把後者稱爲謫仙投胎劇。……『隱居樂道』大概是以隱遁者的生活爲主題，但是也往往帶神仙味。」我們也可以把青木正兒所說的「謫仙投胎劇」稱之爲度厄劇，其實在廣義上亦是度脫劇。但是，對「神頭鬼面」一科，青木正兒認爲，「用這種材料爲主題的雜劇，在現存曲本中找不出來」。〔註6〕他沒有注意到後面「即神佛雜劇」的五字注腳，所以，類似這種觀點在後世研究著述中比比皆是，大家基本認爲元雜劇只有「神仙道化」劇，而朱權論述的「神佛雜劇」只是一個模糊不清的概念。即使在較新的論著對元雜劇的內容和分類進行表述時，觀點大抵如此：「元雜劇中的神仙道化劇也是一種形成傾向的創作現象。它們的內容大抵是或敷演道祖、眞人悟道飛升的故事，或描述眞人度脫凡夫俗子和精怪鬼魅的傳說。不管故事的具體內容和表現角度有多麼紛繁的變化，這些作品大都是以對仙道境界的肯定和對人世紅塵的否定，構成它們內容上的總重點。其中有些作品所寫的故事還與全眞教傳說有密切關聯。作品中還經常出現全眞教的著名人物。」〔註7〕這是典型的將元雜劇中佛道、神仙雜劇混爲一談的說法，雖然有些研究者已發現了這一問題，但往往淺嘗輒止，沒有深入下去。清人姚燮在研究元雜劇時把無名氏的一百種劇本分類劃分，「釋氏故事」、「神仙故事」是兩個不同的類別〔註8〕，可是劇碼甚少，不大能說明問題。游國恩、王起等人主編的《中國文學史》「元代文學」一編中，談到「道教和佛教思想對雜劇創作也有直接的影響」，〔註9〕並各舉一代表性的劇目加以說明，因而給我們研究佛教戲提供了線索。《中國戲曲通史》雖然在論述《黃粱夢》、《岳陽樓》、《布袋和尚》等雜劇時提到「這些戲通過道教、佛教中仙佛度人的故事，宣揚浮生若夢，萬事由命。」可是著者籠統地把《布袋和尚》歸入「神仙道化」與「隱居樂道」一類〔註10〕。可見，這些研究者已經發現了佛、道兩教對元雜劇的影響，但是研究沒有深入下去，並且朱權的「神仙道化」說左右了後世的元劇分類研究，凡涉及元雜劇與宗教有關的戲劇，大家均統稱之爲「神仙道化」。

其實，朱權在「雜劇十二科」中最後一科「神頭鬼面」還有5字解釋「即神佛雜劇」，說明，朱權對元雜劇中的宗教神仙戲劇的研究還是比較全面的。

〔註6〕青木正兒：《元人雜劇概說》，26～28頁，中國戲劇出版社。

〔註7〕鄧紹基主編：《元代文學史》，50頁，人民文學出版社。

〔註8〕《今樂考證》著錄二，《中國古典戲曲論著集成》十。

〔註9〕《中國文學史》三，175頁。

〔註10〕見張庚、郭漢城主編：《中國戲曲通史》上，147頁。

同時，朱權的這種分類方法也是對前代話本小說內容分類的一種繼承，因為在南宋，已經有專門講參禪悟道的話本小說了。

因此說，綜合以上觀點，將元雜劇中的宗教與神話戲劇，稱之為「神佛道化戲」比較妥當，完全割裂開來研究，容易產生歧見與不便，因為它們之間有區別又有融合。

中國的儒、釋、道三教合一、有許多人們難以說清的地方，從客觀上給辨清是「佛教戲」還是「道化戲」帶來一定的困難。從道教濫觴之時，道教與儒、釋的關係就非同尋常。在漢代，由於儒學的陰陽五行化和儒家經典的神秘化，特別是讖緯之學的盛行，儒道之間相互吸引，相互結合。在佛教開始傳入中國的時候，這種外來的宗教，為了便於在中國土地上生根立腳，也不得不與當時流行的神仙方術思想結合起來，把原來的佛教思想盡量塗上一層神仙方術的色彩，而神仙方術在創立道教的過程中，也利用佛教的某些教義來編造道教的教義，模彷佛教的某些科儀來制訂道教的科儀。這說明很早儒、釋、道就開始融合，而且還有人為儒、釋、道的一致性竭力辨護。東晉孫綽說：「周、孔即佛，佛即周孔，蓋外內名之耳。故在皇為皇，在王為王。佛者梵語，晉訓覺也；覺之為義，悟物之謂，猶孟軻以聖人為先覺，其旨一也。應世軌物，蓋亦隨時，周、孔救極弊，佛教明其本耳，共為首尾，其致不殊。」〔註11〕隋朝的文中子王通更進一步闡發三教合一的思想，對唐初政府中文武重臣產生程度不同的影響。由於佛教與中國儒家、道教思想這種緊密相聯的關係，因此，即使遇到一些佛教戲，研究者們也往往不分涇渭，一言以蔽之稱其為「道化戲」，同時，元雜劇確實有三教融合的戲，讓人一時難以判斷清楚。在范康的《陳季卿悟道竹葉舟》中，行童對站在一起的惠安和尚，呂洞賓和陳季卿戲謔道：「你看中間一個老禿廝，左邊一個牛鼻子，右邊一個窮秀才，攀今攬古的，比三教聖人還張智哩。」行童之所以這樣說，是有根據的。在有的寺院，三教同一。中間供的是佛祖釋迦牟尼，右邊是孔子，左邊是老子。這也從側面給我們透露一個信息，在元代，儒、釋、道合流已是很正常現象，但這更加使人相信，即使有佛教思想，也不過是與道教的雜糅而已，兩者之間沒有大的區別，這是主要原因。然而，「道化戲」和「佛教戲」還是有區別的。首先，我們看一看「道化戲」與「佛教戲」塑造的形象。在現存的30餘種「神仙道化」戲中，除5種取材於正一教和古代傳說的作品

〔註11〕《弘明集》卷三。

外，其餘基本上與全真教有聯繫。這些戲以「七真」〔註12〕、「八仙」故事爲其主要內容，流傳至今的有馬致遠的《呂洞賓三醉岳陽樓》、《王祖師三度馬丹陽》、《馬丹陽三度任風子》、《晉劉阮誤入桃源》、《西華山陳摶高臥》等，岳伯川的《呂洞賓度鐵拐李岳》、范康的《陳季卿悟道竹葉舟》，無名氏《漢鍾離度脫藍采和》，《瘸李岳詩酒翫江亭》；元明之際還有楊景賢的《馬丹陽度脫劉行首》、賈仲名的《鐵拐李度金童玉女》、谷子敬的《呂洞賓三度城南柳》。至於存目而作品沒流傳下來的就更多，在此不一一列舉了。從以上劇名可知，「神仙道化」劇本身所刻畫的形象與佛教戲的人物形象截然不同。布袋和尚、佛印禪師、龐居士、月明和尚、船子和尚等則是佛教中的顯赫人物。

　　第二、「佛教戲」和「道化戲」雖然有很多都是度脫劇，這是它們的相似之處，但也有細微的差別。「道化戲」被度脫的人爲天宮的金童玉女者流，因思凡而被貶入人間；度脫者則是神仙道士，特別是八仙中的呂洞賓、鐵拐李、鍾離權等。佛教戲被度脫者往往是佛國極樂世界的羅漢尊者，佛祖的法身墮入塵世者；度脫者則是佛祖、高僧。佛教戲中的度脫劇其內容是借用佛教眾生與輪迴報應來演繹佛旨，說明佛要把那些處於凡世迷津的人解脫出來，使他們進入不生不滅的極樂世界。第三，在反映的思想內容方面，「道化戲」與「佛教戲」也不同。首先「道化戲」表現了道家的宇宙觀。在上邊提到作品中都極力貶低物質的相對穩定性，用光陰流轉、瞬息萬變的觀點把事物的運動強調到絕對化程度，從而普遍提出人生短暫，萬物無常的命題，因而希望練丹養氣，以求長生不老。這種思想受佛教影響頗大。范康的《竹葉舟》就有這樣一段唱詞：「歎光陰似擲梭，想人生能幾何，急回首百年已過，對青銅兩鬢皤皤。看王留撒會科，聽沙三嘲會歌，送了些乾峥嶸貪圖呆貨，到頭來得了個甚麼？你不見窗前故友年年少，郊外新墳歲歲多？這都是一枕南柯。」基於此，道教尤其是全真道提倡躲是非，忘寵辱，保性全真。王重陽曾反覆告誡門徒：「擘開真道眼，跳出是反閘。」去追求一種清靜無爲、返樸歸真、識心見性的境界，因此《劉行首》中說：「休笑我妝鈍妝呆，看了幾千年柳凋花謝。笑興亡，自古豪傑，遮莫你越邦興，吳國破爭如我不生不滅。」這是一種消極避世的思想，面對現實矛盾，只是採取視而不見，聽而不聞的態度避而遠之。而佛教戲則在佛教基本教義「苦空觀」的基礎上生發開來，把人

〔註12〕七真爲馬鈺、譚處端、劉處玄、丘處機、王處一、郝大道。原王喆（重陽）也爲七真，後定爲五祖之一、故七真又增一人，爲孫不二。

世僅僅說成是一個生、病、死、輪迴受罪的無邊苦海,把希望寄託於「來生」和「天國」。因此,「因果業報」戲大量出現。《看錢奴》、《東窗事犯》、《神奴兒》就是有力的證明。

綜上所述,元雜劇中的「佛教戲」和「道教戲」均有鮮明的特點和豐富的內涵,僅用「神仙道化」一詞是不能說明兩者的,因此,筆者認為用「神佛道化」這一概念,相對來說能較為寬泛地容納元雜劇佛道及神話戲劇的內容。

2.「神佛道化戲」劇目辨析

元雜劇現存劇本一百五十餘種,加上只有存目的戲約七百三、四十種。在傅惜華的《元代雜劇全目》中統計,元代姓名可考的雜劇作家的作品共五百種;元代無名氏的雜劇作品,共五十種;元明之際的雜劇作品共一百八十七種。這三項,合計有七百三十七種。如果對現存劇本爬梳整理,再根據只存殘曲或劇名的劇目進行考辨,可以對元代的神佛道化戲有一個總體的把握與瞭解。在這裏邊佛教戲有如下這些劇目。我們先看一下保存比較完整的佛教戲,括弧中為版本及著錄情況:

馬致遠

半夜雷轟薦福碑(《古名家雜劇本》,繼志齋本,《元曲選》本,《酹江集》本)

鄭廷玉

看錢奴買冤家債主(元刊本,《元曲選》本,息機子刊本)

布袋和尚忍字記(息機子本,《元曲選》本)

崔府君斷冤家債主(脈望館鈔校本,《元曲選》本)

吳昌齡

花間四友東坡夢(《元曲選》本)

唐三藏西天取經(日本有影印本)

李壽卿

月明三度臨歧柳(息機子刊本,《元曲選》本,《柳枝集》本)

孔文卿

地藏王證東窗事犯(元刊本)

范康

陳季卿悟道竹葉舟（元刊本，《元曲選》本）

喬吉

玉簫女兩世姻緣（《古名家雜劇》本，《元人雜劇選》本，《古雜劇》本，《元曲選》本，《柳枝集》本）

楊景賢

西遊記（明萬曆刊本，日本覆排本，一般刊本出自覆排）

無名氏

龐居士誤放來生債（《錄鬼簿續編》稱其為劉君錫作，《元曲選》本列入無名氏中，今從《元曲選》）

龍濟山野猿聽經（《古名家雜劇》本）

神奴兒大鬧開封府（脈望館抄內府本，《元曲選》本）

朱砂擔滴水浮漚記（脈望館抄來源不明本，《元曲選》本）

小張屠焚兒救母（元刊本）

僅存殘曲的元雜劇佛教戲

紀君祥

陳文圖悟道松蔭夢（又曰《李元貞正果碧雲庵》，見《元人雜劇鈎沉》）

吳昌齡

唐三藏西天取經（《元人雜劇鈎沉》）

無名氏

盧時長老天台夢（《元人雜劇鈎沉》）

僅存劇名的元雜劇佛教戲

高文秀

泗州大聖鎖水母（《錄鬼簿》，《太和正音譜》）

誌公和尚問啞禪（《錄鬼簿》，《太和正音譜》）

楊顯之

劉泉進瓜（曹本，天一本，孟本，《錄鬼簿》，《太和正音譜》）

吳昌齡

鬼子母揭缽記（曹本，《錄鬼簿》）

哪吒太子眼睛記（《錄鬼簿》）

李壽卿

船子和尚秋蓮夢（《錄鬼簿》,《太和正音譜》）

王廷秀

石頭和尚草庵歌（《錄鬼簿》,《太和正音譜》）

金仁傑

秦太師東窗事犯（《錄鬼簿》,《太和正音譜》）

楊景賢

佛印燒豬待子瞻（《錄鬼簿續編》）

無名氏

行孝道目連救母（《錄鬼簿續編》）

　　上邊提到的雜劇基本上可分為兩類：一種是敷衍佛教故事的戲；一種則是受佛教思想浸染，宣傳因果報應為主旨的戲。前者並不是講佛本生故事，而說的是佛教徒或與佛教有關的人物故事。如《布袋和尚忍字記》和《月明和尚度柳翠》等。後者的內容比較廣泛，如《看錢奴買冤家債主》和《地藏王證東窗事犯》等。這些戲大多數有它們的淵源，有的來源於史書的記載，有的取材於筆記小說，有的採用了民間傳說。總的來說，與佛教有著絲絲縷縷的聯繫。同樣，道教在元代的活動也很熾烈，以前的研究者們所提的「神仙道化」戲，就指的是這些劇目，它們在元劇中佔有相當大的比重，因此，也需要在這裏將其揀選出來。

比較完整的元雜劇道教戲

馬致遠

西華山陳搏高臥（《元刊雜劇三十種》本,《古名家雜劇》本,《古今雜劇選》本,《陽春奏》本,《元曲選》本）

呂洞賓三醉岳陽樓（《古名家雜劇》本,《元曲選》本）

邯鄲道省悟黃粱夢（《古名家雜劇》本,《元曲選》本）

　　按：此劇屬集體創作，《錄鬼簿》著錄於李時中名下，並注云：「第一折馬致遠，第二折李時中，第三折花李郎，第四折紅字李二。」

馬丹陽三度任風子（《元刊雜劇三十種》本，脈望館鈔校本,《元曲選》本,《酹江集》本）

吳昌齡

張天師斷風花雪月（《元曲選》本，脈望館鈔校本）

按：關於此劇的作者，《也是園書目》將此劇劃歸無名氏，屬神仙類。而《元曲選》將其列入吳昌齡名下。《錄鬼簿》則記載吳昌齡作有《張天師夜祭辰鉤月》。於是就有人對現存《張天師斷風花雪月》是否吳昌齡所做產生疑問或持否定態度，其代表者為嚴敦易（見《元劇斟疑》）和邵曾祺（見《元明北雜劇總目考略》）。然而，大多數的元劇專家根據內容分析，認為《辰鉤月》和《風花雪月》乃是一劇。在青木正兒的《元雜劇概說》、王季思《玉輪軒曲論》、莊一拂《古典戲曲存目匯考》等著述中都認同這一點。劉蔭柏先生曾專門撰文考證此劇，指出：「《張天師斷風花雪月》雖與《錄鬼簿》中所載劇目（指《辰鉤月》）略有出入，但從內容情節上分析，仍屬同一劇本。……舊說狀元為文曲星，嫦娥為太陰星，劇中陳世英與月宮桂花仙子正似之，恰與《錄鬼簿》中『文曲星搭救太陰星』意思相同，故知現存此劇即吳昌齡《張天師夜祭辰鉤月》之一名。」（見《中華戲曲》第五輯）雖然說各家論述各有特點，自有道理，但筆者更從一種歷史的感悟和直覺出發，《元曲選》編纂者是真正的元劇研究大家，且距劇作家生活的年代不遠，其對資料掌握的可信程度要遠遠超過後人，所以，從《元曲選》的觀點，當不會差強人意，這也體現出筆者對《元曲選》的一貫推崇。

史九散人

老莊周一枕蝴蝶夢（脈望館鈔校本，《孤本元明雜劇》）

岳伯川

呂洞賓度鐵拐李岳（《元刊雜劇三十種》本，《元曲選》本，《酹江集》本）

王曄

桃花女破法嫁周公（脈望館鈔校本，《元曲選》本）

按：是帶有宗教色彩、民間傳說性質的民俗戲。

谷子敬

呂洞賓三度城南柳（《古名家雜劇》本，息機子本，《元曲選》本，《柳枝集》本）

楊景賢

馬丹陽度脫劉行首（《古名家雜劇》本，《元曲選》本）

賈仲明

呂洞賓桃柳升仙夢（《古今雜劇選》本，《元曲選》本）

鐵拐李度金童玉女（《古名家雜劇》本，繼志齋本，《元曲選》本）

無名氏

漢鍾離度脫藍采和（《古名家雜劇》本）

薩眞人夜斷碧桃花（《元人雜劇選》，《元曲選》本）

瘸李岳詩酒翫江亭（脈望館鈔校本，《孤本元明雜劇》）

僅存殘曲的元雜劇道教戲

趙明道

韓湘子三赴牡丹亭（《太和正音譜》，《北詞廣正譜》和《元人雜劇鉤沉》均載有殘曲，認爲是無名氏作《藍關記》第三折）

> 按：傅惜華《元代雜劇全目》和莊一拂《古典戲曲存目匯考》皆將其歸入趙明道名下，今從傅、莊之說。

陸進之

韓湘子引度升仙會（《元人雜劇鉤沉》本）

無名氏

藍采和鎖心猿意馬（《元人雜劇鉤沉》本）

僅存劇名的元雜劇道教戲

鄭廷玉

風月七眞堂（《錄鬼簿》，《太和正音譜》，《元曲選目》，《今樂考證》，《曲錄》）

馬致遠

王祖師三度馬丹陽（《錄鬼簿》，《太和正音譜》，《元曲選目》，《今樂考證》，《曲錄》）

石君寶

張天師斷歲寒三友（《錄鬼簿》，《太和正音譜》，《元曲選目》，《今樂考證》，《曲錄》）

紀君祥

韓湘子三度韓退之（《錄鬼簿》,《太和正音譜》,《元曲選目》,《曲錄》）

趙文殷

張果老度脫啞觀音（《錄鬼簿》,《太和正音譜》,《元曲選目》,《今樂考證》,《曲錄》）

谷子敬

邯鄲道盧生枕中記（《錄鬼簿續編》,《太和正音譜》,《元曲選目》,《今樂考證》）

賈仲明

丘長三度碧桃花（《錄鬼簿續編》）

神話戲

這部分劇目沒有明確的宗教意向，故事的源流本事多從元以前的神話傳說和筆記小說而來，但是它們依然可以歸入「神佛道化戲」這一範疇。

保存完整的元雜劇神話戲

尚仲賢

洞庭湖柳毅傳書（《元曲選》本,《元人雜劇選》本,《柳枝集》）

李好古

沙門島張生煮海（《元曲選》本,《柳枝集》本）

王子一

劉晨阮肇誤入桃源（《古名家雜劇》本,《元人雜劇選》本,《元曲選》本,《柳枝集》本）

無名氏

二郎神醉射鎖魔鏡

僅存殘曲的神話劇

馬致遠

劉阮誤入桃源洞（此曲僅《太和正音譜》和《北詞廣正譜》收錄，前者題「第四折」；另外，有《元人雜劇鉤沉》本）

僅存劇名的元雜劇神話戲

張時起

沉香太子劈華山（《錄鬼簿》，《太和正音譜》，《元曲選目》，《今樂考證》，《曲錄》）

李好古

巨靈神劈華嶽（《錄鬼簿》，《太和正音譜》，《元曲選目》，《也是園書目》，《今樂考證》，《曲錄》）

鍾嗣成

宴瑤池王母蟠桃會（《錄鬼簿》朱凱序，《錄鬼簿續編》，《太和正音譜》）

汪元亨

劉晨阮肇桃源洞（《錄鬼簿續編》）

陳伯將

晉劉阮誤入桃源（《錄鬼簿續編》）

二、元代宗教發展狀況

　　元朝是由起於漠北高原的蒙古貴族建立起來的，它版圖遼闊，通過滾滾鐵騎，殺伐征戰，成為一個橫跨亞、歐的統一大國。蒙古族人入主中原之後，一方面保持著傳統的薩滿教信仰，另一方面也在征服西藏的過程中接受了藏傳佛教。為了管理和穩定以漢族為多數的多民族組成的社會，蒙古貴族在宗教信仰上實行承認現狀和相容並包的政策，對佛教、道教、伊斯蘭教、基督教以及其他信仰都給予寬容，形成元代宗教文化多元並存、同時發展的局面。

　　為了加強對新征服地區的統治，元統治者接受耶律楚材「以儒治國，以佛治心」的主張，在思想上，推崇儒學，以程朱理學作為科舉和教育的首要規範。同時鼓勵佛教的發展，他們對漢地佛教和藏傳佛教都頗感興趣，保證了佛教在元代的重要地位。這時，漢地佛教仍以禪宗為主流，其中臨濟、曹洞二宗較盛。但佛教義理方面沒有什麼大的改造。另外，由於蒙、藏在信仰與文化方面的特殊關係，元代最高統治者極為重視藏傳佛教。將其宗教領袖由國師提升為帝師，建立起元代特有的帝師制度，使藏傳佛教及其領袖有了至高無上的地位。

　　金元之際，全真道在北方發展如火如荼，丘處機率弟子長驅萬里，面見成吉思汗，以此為契機，全真道之勢如日中天，人才輩出，全真內丹學理論空前繁榮。江南地區，忠孝淨明道崛起，正一道亦呈興旺氣象，仍實力雄厚，與全真道如雙峰並峙，難分軒輊。

　　由於元朝疆域廣闊，與西域及阿拉伯、波斯的交往比較頻繁，回回民族正式形成，隨之伊斯蘭教也順利發展起來。此外，還有基督教的一支，也里可溫教從西域傳入，在蒙古貴族中得到傳播和發展。

　　儘管元朝國祚不長，但其對宗教相容並蓄的態度，使元朝的各種宗教都有相當多的信眾，進而影響到社會生活和文學藝術的方方面面。

1. 元代佛教發展及諸門派狀況

　　《元史·釋老傳》稱：「元興，崇尙釋氏。」這句話告訴我們，元帝國一建立，崇佛之風隨之而起。元統治者在朝廷中「設宣政院」這樣的專門機構「掌天下釋教」〔註1〕，從政治、經濟上保證了佛教傳播活動正常、順利地進行。元朝統治者給上層僧人很高的政治地位。據《元史·仁宗紀》載，仁宗延祐六年（1039）特授僧人從吉祥榮祿大夫、大司空，加榮祿大夫、大司徒，僧文吉祥開府儀同三司」；英宗至治元年（1321）「以釋法洪爲釋原宗主，授榮祿大夫、司徒」。像這樣以三司的高位授予僧人，在中國佛教史上還是少見的。而帝師制度的建立，更是往昔所沒有的。元世祖忽必烈異常崇佛，從中統元年（1260 年）正式建國號「大元」起，就拜八思巴爲國師，以後又賜號「帝師」、「大法寶王」。皇帝登基，要先在他座前受戒，「雖帝、后、妃、主，皆因受戒而爲之膜拜」（《元史·釋老傳》）。帝師之制是元代特定歷史條件下的一種特殊產物，從元始，與元終，它的建立，完全是出於政治上的需要，「元自太祖起朔方時，已崇尙釋教，乃得西域，世祖以其地廣險遠，俗獷好鬥，思有以柔服其人，乃郡縣土番之地，設官分職，盡領之於帝師」。〔註2〕儘管帝師權威由皇帝賜予，其目的是爲了更好地統治少數民族地區，但在發展過程中形成了他那「一人之下，萬人之上」的特殊地位，就連朝廷的高級官員，也對他們畏懼三分。〔註3〕其弟子「怙勢恣睢，日新月盛，氣焰熏灼，延於四方，爲害不可勝言」（《元史·釋老傳》）對這樣爲非作歹的僧徒，元政府極力袒護，助長了西僧飛揚跋扈的氣焰。史載「上都開元寺西僧強市民薪，民訴諸留守李璧。璧方詢問其由，僧已率其黨持白挺突入公府，隔案引璧發，摔諸地，捶撲交下，拽之以歸，閉諸空室，久乃得脫。奔訴以朝，遇赦以免」。（同上）僧黨竟敢在公堂之上明火執仗，毆打長官，而朝廷並不懲罰，眞是罕見。更有甚者，西僧「有楊璉眞加者，世祖用爲江南釋教總統，發掘故宋

〔註1〕《穀山筆塵》。
〔註2〕《元史紀事本末》卷十八：「佛教之崇」。
〔註3〕《元史紀事本末》卷十八：文宗天曆二年（1329），「帝師輦眞吃剌思至，上命朝廷一品以下咸效迎。大臣俯伏進觴，帝師不爲動」。

趙氏諸陵之在錢塘、紹興者及其大臣冢墓一百所，戕殺平民四人，受人獻美女寶物無算」。（同上）他甚至「截埋宗項（骨）以爲飲器，棄骨草莽間」。（《續資治通鑒》卷一八四）有這樣特殊的政治地位做保證，佛教在元代廣泛傳播，當屬必然。

元帝崇佛，不僅要給僧眾們極高的政治地位，而且在經濟上提供了強有力的保證。凡舉行法會、念經、祈禱、印經、齋僧、修建寺院，費用大多由國庫支出。元帝還頗爲慷慨，常賜寺院田產、財物，數目驚人。據史料記載，至元二十五年（1288）四月，「萬安寺成，佛像及窗壁皆金飾之，凡費金五百四十四兩有奇，水銀二百四十斤」。（《佛祖統記》卷四八）成宗大德五年（1301）「賜昭應宮，興教寺地各百頃，興教寺仍賜鈔萬五千錠。上都乾元寺地九十頃，鈔皆如興教之數。萬安寺地六百頃，鈔萬錠。南寺地百二十頃，鈔如萬安之數」。（《元史·成宗紀三》）成宗年間做佛事，「歲用鈔千萬錠」。（《續資治通鑒》卷二〇二）再加上僧侶種田免稅，營商免稅，一切差役均不承當，所以有「國家經費，三分爲率，僧居二焉」〔註4〕的說法。寺院的僧侶以雄厚的財力爲基礎，進行大規模的商業貿易活動，有些行業，幾乎被寺院壟斷。元雜劇《玉壺春》裏說：「一任著金山寺擺滿了販茶船」；《青衫淚》亦稱：「我則道蒙山茶有價例，金山寺裏說交易」。由此可見寺院貿易之一斑。由於統治者佞佛、慈惠的結果，整個國土之上，「凡天下人跡所到，精藍、勝觀、棟宇相望」（《續資治通鑒》卷一九七），儼然是一佛國。

由於元統治者如此庇護佛教，元代漢地佛教從宋金戰亂頻仍的狀態下恢復元氣。據宣政院至元二十八年（1291）統計：全國共有「寺院二萬四千三百一十八所，僧尼二十一萬三千一百四十八人」。（《元史·世祖紀十三》）雖然說漢地佛教寺院、僧尼如此眾多，但是在教派教義方面仍是繼宋、金之餘緒。《元史·釋老傳》對漢地佛教的發展狀況概括道：「若夫天下寺院之領於內外宣政院，曰禪、曰教、曰律，則固守其業。」這是說，禪宗仍是漢地佛教主流，禪宗以外各種研究佛教經典的流派稱教，研究並主持戒律的宗派稱律。但是，三派是各守祖業，蕭規曹隨，無大長進。

元代禪宗以臨濟、曹洞兩家爲主。曹洞宗在元初的北方影響頗大，其代表人物是萬松行秀（1166～1246），他俗姓蔡，河內（今河南洛陽南）人。15歲出家，後大悟於磁州（今河北磁縣）大明寺。他因建萬松軒自適，自號萬

〔註4〕見《歸田類稿》，轉引自蒙思明《元代社會階級制度》136頁。

松野老。金明昌四年（1193），受章宗之命入宮說法，被賜袈裟。行秀雖主禪學，但又精通華嚴，深究淨土。他寫的《評唱天童正覺和尚頌古從容庵錄》是當時禪宗名著。身爲金、元兩朝重臣的耶律楚材爲之作序，對萬松盛讚有加：「得曹洞血脈，具雲門善巧，備臨濟機峰。」是說他對禪門各派思想皆有繼承和發揚。萬松行秀著述頗豐，撰有《祖燈錄》、《請益錄》、《釋氏新聞》、《辨宗說》、《心經風鳴》、《禪說》、《法喜集》等書。他思想精深，相容並蓄三教理論，所以弟子讚揚他：「儒釋兼備，宗說精通，辯才無礙。」前邊所說耶律楚材爲元帝提出的「以儒治國，以佛治心」的治國方略，其實也是萬松行秀寫信告訴他的（以上均引自《湛然居士文集》）。非常準確地說明了儒、釋互補的特點。行秀的傳家弟子爲耶律楚材。承其法嗣的弟子爲雪庭福裕，住持少林寺，爲元室禮重，忽必烈即位後，曾命其總領釋教。而福裕的法嗣繁衍很盛。

臨濟宗的代表人物是海雲印簡、雲峰妙高和中峰明本。印簡（1202～1257），字海雲，俗姓宋，山西嵐谷寧遠（今山西嵐縣）人。自幼出家，成年後受具足戒，游學四方。很早就與元朝最高統治者有過接觸。1214年，蒙古軍陷寧遠（今山西五寨北），海雲當時只有13歲，曾於「稠人中親面聖顏」〔註5〕。1219年，成吉思汗在西域傳詔，命海雲及其師中觀統漢地僧人，免其差發。他頓悟的故事也比較有意思。一日，「過松浦值雨，宿於岩下，因擊火，大悟。自捫面門曰：『今日始知眉橫鼻直！』」（《佛祖歷代通載》卷二一、《海雲傳》）開悟後在興州仁智寺「出世」開堂，後歷任淶陽興國寺、興安永慶寺及燕京大慶寺等處主持，曾爲世祖忽必烈說法並傳戒。他建議忽必烈「宜求天下大賢碩儒，問以古今治亂興亡之事」，此後忽必烈不斷延請四方文學文士，訪問治道，當與海雲的啓發有關。因重興眞定臨濟寺，被尊爲臨濟中興大師。

萬松行秀和海雲印簡各有一名俗家弟子，他們爲奠定禪宗在元朝的特殊地位，起到非常關鍵的作用。萬松行秀的弟子是耶律楚材（1190～1244）。他是蒙古帝國的重臣，第一任中書令。字晉卿，契丹人。遼太祖耶律阿保機九世孫。父耶律履，仕金，官至尚書右丞。楚材世居中都（今北京），自幼受到母親楊氏的良好教育，使他博覽群書，旁通天文、地理、律曆、術數及釋老、醫卜之說。他曾在萬松行秀門下參禪三年，得悟良多。

〔註 5〕《佛祖歷代通載》卷二一、《海雲傳》。當時南進的蒙古右軍統師是術赤、察合臺和窩闊台。海雲所見，當爲窩闊台。

　　1215 年，蒙古軍攻佔中都。1218 年，成吉思汗召耶律楚材至漠北，這才告別恩師，但兩人書簡不絕。宋代禪宗大師正覺和尚作《頌古百篇》，號爲絕唱，耶律楚材堅請行秀爲之評唱，以啓示後學，因此才有了行秀的名作《從容錄》。成書後，行秀將其送到正在西征前線的耶律楚材手上，楚材爲之作序，評價頗高。他寫道：「予西域伶仃數載，忽受是書，如醉而醒，如死而蘇，踴躍歡呼，東望稽顙，再四披繹，撫卷而歎曰：萬松來西域矣。」（《萬松老人評唱天童正覺和尚頌古從容庵錄序》）他與萬松的情誼，與佛教的因緣，溢於言表。

　　耶律楚材追隨成吉思汗多年，被當作書記官和占卜星相家使用，雖爲親近，但未能施展其才。此間，他寫下了《西域河中十詠》，每首均以「寂寞河中府」五個字作首句。同時，他寫了《西域和王君玉詩》，露出懷才不遇的情緒。他寫道：「歸去不從陶令請，知音未遇孟嘗賢。」但是深得禪宗個中三昧的他，自有消除鬱悶的能力，他可以在與大自然的交流中找到排遣的辦法。《西域河中十詠》的第二詠這樣寫道：「寂寞河中府，臨流結草廬。開樽傾美酒，擲網得影魚。有客同聯句，無人獨看書。天涯獲此樂，終老又何如？」正是有這種超脫的心情，才能使他在官場的進退中應付裕如。成吉思汗儘管不重用他，但對他的能力瞭若指掌，臨死之前，曾向窩闊台說：「此人，天賜我家。爾後軍國庶政，當悉委之。」（《元史》卷一四六，《耶律楚材》）拖雷監國期間和窩闊台即位後，耶律楚材日益受到重用。1231 年，任中書令，在政治、經濟、文化等方面提出了一系列有利於中原經濟恢復和發展的措施和政策。

　　在經濟方面，耶律楚材通過在中原設立十路課稅所，每年爲蒙古政權徵收到大量賦稅。他阻止蒙古貴族改農田爲牧場的企圖；建議把漢族武裝地主私占的奴隸、農奴和蒙古諸王大臣將校的驅口收爲國家編民；勸阻大規模屠城，保護了大量社會勞動力；反對蒙古貴族的苛徵暴斂，反對西域商人對人民的高利貸剝削和漢、回商人的撲買課稅剝削制度。他的主張有一部分得到實施，使多年來遭到戰爭破壞的中原漢地社會經濟初步得到恢復。

　　在政治方面，耶律楚材反對蒙古諸王功臣「裂土分民」，又限制割據各地的漢族武裝地主所掌握的軍、政、司法、經濟權力，制定和實行了一些加強中央集權的措施，如定君臣禮、五戶絲制、軍民分治制等。特別是到了窩闊台時代，中原地區已經征服，如何更有效地統治漢族的問題提上了日程。耶律楚材發揮他「以儒治國」的才能，時常給窩闊台講孔夫子的學說，以及「天下雖得

之馬上，不可以馬上治」的道理。窩闊台雖不很理解這些，但知道儒教的影響深遠，與釋、道一樣重要，可用來爲己服務。於是在佔領汴京之後，就命人到城內將孔子五十一代孫孔元措找來，仿照前代體例封爲衍聖公。後又修復孔廟，且使孔、孟、顏等儒教聖人子孫依僧道一體蠲免差發雜役。〔註6〕

在文化方面，耶律楚材推行了保護、優待、任用儒士的政策。1230 年，由他奏請後任用的十路課稅正副使共 20 名，全都是儒士。1237 年，根據耶律楚材的建議，派官到各路選試儒士，中選者 4030 人，即命爲本地議事官，免其家賦役。到憲宗蒙哥即位時，又因高智耀奏請，「詔復海內儒士，徭役無有所與。」

他雖出入廟堂之上，但卻心繫山林，功名之心極淡，利祿之心絕無。他在蒙古國都城和林（今蒙古人民共和國後杭愛省厄爾得尼召北）蓋了一座房子，格式與他以前在中都西山的一座相同。他爲此寫了《題新居壁》這樣一首詩：「舊隱西山五畝宮，和林新院典刑同。此齋喚醒當年夢，白晝誰知是夢中。」又一首《喜和林新居落成》曰：「登車憑軾我怡顏，飽看和林一帶山。新構幽齋堪偃息，不閒閒處得閒閒。」這種歸隱的思想與耶律楚材的禪宗背景有很大關係。禪宗和尚爲了追求自然的生活情趣，四處尋找幽靜勝地，在大自然中陶冶禪性，作出清高淡泊的樣子來。在這一點上，楚材和禪宗得到完全的契合。由此可以看出，他這種思想在大批元代知識分子中頗具代表性。

海雲的弟子劉秉忠（1216～1274）是另一好禪名臣。他初名侃，字仲晦。邢州（今河北邢臺）人。邢州在 1220 年即歸蒙古政權統治。他 17 歲時爲邢臺節度使府令史。1238 年，辭去吏職，先入全眞道，後出家爲僧，法名子聰，號藏春散人。劉秉忠身兼佛道二門之術，其太一六丁神術聞名，後由元世祖忽必烈命太一道五祖蕭居壽承嗣，以秉忠爲初祖。蕭居壽本姓李。此教後合併於正一教。1242 年，印簡隨忽必烈去內蒙途中經過雲中，二人相見，印簡非常賞識子聰，於是子聰就拜印簡爲師。後印簡將他推薦入藩王忽必烈的幕府。子聰博學多能，善於出謀劃策，深受忽必烈重視。1250 年，他向忽必烈上書數千言，提出「治亂之道，繫乎天而由乎人。」和耶律楚材一樣，同樣

〔註 6〕丁酉年（1237）曲阜文廟免差役碑，見蔡美彪《元代白話碑集錄》42 頁。按此碑係據笱魯火赤也可那演胡都虎（即大斷事官忽禿忽）等轉奏衍聖公孔元措的報告所發的聖旨。知丁酉年應當 1237 年。據《佛祖歷代通載》卷二一、孔元措持嚴實之信見海雲，海雲替他向忽都護（即忽禿忽）大官人陳情，始得免除其差役之賦。

提出「以馬上取天下，不可以馬上治」的思想。主張革除當時的弊政，建立制度。如尊孔崇儒，定百官爵祿，減賦稅差役，勸農桑，興學校等。其實，就是勸忽必烈全面用漢文化來統治中原。他的主張對於忽必烈採用「漢法」起了有力的推動作用。1253年，從忽必烈出征雲南。1259年，又從征鄂州（今湖北武昌）。1260年，忽必烈稱帝，命子聰制定各項制度，如立中書省為最高行政機構，建元中統等。至元元年（1264），忽必烈命子聰還俗，復劉氏姓，賜名秉忠，授光祿大夫、太保、參領中書省事、同知樞密院事。至元六年，訂立朝儀。至元八年，忽必烈以大元為國號，也出於劉秉忠的建議。

元代佛教能有如此高的地位是與這兩位身份特殊的居士分不開的。因為元朝的統治者們對重在心靈的禪宗並不感興趣，蒙古貴族崇信的是擅長多種密咒法術的藏傳佛教。《佛祖歷代通載》就記載了妙高（1219～1293）和尚與元世祖的一段對話，頗能說明這一問題。元世祖時，禪教之爭激烈，於是在至元二十五年（1288），世祖召集禪、教、律各派名僧人入京「廷辯」，妙高代表禪宗參加辯論。世祖問妙高：「吾也知爾是上乘法，但得法底人，入水不溺，入火不燒，於油鍋中坐，汝還敢麼？」妙高答：「不敢。」世祖問：「為甚不敢？」妙高答：「此是神通三昧，我此法中，無知此事。」一下子就將禪宗與藏傳佛教的區別說了出來。另外，中峰明本（1263～1323）也是一位法術高深的禪師。他時住宅，時住船，稱其所居曰「幻住」。元室丞相脫歡和翰林學士趙孟頫等人從其問法。元仁宗時高麗王子王璋專程參謁，明本作《真際說》令其開悟。明本對元室貴族和漢族官員、文士多有影響。由此可見，中原漢地的佛教在元朝依舊保持著自己的特點，藏傳佛教僅是在蒙古貴族中流傳，它們像兩條不同指向的道路，通向不同信仰的人群當中，難以交叉。所以，儘管藏傳佛教有至高無上的地位，但終究不能取代漢地佛教，在元雜劇佛教戲中，也看不到對藏傳佛教和帝師制度的反映。

除了藏傳佛教和內地的傳統各宗之外，由佛教派生出來的兩個門派白雲宗和白蓮教，在元代也擁有不小的勢力。白雲宗是北宋末洛陽寶應寺僧孔清覺（1043～1121）在杭州白雲庵開創的一個在家佛教宗派，提倡素食念佛，所以稱白雲宗。它援引天台教義，攻擊禪宗，被佛教傳統諸宗派視為異端，官方也視之為邪教，一直給予鎮壓和打擊。入元以後，白雲宗得到政府承認，迎來了白雲宗發展的全盛時期。該宗以杭州南山普寧寺為中心，勢力迅速蔓延開來。1320年，復被官方作為異端邪教取締，此後逐漸絕跡。白蓮教亦產

生在南宋初年。元政府對其時而承認，時而鎮壓。武宗至大元年（1308），「禁白蓮教，毀其祠宇，以其人還隸民籍」（《元史》卷二十二，《武宗紀》）。但廬山東林寺的普度著《廬山蓮宗寶鑒》十卷，闡明白蓮教的宗旨；他還北上大都，擔任白蓮教的顯正護法。仁宗時也曾一度准許傳教，但下一代英宗時又進行了鎮壓。因爲白蓮教滲入咒術信仰，所以被當成左道亂正之術而加以禁止。到元末，白蓮教爲紅巾軍起義所利用。

2. 道教在元代的發展概況

元代統治者重現道教，非前代所能比。當金朝併入元朝的版圖之後，原在中國北方活動的全眞道、眞大道和太一道等，立即得到元室的承認和支持。繼而在南宋滅亡之後，原在中國南方流行的其他宗派，也相繼得到元室的承認和支持。從而使上述眾多的派別都有較大的發展，呈現出少有的繁榮局面。在這眾多的派別中，北方的全眞道和南方的龍虎宗，最爲得到最高統治者的賞識，受到格外的優待，形成全眞道和南方的龍虎宗爲中心而衍生的正一道南北對峙的局面。

（1）全眞道在北方發端與興盛

全眞道興於金，盛於元，其創始人爲王喆。雜劇《馬丹陽度脫劉行首》一開場，正末扮演的王重陽就將全眞道創始的簡單來歷說了一遍：

> 貧道姓王名喆，道號重陽眞人，未成道時，在登州甘河鎮上開著座酒店，人則喚我做王三舍。有正陽祖師、純陽眞人，他化作二道人，披著氈來俺店中飲酒。貧道幼年慕道，不要他的酒錢，似此三年，道心不退。忽一日，他道：俺去也，王三舍，與你回席咱。貧道言稱：師父哪得酒錢來？他就身邊解下瓢來，取甘河水化作仙酒，其味甚嘉，方知乃神仙之術。他道：王三舍，你要學此術好，要學長生術好？貧道答言：俺願學長生之術。遂棄卻家業，跟他學道，傳得長生不死之訣，成其大道。

這是雜劇作家根據民間傳說和道教文獻編撰而成，王重陽（1112～1170）也不是個開酒店的，而是個常到酒店裏「日酣於酒」的文人。由於他飽經磨難，對世態炎涼深有體會，從而對人生產生一種十分消極的態度，急於尋求一種

靈丹妙藥，超脫虛幻的生命。他主要接受樓觀道修行方法，即符籙與丹鼎皆習。

金正隆四年（1159）的夏天，王喆來到陝西甘河鎮飲酒啖肉，酒至半酣，有兩位披氈衣的陌生人來到鎮中的肉鋪前。由於兩人相貌奇特，王吉吉覺得驚奇，便不由自主地跟他們來到一僻靜處，以一種虔誠的態度向他們行了大禮。二人於是言道：「此子可教矣。」於是就授予他內丹修仙密訣。這就是全真道發展史上的重要事件「甘河遇仙」。這一年，王喆剛好四十八歲，《重陽全真集》有詩云：「四十八上始遭逢，口訣傳來便有功。一粒金丹色愈好，玉京山上顯殷紅。」甘河遇仙之說，顯係是他編造出來的神話，不足爲信，但卻說明此時王喆的思想發生了根本的變化，徹底完成了世界觀的轉變，開始以革新的面目傳道。他主張三教平等，三教合一、以《道德經》、《般若經》、《孝經》爲教徒必修經典，不尚符籙，不煉黃白，不講白日飛升、長生不死，而以修煉內丹，專主清靜返樸歸眞爲宗旨。因他自題所居庵堂爲全眞堂，所以，其創立的教派就稱爲全眞道。

金世宗大定七年（1167），雲遊到山東寧海，遇馬鈺（道號丹陽）、孫不二拜以爲師，從此在山東宣道。後來，又陸陸續續收了譚處端、劉處玄、丘處機、王處一、郝大通等七個弟子，號稱「七眞」或「全眞七子」。雖然說全眞道在金代創立並發展，但由於金統治者對其心存疑慮，使全眞道的發展受到諸多限制。而全眞道眞正如燎原之火在北方熾盛起來的人物是丘處機。此時正是起自漠北的蒙古大軍鐵騎南下之際。蒙元統治者看中了全眞道的影響，希望把其作爲治心之術爲他們的統治打下思想基礎。由於全眞道在北方勢力強大，成爲蒙古、金、南宋三朝爭取的對象。1219 年，金朝與南宋先後派人去山東棲霞召丘處機，丘審時度勢，看兩個王朝氣數已盡，皆未應詔。同年，還在西征軍中的蒙古成吉思汗聞其名，派近臣箚八兒、劉仲祿持詔專程邀丘處機朝覲。丘處機具有敏銳的政治眼光，他一直認爲宗教之興衰不能脫離政治，尤其是統治者支持與宣導。他早年奉金世宗詔入燕京傳道，在貞佑二年（金宣宗）請命招安山東楊安兒義軍成功而名噪一時，引起元、金、南宋統治者重視。他預見到蒙古將會興起，可借其力推行全眞教義，同時盡可能使蒙古早日止戈息兵，以免漢地百姓橫遭殺戮，於是慨然充諾，在年逾古稀、身體高邁之際，於次年偕弟子趙道堅、宋道安、尹志平、李志常等十八人北上。詩云：「十年兵火萬民愁，千萬中無一二留。去歲幸逢慈詔下，今

春順合冒寒遊。不辭嶺北三千里,仍念山東二百州。窮急漏誅殘喘在,早教身命得消憂。」此詩表達了他以無為之教化有為之士的心願,為的是讓百姓早日過上太平安生的日子。此行非常艱難,歷時四年,行經萬里,穿數十國,於元太祖十七年(1222)抵達大雪山,成吉思汗於大雪山的大營接見了他。據《長春真人西遊記》卷上載:「館舍定,即入見,上勞之曰:『它國徵聘皆不應,今遠逾萬里而來,朕甚嘉焉。』對曰:『山野詔而赴者,天也。』上悅,賜坐。食次問真人:『遠來有何長生之藥以資朕乎?』師曰:『有衛生之道而無長生之藥。』上嘉其誠實。」求問長生之術是成吉思汗徵召丘處機的主要目的,所以一見面就問起這件事。而他也沒有因為丘處機實話實說感到失望,反到稱讚他的誠實。丘處機之所以要不辭辛勞遠赴大雪山,也有極強的目的性,他曾有詩云:「蜀郡西遊日,函關東別時,群胡皆稽首,大道復開基」,表示了弘道西域的宏願;他還有詩云:「我之帝所臨河上,欲罷干戈致太平」,表示了弭兵救民的濟世之志。成吉思汗既欲在政治上對全真道有所倚重,又欲求知長生養身之道,故對丘處機優禮有加,兩人各有所需,很快就達成了共識。

丘處機在與成吉思汗的會見中,把自己的一些思想理念傳達給成吉思汗,並且得到成吉思汗的欣賞。當時成吉思汗正忙於西征軍事,日事攻戰,丘處機勸他說:「欲一天下者,必在乎不嗜殺人」;「及問為治之方,則對以敬天愛民為本;問長生久視之道,則告以清心寡欲為要。太祖深契為要」(《元史·釋老傳》,第 15 冊,4524～4525 頁)耶律楚材所編的《玄風慶會錄》和李道謙所撰的《全真第五代宗師長春演道主教真人內傳》則作了較詳細的記錄。在這裏,比較詳細地記載了成吉思汗與丘處機的交流。在成吉思汗向他詢問養生之時,丘處機從節欲、息兵、止殺等幾個方面談了自己的看法。他說:「陛下春秋已及上壽,聖子神孫,枝蔓多廣,但能節欲保身,則幾於道矣。」在談到山東與河北等地的情況時,他講:「歷代有國者惟重此地耳。今盡為陛下所有,奈何兵火相繼,流散未集。宜選清幹官為之撫治,量免三年賦役,使軍國足金帛之用,黔黎復蘇息之安。一舉而兩得,斯乃開之良策也。苟授非其才,不徒無益,反以為害。其修身養命之道,治國保民之理,山野略陳梗概,用之捨之,在宸衷之斷耳。」成吉思汗聽了,非常贊許。有一天雷震,成吉思汗向他諮詢,丘處機借題發揮道,雷是天威,人之罪莫大於不孝,不孝則逆於天,於是天威震動加以警告,聽說境內多有不孝者,陛下應以天威

之說訓導民眾。從以上丘處機所談論的東西可以看出，除了他闡發的養生之
道屬道教思想外，還談了止殺保民，以孝治國的儒家治國之術。可以說完成
了一身兼二任的使命。

丘處機的大雪山之行，是全真道走向興盛的轉捩點。成吉思汗給他的禮
遇和詔令，為全真道的大發展提供了便利的條件。丘處機也藉此做了不少扶
危濟困的事情，由是也提升了全真道的威信。據《元史·釋老傳》載：「時國
兵踐蹂中原，河南、北尤甚，民罹俘戮，無所逃命。處機還燕，使其徒持牒
招求於戰伐之餘，由是為人奴者得復為良，與濱死而得更生者，毋慮二三萬
人，中州人至今稱道之。」丘處機把握住這次機會，為全真教的發展謀劃良
多，使全真教達到鼎盛。他先後在燕京建立「平等」、「長春」、「靈寶」等八
會，於各地大建宮觀，一時道人公僕雲集，教門大興。他自己對此也很得意，
對弟子講：「千年以來，道門開闢，未有如今日之盛！」（《北遊語錄》卷一）
元宋子真《通真觀碑》說，當時人們對全真道，「翕然宗之，由一化為百，由
百以化千，由千以化萬，雖十族之鄉，百家之閭，莫不有玄學以相師授，而
況通都大邑者哉！」元好問《修武清真觀記》謂丘處機雪山之行後，「黃冠之
人，十分天下之二，聲焰隆盛，鼓動海嶽，其發展勢頭如火如荼。高鳴《清
虛宮重顯子返真碑銘》說：「夫全真教之興，由正隆以來，僅百餘載」，但到
了元世祖統治時，其勢力「今東至海，南薄漢淮，西北歷廣漠，雖十廬之邑，
必有香火一席之奉」（《正統道藏》第 33 冊），足見元初全真道流行之廣。全
真道後來合併了真大道教、樓觀道和部分淨明道，尤其是南傳後又與金丹派
南宗合併，致有南五祖、北五祖之稱，成為唯一的丹鼎大派，與傳統的正一
道雙峰對峙，平行發展。

全真道之所以能流行，還與丘處機所堅持的思想有關，比較容易為老百
姓所接受。丘處機的思想基本上繼承王重陽和馬鈺而來，又進一步得到發
展。他力主三教合一、有詩可以為證：「儒釋道源三教祖，由來千聖古今同」。
他仿傚佛教「眾生皆有佛性」之說，宣揚有情皆有道性，他說：「凡有七竅
者，皆可成真」，「畜生餓鬼，皆堪成佛」（《長春祖師語錄》）。他用超生說代
替長生說，云：「吾宗所以不言長生者，非不長生，超之也。」而超生在於
修性，故云：「吾宗唯貴見性，水火配合其次也」，又說其丹功是「三分命術，
七分性學」，其先性後命的主張十分鮮明。性功在於清心寡欲，「去聲色，以
清靜為娛；屏滋味，以恬淡為美」（以上引文均見《玄風慶會錄》）。全真道

之所以能在元初於北方推行開來，還與丘處機濟世救人的思想密不可分。王重陽創教之初，主要還是講清靜無爲，但到了丘處機時，教義發生了大的改變。其弟子的《尹清和語錄》講：「丹陽師父全行無爲古道也。至長春師父，惟教人積功行，存無爲而行有爲，是執古是謂道紀，無施不可。師父嘗云：『俺今日些小道氣，非是無爲靜坐上得，是以大起塵勞作福上，聖賢付與；得道之人皆是功行到，聖賢自然與之』。」他看到由於戰爭蹂躪，生靈塗炭，於是令各地道徒立觀度人，以救世爲首要任務，這種救世濟民的實踐是丘處機掌教下的全眞道得到廣泛讚譽和流行的根本原因，全眞道也成了北方人民可以依附的社會組織。清乾隆皇帝爲北京白雲觀丘祖殿題聯云：「萬古長生不用餐霞求祕訣，一言止殺始知濟世有奇功。」這是對丘處機最簡練準確的評價。

　　丘處機之後，全眞道在其繼任掌教人尹志平、李志常帶領下，經歷了三十多年，全眞道達到了發展史上的頂峰，從三位掌教人的行跡來看，全眞道在幫助蒙元王朝收攬人心，安撫百姓，穩定統治方面，確實做了不少工作，博得了統治者的信賴，因此獲得了統治者的大力支持，以至有了「黃冠之人，十分天下之二，聲焰隆盛，鼓動海嶽」（《遺山集》卷三十五）的聲勢。

　　談到全眞道，我們還不能不說一下潘德沖，因爲在潘德沖的墓中，發現了與戲劇有關的文物，從一個側面說明了全眞道與元代戲劇的關係。潘德沖，字仲和，是於公元 1220 年曾隨丘處機前往八魯灣謁見成吉思汗的十八大弟子之一。這十八人是：趙道堅、宋道安、尹志平、孫志堅、夏志誠、宋德芳、王志明、于志可、張志素、鞠志國、李志常、鄭志修、張志遠、孟志溫、慕志清、何志堅、楊志清和潘德沖。潘德沖先後任道教燕京都道錄兼領宮事、諸路道教提舉、河東南北兩路道教都提點兼永樂鎮純陽宮住持。《甘水仙源錄》卷五《沖和眞人潘公神道之碑》稱，潘卒於元憲宗六年（1256 年），於世祖中統元年（1260 年）下葬。1959 年遷建永樂宮時，對其墓進行了發掘，在石槨上面發現了演劇的畫面。據廖奔在《宋元戲曲文物與民俗》中描述，「圖中所刻戲劇演員，左一人軟巾諢裏，雙眼眉各貫墨線，右手拇、食指放入口中打呼哨，光腿，當爲副淨角色。左第二人披袍秉笏作官員。左第三人頭戴尖頂冠，腆腹光腿，左胳膊上掛一筒狀物，正翹起拇指賣弄，明顯亦是一發喬角色。左第四人叉手侍立。」（見 206～207 頁）作者認爲，這「是元代院本的演出場景」。（同上）在潘德沖的墓中發現演劇的畫面，有特殊的意義。第一、

我們可以看出，在以平陽為中心的周邊地區是元劇重要活動的地方，也是道教昌盛之地，道教借演劇宣傳自己的宗教理念，而戲劇也借助廟觀的演出場所，兩者互為利用，互為補充，自然而然地結合起來。所以我們不難明白，元劇中為什麼會有那麼多的道化戲出現。

（2）傳統的正一道仍在發展延續

元世祖至元十三年（1276）年，江西龍虎山的正一道的三十六代天師張宗演應召北上，因為皇帝降詔，邀請他北上。江南的正一道是與北方全真道相對峙的另一大教團。奉東漢時的張陵為師，以畫符念咒，驅鬼降妖，祈福禳災為其主要的宗教活動。元世祖忽必烈率軍攻打鄂州時（1259），曾派王一清去江西龍虎山訪三十五代天師張可大。張可大當時曾預言，「後二十年，天下當混一」。忽必烈始終記著此語，現在預言已經應驗，宇內一統指日可待，因此非常急切同天師見面。天師到後，忽必烈賜他冠服、銀印，命他總領江南道教。元世祖後又於至元十八年和二十五年兩次接見張宗演，可見對正一道的重視。世祖授予張宗演天師頭銜和主領江南道教事，從此成為定制，被元朝歷代皇帝所承襲，直至元終。

在張天師嫡傳之外，張留孫與吳全節師徒是元廷最寵信的高道，其榮耀有甚於天師者。張留孫（1248～1321）字師漢，信州貴溪人，自幼學道於龍虎山。至元十三年，隨張宗演入朝，次年（1277），張宗演返龍虎山，因其談話合世祖心意，被留下奉侍宮中。《元史·釋老傳》載，留在京師的張留孫，由於禱止暴風雨和為昭睿聖皇后禱病有驗，於是「上大喜，命為上卿，鑄寶劍，鏤其文曰：大元賜張上卿。敕兩都各建崇真宮朝夕從駕」，深得元世祖信賴。至元十五年，授玄教宗師，錫銀印。留孫曾與世祖講論治國之道，申述黃老治道貴清靜，聖人在宥天下之旨，深契世祖之心。世祖欲任完澤為相，命留孫卜筮，留孫以《易》為占，決為吉事。大德中，加號玄教大宗師，同知集賢院道教事，且追封其三代皆魏國公，官階品俱第一。這樣，留在京師的張留孫，就利用元世祖的賞識和留守京師為天師在京的合法代理人的身份，使自己的政治地位日漸鞏固。於是從江西龍虎山徵調了許多道士到兩京崇真宮，委以京師教職，或派遣到江南各地管理教務，這些人又在各地發展教徒，他們聚集在張留孫周圍成為其弟子或再傳弟子，一個以他中心的龍虎宗支派，玄教就逐漸形成了。

吳全節是張留孫門下高徒。至元二十四年從張留孫至京師見世祖。大德十一年（1307）被授予玄教嗣師，賜銀印，視二品。武宗海山，賜吳全節七寶金冠，織金文之服，並贈其祖爲昭文館大學士，封其父爲司徒、饒國公，母爲饒國夫人。英宗至治二年（1322），吳全節嗣教爲玄教大宗師，授特進上卿，崇文弘道玄德眞人，總攝江淮荊襄等處道教，知集賢院道教事，賜玉印銀印。吳全節好結交士大夫，親推賢才，又能賑窮周急，曾爲成宗推薦洛陽太守盧摯，謂其平易無爲，而民以安靖，於是得拜集賢學士，又曾保護翰林學士閻復，不受陷害，這些都使全節聲望日盛。張留孫與吳全節雖然是占卜名家，但他們並不以此一味迎合皇帝以攫取富貴，而是講論學問，提出積極有益的建議，在當時知識界和朝臣中有較高威望。該教派領袖繼吳全節之後的第三任爲夏文泳，第四任張德隆，第五任爲于某，已處於元末。該教派思想上推崇儒學，力行忠孝，在宗教內容上雜學各派，表現了元朝江南道教既教派林立又雜糅合流的時代特色。

（3）與戲曲有直接關係的淨明道

儘管我們研究佛道與元劇的關係，但大多數作品一般來說均是受宗教影響或者由作者寫來反映宗教內容，而在元代流行於江南的淨明道的重要人物，卻直接參與到雜劇的創作中去。

淨明道是在南宋初年於南昌興起的一個道教派別，全稱作「淨明忠孝道」，係從靈寶派衍出。奉許遜爲祖師，稱其法錄出之於許遜眞傳。

靈寶派是道教早期派別之一、奉三國時葛玄爲祖師，其道統是自元始天尊傳下來的。在東漢・袁康《越絕書》中云，「昔禹治水於牧德之山，遇神人授以《靈寶五符》」，這就是古《靈寶經》。此經後經葛玄手，遂有《靈寶經誥》、《靈寶經錄》問世。至其後人葛洪玄孫葛巢甫，發揚光大，增補出一系列《靈寶經》，並逐漸形成一個派別。

淨明道尊奉的許遜是東晉時人，與葛洪、郭璞爲同一時代。在《十二眞君傳》中記載，說他師事吳猛，並與郭璞相識。而吳猛是南海太守鮑靖（鮑靚），葛洪、許邁師事之，還是葛洪的岳父。此書又云許遜從蘭公學「孝道之秘法」，傳「孝悌之教」。在《墉城集仙錄》中說吳猛、許遜從諶田學道，盟而授之，「孝道之法，遂行江表」。此中蘭公、諶田俱先後從孝道明王（亦作「孝梯王」、「孝道仙王」）得道成仙，而「孝道之宗」，爲「眾仙之長」。許遜

字敬之，江西南昌人。據《雲笈七籤》卷 106《許遜眞人傳》及《淨明忠孝全書》卷 1、2 中《淨明道師旌陽許眞君傳》、《玉眞靈寶壇記》、《淨明大道統》及《十二眞君傳》所載，他少時以射獵爲業，後愴然感悟，折弩而歸，在西山（亦稱逍遙山）修道。因鄉舉孝廉，在晉太康元年出任旌陽令，人稱許旌陽。許遜見晉室多難，棄官東歸，與吳猛傳孝道。在南昌西山爲該教據點，其中重要人物除許遜、吳猛外，還有甘戰、施岑、時荷等十人，合稱作十二眞君。傳說在寧康二年八月十五日許遜「闔家飛升，雞犬悉去」。後西山教團道士在許遜故宅建遊帷觀爲祭祀所。許遜死後在宋代受皇室重視，宋眞宗趙恒大中祥符三年，將西山遊帷觀升格爲玉隆宮。宋徽宗趙佶好道，在政和二年封許遜爲「神功妙濟眞君」，並仿西京崇福宮規制改建玉隆萬壽宮。此後，在民間對許遜信仰頗盛，每年仲秋「淨月」，總有許多人扶老攜幼前往西山玉隆萬壽宮朝拜。宋代著名文人黃庭堅等二十六人擔任過玉隆萬壽宮提點、提舉、主管等職。南宋初年玉隆萬壽宮道士何眞公見社會動盪，民心思安，遂在宋高宗趙構紹興元年八月十五日，即傳說許遜飛升之日，自說許眞君自天而下，降臨玉隆萬壽宮，傳授他《飛仙度人經》、《淨明忠孝大法》，令其傳度弟子五百餘人，消禳厄會，民賴以安。何眞公假託眞君親授經書，擴大教團，這就是淨明道之初成。但何眞公一繫傳承不長，後即沉寂。直至宋末元初之際，淨明道才再露頭角。創始人是西山道士劉玉，他並不承認與何眞公有淵源，而是另起爐灶，創建淨明道。劉玉字頤眞，號玉眞子，因少年時父母相繼病故，家貧靠耕田度日，遂厭棄紅塵而出家爲道士。據《西山隱士玉眞劉先生傳》載，在元世祖至元十九年、二十年兩次在西山遇見洞眞天師胡慧超，傳授他許遜之旨，並說「龍沙已生，淨明大教將興，當出八百弟子，汝爲之師」。至元三十一年，他遇到郭璞，教以經山緯水之術，並囑其往黃堂山烏晶原尋許眞君修眞的玉眞墳。在元成宗鐵穆耳元貞元年，劉玉擴大教衆，弘揚淨明道法，開創新的淨明道。在何眞公時，所傳習的符咒，齋醮之法十分繁瑣，劉玉大加改革，一切從簡。他認爲修煉是次要的，這是後天之學，應恢復先天，返眞還元，同歸太極，同歸無形。他強調淨明大道是先天之宗本，修習的中心是封建社會的忠孝倫理道德觀念。他反覆講：「何爲淨？不染物；何爲明？不觸物；不染不觸，忠孝自得。」又云：「淨明只是正心誠意，忠孝只是扶植綱常。」（《玉眞劉先生語錄》）另外，他還提出三教同源之說，尤其是將儒家忠孝思想作爲淨明道之本。既然他強調修仙道先修人道，所以又主

張淨明道士「或仕宦或隱遊，無往不可」，「所貴忠君孝親，奉先淑後」，可以居家修行（《淨明大道說》）。

劉玉開創的新淨明道，仍以許遜爲第一代祖師（旌陽公一傳），劉玉爲第二代傳人（旌陽公二傳），將何眞公排斥在外。劉玉去世時，傳法黃元吉（旌陽公三傳）。黃元吉本領不在劉玉之下，使淨明道大興。在黃元吉之後有旌陽公四傳徐異、五傳趙宜眞、六傳劉淵然，在《逍遙山萬壽宮志》卷5《淨明嗣傳四先生傳》中載有黃元吉、徐異、趙宜眞、劉淵然四人傳記。劉淵然以下傳承譜系不明，在明末清初之際，全眞教龍門法派丘處機第八代嗣法弟子徐守成入南昌西山研修淨明道法，修復玉隆萬壽宮，主持宮事，其後淨明道的道統就由徐守誠門人譚太智、張太玄等人相繼維持了。在《淨明忠孝全書正訛》附載了許邁、許穆、呂洞賓、白玉蟾、傅大師、朱眞人、張眞人七人傳記。其中許邁、許穆、呂洞賓三人不是淨明道中人。許邁雖非道中人，但與許遜的老師吳猛同在鮑靚門下，也算有點關係。白玉蟾是金丹派南宗五祖之一、南宗實際創立者，兼行神霄雷法（亦稱五雷大法），他撰有《繼眞君傳》，介紹許遜種種說法及天師胡惠超重建許仙祠事。傅大師是宋代鐵柱宮道士，與朱熹有交往。張眞人稱張逍遙，曾入南昌西山玉隆萬壽宮修淨明道，是明末清初人。此中朱眞人，是明太祖朱元璋第十七子朱權。在淨明道中，與中國古代戲曲結緣的有兩位大名人，一曰黃元吉，一曰朱權。

黃元吉（1271～1355）字希文，豫章豐城望族，爲東晉時許遜最初傳教活動之地，不僅留有許眞人傳教遺跡，還流傳許多許遜斬蛟、爲民除害的神奇動人故事。他十二歲就出家西山玉隆萬壽宮，先從清逸堂朱尊師學道，朱尊師仙逝後，又從朱師王月航受教，王月航逝後，得劉玉器重，遂成其門下大弟子。黃元吉事劉玉如父，劉玉臨終前傳道統於元吉，囑其弘揚教事。黃元吉在西山建玉眞、隱眞、洞眞三壇傳授弟子，光大門庭。他爲了繼承和弘揚劉玉創教思想，將老師生平言行，編成《玉眞先生語錄》（內集、外集、別集）三卷。後來由黃元吉門人徐異增補校正的《淨明忠孝全書》六卷，其中卷一至卷五是由黃元吉編集的。卷一收淨明道祖師及傳人傳記七篇，前四篇是許遜與「淨明三師」張蘊、胡慧超、郭璞的傳記，是採正史、野史、傳聞彙集而成，算是淨明道的神仙譜系。胡慧超、郭璞與淨明的關係前文已說明，張蘊是唐玄宗時道士，號洪崖子，在洪州修道。洪州在唐時治所南昌，即許遜修道的西山，所以此卷中收有《淨明經師洪崖先生傳》。在卷六《中黃先生

問答》中，錄黃元吉闡述淨明忠孝教義言論十三條，他認爲「只要除去欲念便是淨，就裏除去邪惡之念，外面便無不好行檢」。並認爲修道之人，不只是表面的行爲，應更注重內心修爲，只有「內外交養」，才能達到「眞淨」。修習者「能淨、能明、能忠、能孝」。他強調指出，「淨明教中所謂眞人者，非謂吐納按摩休糧辟穀而成眞也，只是懲忿窒欲，改過遷善，明理復性，配天地爲三極，無愧人道，謂之眞人」，而淨明道十二眞君就是尊孝道而成仙的。他還一再教導門人，「積善之家必有餘失，積不善之家必有餘殃」，道由心悟，禍福自取。黃元吉在至治三年遊京師大都，獲上下稱譽。泰定元年，三十九代天師張嗣成入朝時，向元室極力舉薦黃元吉，元室因賜號「淨明崇德弘道法師、教門高士」，封爲「玉隆萬壽宮焚修提點」。黃元吉受封後未返山，被玄教宗師張留孫挽留暫住崇眞萬壽宮，次年仙逝於京師。在脈望館鈔校于小谷藏本，《孤本元明雜劇》本收錄有《黃廷道走千里流星馬》雜劇，簡目作《流星馬》，題爲「明黃元吉撰」。題目正名作：房玄齡謀略施兵法，李道宗智退金戈甲。賢達婦捨命救兒夫，黃廷道夜走流星馬。在《錄鬼簿續編》無名氏作78種中，有《流星馬》雜劇，題目正名作：左賢王招百載桂枝節，黃廷道走千里流星馬。在《今樂考證》和《也是園藏書古今雜劇目錄》中均著錄此劇目，並注明是黃元吉作，其名次在王子一之後，谷子敬、賈仲明之前，似爲元末明初人。在莊一拂《古典戲曲存目匯考》、邵曾祺《元明北雜劇總目考略》中，均收「黃元吉」條，或云「此人未見著錄」，或云「字裏不詳，事蹟無考」。我推測此人即是淨明道中重要人物黃元吉。《流星馬》雜劇雖寫唐初漢番事，但並無民族偏激之情，這正是元代中期民族融合之狀，劇中人物行爲不背離孝悌之道，也符合淨明道做人的標準。大概是這位道長久觀雜劇演出，一時興起的遊戲之筆。

朱權（1378～1448）是明太祖朱元璋第十七子，早年深得朱元璋寵信，封寧王，手握重兵。燕王朱棣起兵時，騙奪了他的兵權。朱棣奪權即皇位後，永樂元年封藩朱權於南昌，朱權因心懷不滿，又欲避明成祖朱棣之猜疑及他人讒毀，遂轉而學南昌西山淨明道，著《神隱志》（亦作《神隱》）、《漢唐秘史》等，並撰神仙道化劇。朱權地位尊貴，又就藩南昌，故淨明道奉爲其爲尊師之一。後來朱棣封他爲涵虛眞人。我們現在知道朱權著有雜劇十二種，其中神仙道化劇有《瑤天笙鶴》、《淮南王白日飛升》、《沖漠子獨步大羅天》、《周武帝辯三教》等，除《獨步大羅天》存有劇本外，其他劇目已佚。

　　《獨步大羅天》現存脈望館抄本，劇情講的是東華帝君派呂洞賓和張紫陽二仙下凡度化沖漠子，呂洞賓教給他長生之道，並幫他除掉心猿意馬，酒色財氣和三尸之蟲。最後，呂張二仙扮做漁夫、樵夫，引渡沖漠子過了弱水，上了大羅天，與群仙共舞，圓了長生之夢。據推測，該劇在《太和正音譜》中有著錄，是朱權早期作品，可見道家長生不老的思想早已是朱權心中的渴望，所以當權力鬥爭已見分曉，朱權再無力與朱棣爭鋒的時候，朱權能很快認同興盛於南昌的淨明道，是順理成章的事。

　　《瑤天笙鶴》和《白日飛升》劇本已佚，但從劇名以及朱權愛從歷史文獻中尋找創作素材的特點來看，二劇均出自古代神仙故事，前者應是「王子喬」故事：「王子喬者，周靈王太子也。好吹笙作鳳凰鳴。遊伊洛之間，道士浮丘雲接以上嵩山。三十餘年後求之於山，見桓良曰：『告我家：七月七日待我於緱氏山頭。』果乘白鶴，駐山嶺，望之不倒，舉手謝時人。數日而去。後立祠於緱氏及嵩山。」（《太平廣記》卷四「神仙四」）《白日飛升》是講淮南王劉安得道昇天的故事，就連家中的雞犬也跟著昇天，《神仙傳》稱：「時人傳八公安臨去也，餘藥器置在中庭，雞犬舐啄之，盡得昇天，故雞鳴天上，犬吠雲中也。」（《太平廣記》卷八「神仙八」）從這兩劇來看，朱權對求仙訪道甚有興趣，這大概是他韜光養晦的一種策略罷？

　　《周武帝辯三教》事見《周書‧武帝記》。南北朝時，佛教大盛，所以有「南朝四百八十寺」之說，於是，儒釋道三教的鬥爭亦很激烈。儒教常常幫助道教來攻擊佛教。並且北魏太武帝還於太平真君七年（446 年）發起了廢除佛教的行動，這是佛教史上一次大的「法難」，之後大興寇謙之革新後的天師道。到了周武帝時，佛教又遭重創，於天和四年（569 年），召集僧道儒等討論兩教教義，會後一個月又開大會，評判三教優劣。建德二年十二月又「集群臣及沙門，道士等，帝升高座，辯釋三教前後，以儒教為先，道教為次，佛教為後。」該劇撰寫的就是這段往事。作為明代最高統治集團中的一員，道教的忠實信奉者，朱權對這一排次，意見大概不會相左，所以，從歷史中挑出這段掌故，是自然而然的事。

　　綜上所述，淨明道一派中的兩個重要人物，都與戲曲有著淵源與瓜葛，對黃元吉其人及其劇作的研究，可以填補撰寫戲曲史時對此人身份不明的空白；而對朱權劇作的爬梳，可以理清朱權本人的思想脈絡。從淨明道與戲曲的關係來研究，又給我們研究元末明初的雜劇歷史提供一個新的視點。

3. 元代宗教對知識分子的影響

正如我們前面所說，由於蒙古入侵，中原文明遭受踐踏，元代知識分子的社會地位發生了一次大的變化。這種變化表現在兩方面：政治上失卻晉身之路，經濟上毫無生活保障。中國的知識分子主要晉身之路是科舉，尤其是距元不遠的北宋王朝，爲了要從知識分子中選拔能維護其統治的官僚，進一步發展了隋唐以來的科舉，並且使其規範化，以便普通的知識分子有更多的躋身統治者的機會。宋太祖曾說：「昔者科舉多爲勢家所取，朕親臨殿試，盡革其弊矣。」（《宋史·選舉志一》）這從一定程度上防範了勢家大族對科舉的壟斷，再加上一次錄取的進士多達三、四百人，比唐代超過十倍以上，而且「狀元及第，雖將兵數十萬，恢復幽薊，逐強蕃於窮漠，凱歌勞還，獻捷太廟，其榮不可及也。」（尹洙：《儒林公議》）宋代的科舉制度，以及配合這一制度的種種措施，有效地吸引當時士子走向讀書應舉的道路，政路的暢通帶來了生活上優厚的待遇。所以說中國知識分子在宋代是比較心情舒暢的。然而，元代知識分子的境遇與之形成對比強烈的反差。元世祖統一中國後，分全國人民爲蒙古、色目、漢人、南人四等，在法律、政治、經濟上都規定了不同的待遇，蒙、漢之間差異甚大，「諸蒙古人因爭及乘醉毆死漢人者，斷罰出征並全徵燒埋銀」（《元史·刑法志四》）而漢人僅打傷蒙古人，即犯殺身之罪。〔註7〕全民族在這種高壓下難以生存。知識分子的生活則更慘。由於蒙古統治者處於蠻夷之地，在侵入長城以南的初期，還未能接受長期在中國封建社會建立的文化制度。蒙古貴族對於漢族知識分子是十分歧視並且極力排斥的，「蒙古用人，以國族勳舊貴族子弟爲先」（陳邦瞻：《元史紀事本末》）。以至科舉七、八十年不行，斷卻了知識分子一條重要的生活道路。而且，前代的科舉在長期推行過程中，自身流弊日甚。元滅南宋後，一部分儒生甚至痛呼「以學術誤天下者，皆科舉程文之士，儒亦無辭以自解矣！」（謝枋得：《程漢翁詩序》，《迭山集》卷六）這是痛定思痛後的逆反心理，因此在這種思想衝擊下，出現了「皆不屑仕進，乃嘲風弄月，留連光景」（朱經：《青樓集序》）的白蘭谷、關已齋輩。但是，嚴酷的現實還是將他們逼到社會的一隅。政治上的不平等與經濟上的不平等並行不悖，歷來視讀書爲上品的知識分子不放在眼裏的商

〔註7〕《元史·董俊傳》：「或告漢人毆傷國人，及太府監屬盧甲盜官布。帝怒，命殺以懲眾。」

賈之道，在元朝大興起來。元朝統一全國以後，由於版圖遼闊，南北物資交流暢通無阻，經商的人逐漸增多，「舍本農，趨商賈」（《農桑輯要》卷一、《先賢務農》）的風氣很盛，這些商人謀利之巨令人吃驚，張之翰曾說：「觀南方歸附以來，負販之商，游手之輩，朝無擔石之儲，暮獲千金之利。」（《儀盜》，《西巖集》卷一三）有雄厚的經濟基礎作後盾，富豪與貴族、官僚、僧侶、地主聯合起來構成了元代的上層階級，而絕大多數知識分子淪入「九儒十丐」〔註8〕悲慘處境。關漢卿的《趙盼兒風月救風塵》就寫了囊中羞澀的秀才安秀實不是商人周舍的對手的事。元代的文人，基本上處於貶之唯恐不低，條條道路堵塞的困厄境遇之中。直到宣慶二年（1313）末，元廷以行科舉詔頒佈天下，決定恢復科舉制度，但這距元雜劇興盛的「蒙古時代」與「一統時代」〔註9〕已長達半個世紀。

在這種社會條件下，知識分子走上了不同的生活道路。他們有的反抗現實，有的皈依宗教，有的寄情山水，有的耽戀聲色，還有的與統治階級合作。他們的人生哲學從不同側面得到反映，儘管元初征取中原，曾得儒生之力，籠絡了一批如劉秉忠、郝經、姚樞、許衡等有名的知識分子，而蒙古統治者對漢人的使用還是疑懼，就連像劉秉忠、廉希憲、張易等重臣也受到控告或從中樞中排擠出。還有一些很有聲望的文人如虞集、陳孚、程鉅夫、趙孟頫之流因為是南人遂遭貶抑。就連皇帝「欲大用孟頫，議者難之」（《元史‧趙孟頫傳》）。在這種氛圍下與統治者合作，心情不免鬱鬱不歡。虞集在祭掃祖墓時，其一首詩感情頗為複雜：「江山信美非吾土，飄泊棲淒近百年。山舍墓田同水曲，不堪夢覺聽啼鵑。」（《至正致元辛巳寒食日示弟及諸子姪》、《道園學古錄》）他通過對故鄉的殷切懷念，曲折地表達了興亡之感。這是處於上層的知識分子委婉細膩的心態。然而這種人在元劇作家中占極少數，只有後期雜劇作家楊梓達到「杭州路總管」一職，他如馬致遠、李文蔚不過是「浙江行省務官」、「江州路瑞昌縣尹」（鍾嗣成：《錄鬼簿》）而已，基本上還是中下層知識分子。當然，知識分子中也不乏對現實極其不滿，對社會進行激烈

〔註8〕這種說法有兩種：一官、二吏、三僧、四道、五醫、六工、七匠、八娼、九儒、十丐（《迭山集》）；一官、二吏、三僧、四道、五醫、六工、七獵、八民、九儒、十丐（《鄭所南集》）。

〔註9〕王國維：《宋元戲曲考》，「至有元一代之雜劇，可分為三期：一、蒙古時代：此自太宗取中原以後，至至元一統之初」；「二、一統時代：則自至元後至至順後至元間。」

抗爭的勇士，他們直面現實，針砭社會積弊。劉時中在其散曲《上高監司》中描寫了江西饑荒的廣闊生活畫面以及災區饑民掙扎於死亡邊緣的悲慘情況。以沉痛的筆觸憤怒地控訴了富豪大商的趁火打劫和貪官污吏的營私舞弊。憤怒地喊道：「小民好苦也麼哥，小民好苦也麼哥，便秋收嚲妻賣子家私喪。」（《全元散曲》）但這些人沒有形成一股強大的力量，「而爲數更多的卻是在黑暗社會中，既不甘心屈沉下僚，又不能奮起鬥爭；既爬不上高位，也不想走向民間。他們在碰壁之餘產生了消極悲觀的情緒，在元代文壇中是很有影響的。」〔註10〕這種「灰色的情緒」是在窮愁潦倒，幻想破滅之後產生出來的。嚴酷的現實改變了他們的生活態度，處世精神和人生哲學，他們擺脫傳統的道德規範，縱情詩酒，攜妓冶遊，放浪形骸，這樣可以使心靈的鬱悶得以發洩、疏通，達到調節心理上的平衡作用。張養浩的一組〔中呂〕《朝天子》是這種生活的典型寫照，我們且看其中一首。

> 遠山，近山，兩意冰弦散。行雲十二擁翠鬟，攪不定春風慢。錦帳
> 琵琶，司空聽慣，險教喚小蠻，粉殘，黛減，正好向燈前看。

而喬吉的《樂飲》則似乎是這首散曲的補充：

> 紫蟹肥，白醪美。萬事無心且銜杯。醉鄉亡盡人間世，守夜鐘，報
> 曉鳴，魂夢裏。

他們傍徨，他們絕望，對人生，社會產生一種悖逆心理，反其道而行之，把風月場中的浪漫極盡誇耀之能事，表現出一種頑潑之相。其實，在狂放自由的生活外殼下，卻是內心世界的極度矛盾。關漢卿的〔一枝花〕套曲《不伏老》使我們看到了以他爲代表的元代知識分子那色彩斑駁卻又清澈見底的心靈的波流。他公開宣稱：「我是個普天下郎君領袖，蓋世界浪子班頭。」並說「你便是落了我牙，歪了我嘴，瘸了我腿，折了我手。天賜與我這幾般兒歹症候，尚兀自不肯休。則除是閻王親自喚，神鬼自來勾，三魂歸地府，七魄喪冥幽，天哪，那其間才不向煙花兒路上走。」關漢卿毫不掩飾自己淪入社會的底層，與被損害、被侮辱的人們生活在一起的經歷，以我行我素，心胸曠達的性格尋找適合自己的生活道路。因此，眾多的知識分子走向民間，走向瓦肆構欄使自己的價值重新得到世人的認識。

　　一部分知識分子擺脫羈縻，走向民間；一部分則寄情山水，走向自然。中國知識分子的心理性格有自己獨到之處，講究適意，面對成功與災難，不

〔註10〕呂徽芬：《元代後期雜劇的衰微及其原因》，《元雜劇論集》上，109頁。

是大喜大悲，而是以剋制、和諧的方法追求內心世界的平衡，達到精神上的解脫與人生完美境界的實現。元代的畫家，這方面的特點就很突出，他們「以統治於異族人之下，每多生不逢辰之感；故凡文人學士，以及士夫者流，每欲藉筆墨，以書寫其思想寄託，以爲消遣。故從事繪畫者，非寓康樂林泉之意，即帶淵明懷晉之思。」〔註11〕因此，元代的山水畫就將知識分子的思想感情融合於雲煙風物之中，不論寫春景、秋景、或夏景、冬景、寫崇山峻嶺或淺汀平坡，總是給人以冷漠、清淡或荒寒之感，追求一種「無人間煙火」的境界。其實，這都是當時人們心態的一種外化。如盧摯的散曲《秋景》：「掛絕壁枯松倒倚，散西風滿天秋意。」馮子振的散曲則另有一番趣味。「長繩短繫虛名住，傾濁酒勸鄰父。草亭前矮樹當門，畫出輕煙疏雨。」（〔鸚鵡曲〕《溪山小景》）在這種環境裏，元代知識分子築起一道心理的堤防，來躲避「亂紛紛蜂釀蜜，急攘攘蠅爭血」（馬致遠：〔雙調‧夜行船〕《秋思》）這樣的社會的侵擾。於是佛教關於人生無常、善惡報應、三世輪迴的故事，道教關於成仙飛升、仙凡殊途、修道服食的故事以及佛道莊禪自然適意、逍遙無憂、清靜恬淡的思想都深深影響著元代的知識分子。由於元朝佛教和道教都得到特別的尊崇，其宗教教義影響信仰者，也通過宗教氛圍感染信仰者，當信仰者從宗教思想、儀式、方法中獲得寫作靈感及題材時，那些宗教經典中的主題內容、詞語典故、神話系統就直接挪移到雜劇中去。

4.「神佛道化戲」是宗教俗講和戲劇傳統的延續

關於中國戲劇的起源，很早就有人認爲中國戲劇起源於宗教禮俗。因爲在原始祭祀的歌舞當中，已經有了一些戲劇性的成份。王國維在《宋元戲曲史‧上古至五代之戲劇》通過對上古巫覡的考察，認爲巫之象神，這就有了演員和角色；巫之歌舞可樂人，這就有了觀眾；再加上一定的故事情節，這就包含了故事情節。他以生動的語言描繪道：「浴蘭沐芳，華衣若英，衣服之麗也；緩節安歌，竽瑟浩倡，歌舞之盛也；乘風載雲之間，生別新知之語。荒淫之意也。是則靈之爲職，或優蹇以象神，或婆娑以樂神，蓋後世戲劇之萌芽，已有存焉者矣。」可以說，在早期的巫覡歌舞中，戲劇的種子已經播下，並開始萌芽。

〔註11〕潘天壽：《元代之繪畫》，《中國繪畫史》，163 頁。

自北傳佛教〔註 12〕在中國漢代興起繁衍之後，一時間僧尼雲集，佛寺林立。再加上中國原有的道教宮觀，寺廟成了老百姓除進行宗教活動以外休閒娛樂的地方，《洛陽伽藍記》卷一記載北魏景樂寺的娛樂活動道：「至於大齋，常設女樂。歌聲繞梁，舞袖徐轉，絲管寥亮，諧妙入神。」這種情況不僅景樂寺所獨有。其他寺院也是「召諸音樂，逞伎寺內。奇禽怪獸，舞抃殿庭，飛空幻惑，世所未睹。異端奇術，總萃其中。剝驢投井，植棗種瓜，須臾之間皆得食。士女觀者，目亂睛迷。」由此可見，中國自有佛寺以來，就一直有把其作爲娛樂場所的習慣。而佛寺也以此爲重要宣講佛經的場合，於是在唐安史之亂後，寺院出現了以通俗語言宣講佛經的形式，俗講。俗講在唐詩中有許多具體的描寫。如姚合在《贈常州院僧》中敘述道：「古罄聲難盡，秋燈色更鮮，仍聞開講日，湖上少漁船」；又如他在《聽僧雲端講經》道：「無上深旨誠難解，唯是師言得其眞，遠近持齋來諦聽，酒坊魚市盡無人」。說明每逢寺院開講的日子，街上的行人都見稀少，湖上的漁船也少了。可見這種俗講對群眾的吸引力之強。

在唐代長安的俗講中，除了僧講之外，道教徒們的道講形式也很普遍。如韓愈在《華山女》中說：「街東街西講佛經，撞鐘吹螺鬧宮廷。廣張罪福資誘脅，聽眾押恰排浮萍。黃衣道士亦說經，座下寥落如明星。華山女兒家奉道，欲驅異教歸仙靈。」由此可見，佛道二教都用這種通俗易懂的講經形式，來宣傳自己的宗教理論。

中唐以後，這種俗講仍是沿襲著佛教徒的講經形式進行的，本來「佛教徒宣揚佛教，在正統上大致可分爲兩種，一種即講經就是釋義，申問答辯，以期闡明哲理，是由法師、都講協作進行的。另外一種是說法，是由法師一人說開示，可以依據一經講說，也可以綜合哲理，由個人發揮，既無啓問，也無答辯。這是講經與說法不同之處，，相對俗講方面也有兩種，一種即講唱經文，也是法師與都講協作的，至於與說法相應的，則是說因緣，有一人講說，主要擇取一段故事，加以編制敷衍；或徑取一段傳記，照本宣科，其旨爲宣揚作善求福」〔註13〕，「因緣」也稱緣起，是佛教名詞，即「因緣生起」

〔註12〕佛教中專用術語爲南傳、北傳。南傳佛教（小乘教）：斯里蘭卡、緬甸、泰國、老撾、柬埔寨、及中國傣族地區，屬巴利語經典系（即希伯來文）。北傳佛教（大乘教）：中國、朝鮮、日本、越南，屬漢語經典系（亦包括藏、蒙地區的藏語經典系）。

〔註13〕周紹良：《唐代變文其他》，《文史知識》，1986 年第 1 期。

的略稱，本來是指一切事物必須具備各種因緣，人生種種現象也是皆在各種
關係中存在，亦因關係的演變而分離或消失。在講經中是指所敘述故事的始
末緣由的發展過程。這種「說因緣」的講經形式，就已經變成一種講唱佛教
故事的內容了。變文也就是在這種講唱佛教故事中逐步產生的。

這種「說因緣」形式，雖然穿插一些故事，也都是以佛經中宣揚佛法無邊
為內容，俗講聽眾久而久之，也會產生厭煩；在講唱中，便逐漸吸收一些新的
內容，如歷史故事、民間故事或當代新聞之類，在演唱方面也吸收一些民間喜
聞樂見的曲調，便慢慢脫離了宗教儀式，由宗教宣傳品變成一種民間說唱藝術。
這種藝術形式當時稱為轉變，它的底本就是變文。這種變文也不全是僧人演唱，
在民間也出現了專門演唱這種變文的女藝人。如唐代詩人王建的《觀蠻伎》：

> 欲說昭君斂翠蛾，清聲委曲怨於歌。誰家少年春風裏，拋與金錢唱
> 好多。

又如晚唐詩人吉師老《看蜀女轉昭君變》一詩中寫道：

> 妖姬未著石榴裙，自道家連錦水濆。檀口解知千載事，清詞堪歎九
> 秋文。翠眉顰處楚邊月，畫卷開為塞外雲。說盡綺羅當日恨，昭君
> 轉意向文君。

這種脫胎於宗教講唱藝術的形式出現，為中國戲曲走向成熟打下了基礎。我
們為什麼要這樣說呢。它主要是有如下幾個特點：一是說唱故事。轉變受俗
講儀式的影響，形成一種說與唱相互配合進行說唱故事的形式。它擺脫了俗
講中的講經文必須先引一段經文，作為講述根據的習慣，而直接向聽眾講唱
故事。這樣，原來在俗講中那種都講與法師配合的問答形式，也就發生了變
化。由兩人講唱變成一個人直接對觀眾講唱，而是以第三人稱的客觀立場說
唱故事。因此，在轉變中「說」與「唱」變得都有重要意義。

其次，出現了專業演員。早在中唐的俗講，便已形成供人欣賞的演唱特
徵。日本僧人圓仁在《入唐求法巡禮行記》中，記述當時說唱的著名人物：

> 會昌元年，及敕於左、右街七寺開俗講。左街四處：此資聖寺令雲
> 花寺賜紫大德海岸法師講《花嚴經》；保壽寺令左街僧錄三教講論賜
> 紫引駕大德體虛法師講《法花經》，菩提寺令招福寺內供奉三教講論
> 大德齊高法師講《涅槃經》，景公寺令光影法師講。右街三處：會昌
> 寺令內供奉三教講論賜紫引駕起居大德文溆法師講《法花經》。城中
> 俗講，此法師為第一。惠日寺、崇福寺講法師未得其名。

文中提到的說唱家有海岸、體虛、齊高、光影及文漵等，並指出城中俗講是以文漵和尚為第一。段安節的《樂府雜錄》曾記載道：「長慶中，俗講僧文漵，善吟經，其聲宛轉，感動里人，樂工黃米飯依其念四聲觀世音菩薩乃撰此曲」，可見文漵當時的影響。此外，唐開成（836～840）進士趙璘《因話錄》卷四從另一個側面描述了文漵的受世人追捧的情況：

> 有文漵僧者，公為聚眾談說。假託經論，所言無非淫穢鄙褻之事。不逞之徒，轉相鼓扇扶樹；愚夫冶婦樂聞其說，聽者填咽寺舍，瞻禮崇拜，呼為和尚。教坊效其聲調以為歌曲。其寺庶易誘。釋徒苟知真理，及文義稍精，亦甚嗤鄙之。近日庸僧以名係功道使，不懼臺省。府縣以士流好其所為，視衣冠過於仇讎，而文漵僧最甚。前後杖背，流在邊地數矣。

雖說作者以鄙視的筆調寫文漵，但也不得不承認「聽者填咽寺舍」這一客觀情況。不光是俗講出了明星式的人物，同時，還出現了以營業為目的演出，如前述《看蜀女轉昭君變》和《觀蠻伎》詩中所述，這些藝人已經是為了謀生而演出，因此才有「拋與金錢唱好多」的情況。

還有一個特點是採用了固定的底本。在俗講中雖然都講固定的經文，但法師的講唱還是可以隨意發揮，這種隨意發揮久而久之根據受眾喜歡的程度，什麼地方可以出彩，什麼地方可以引起大家的極大關注，說唱者慢慢心裏有數，逐漸將這些內容穩定下來。內容固定的底本也可以對後來者的傳承有很大的幫助，這樣能使後來者演唱得更好，達到事半功倍的效果。當然，由於演唱者風格不同，對同一內容的處理和表現各有差異，所以演唱者各自的底本也有不同。從敦煌藏經洞發現的變文抄本中，講唱同一故事出現了多種抄本，就是這種情況的證明。如《伍子胥變文》就同時發現 4 種抄本；《前漢劉家太子傳》也同時發現了 4 種抄本；《降魔變文》共發現了 5 個抄本。可見，儘管抄本稍有出入，但大致內容相同，說明藝人演出有所本已是一個不爭的事實。

當演出具備以上所說的這些因素，再加上演出的場合——寺廟，為中國古典戲劇的誕生創造條件，也為中國古典戲劇與生俱來和宗教的因緣打下了基礎。變文的發展不僅為戲劇的誕生起到催產的作用，同時，根據文獻記載，在北宋，變文直接發展成為了雜劇。我們不妨這樣說，在佛教傳說諸故事中，影響較大、較久、又深入民間，衍為戲曲的莫過目連救母的故事。據孟元老《東京夢華錄》卷之八「中元節」條載：

七月十五中元節，先數日，市井賣冥器靴鞋、襆頭帽子、金犀假帶、五彩衣服。以紙糊架子盤遊出賣。潘樓并州東西瓦子，亦如七夕。耍鬧處亦賣果食種生花果之類，及印賣《尊勝目連經》。又以竹竿斫成三腳，高三五尺，上織燈窩之狀，謂之盂蘭盆，掛搭衣服冥錢在上焚之。構肆樂人，自過七夕，便般「目連救母」雜劇，直至十五日止，觀者增倍。

以雜劇形式演繹目連故事，是中國古典戲劇宗教傳統發展較爲成熟的一種標誌。「目連救母」雜劇出自目連變文，而目連變文則出自佛經中的一段故事。目連，即目犍連（梵文 Mahamaudgalyayana），全稱摩訶目犍連，摩訶是 Maha 是梵文的尊稱，意思是偉大的，英雄的之意，如印度的民族解放前驅甘地，被人尊稱爲「聖雄」，即是此意。他是佛祖的十大弟子之一、傳說他「神足輕舉，飛到十方」有「神通第一」之美譽（《增一阿含經》卷三）。關於目連救母故事起源於佛教傳說，主要見於這 4 部經卷：西晉竺法護譯《佛說盂蘭盆經》；東晉的《佛說報恩奉盆經》（亦稱《報像功德經》）；南朝時的《經律異相》中的《目連爲母造盆》；隋朝的《眾經目錄》中的《灌臘經》。《佛說盂蘭盆經》是最早記敘目連救母故事的文獻，其他經卷中的故事和其大同小異。《佛說盂蘭盆經》文字如下：

聞如是，一時佛在舍衛國祇樹給孤獨園，大目犍連始得六通，欲度父母，報乳哺之恩，即以道眼觀視世間，見其亡母生餓鬼中，不見飲食，皮骨連立。目連悲哀，即鉢盛飯往餉其母。母得鉢飯，便以左手障飯，右手揣飯，食未入口，化成火炭，遂不得食。目連大叫，悲號涕泣，馳還白佛，具陳如此。佛言：「汝母罪根深結，非汝一人力所奈何，汝喭孝順聲天地，天神地祇邪魔外道，道士四天王神，亦不能奈何，當須十方眾僧威神之力，乃得解脫。吾今當爲汝說救濟之法，令一切難皆離憂苦，罪障消除。」佛告目連：「十方眾僧於七月十五日僧自恣時，當爲七世父母及現在父母厄難中者，具飯百味五果汲灌盆器，香油錠燭床敷臥具，盡世甘美以著盆中，供養十方大德眾僧。當此之時，一切聖眾或在山閒禪定，或得四道果，或樹下經行，或六通自在教化聲聞緣覺，或十地菩薩大人權現比丘，在大眾中皆同一心受鉢和羅飯，具清淨戒，聖眾之道其德汪洋，其有供養此等自恣僧者，現在父母七世父母六種親屬六親眷屬，得出

三塗之苦，應時解脫衣食自然。若復有人父母現在者福樂百年，若已亡七世父母生天，自在化生入天華光受無量快樂。」時佛敕十方眾僧，皆先爲施主家咒願，願七世父母行禪定意然後受食。初受盆時，先安在佛塔前，眾僧咒願竟，便自受食。爾時目連比丘及大會大菩薩眾，皆大歡喜，而目連悲啼泣聲釋然除滅。是時目連其母，即於是日得脫一劫餓鬼之苦。爾時目連復白佛言：「弟子所生父母，得蒙三寶功德之力，眾僧威神之力故，若未來世一切佛行孝順者，亦應奉此盂蘭盆，救度現在父母乃至七世父母爲可爾不？」佛言：「大善快問，我正欲說，汝今復問，善男子。若有比丘比丘尼，國王太子王子、大臣宰相、三公百官萬民庶人，行慈孝者，皆應爲所生現在父母、過去七世父母，於七月十五日佛歡喜日，僧自恣日，以百味飲食安盂蘭盆中，施十方自恣僧，乞願便使現在父母壽命百年無病，無一切苦惱之患，乃至七世父母離餓鬼苦簿，得生天人中，福樂無極。」佛告諸善男子善女人，是佛弟子修孝順者，應念念中常憶父母供養，乃至七世父母，年年七月十五日，常以孝順慈憶所生父母，乃至七世父母爲作盂蘭盆施佛及僧，以報父母長養慈愛之恩。若一切佛弟子，應當奉持是法。爾時目連比丘，四輩弟子，聞佛所說，歡喜奉行。

到了變文中，目連救母故事已有不少，將短短的故事生發開來，人物也有所增加，加強故事性，以吸引更多的聽眾。在敦煌發現的變文中，有關目連救母故事的殘卷不少。在王慶菽、向達編纂校錄的《敦煌變文集》中就有三種，它們是《目連緣起》、《大目乾連冥間救母變文並圖一卷並序》、《目連變文》。在《大目乾連冥間救母變文並圖一卷並序》裏，說唱用的是通俗易懂語言，故事也更加世俗化，所以極易被雜劇搬演，例如：

將軍問左右：「見一青提夫人以否？」左邊有一都官啓言將軍：「三年已前，有一青提夫人，被阿鼻地獄牒上索將，今見在阿鼻地獄受苦。」目連聞語，啓言將軍：「將軍報言和尚，一切罪人皆從王邊斷決，然始下來。目連貧道阿娘，緣何不見王面？」將軍報知和尚：「世間兩種人不得見王面：第一之人，平生在日，修於十善五戒，死後神識得生天上。第二之人，生存在日，不修善業，廣造之罪，命終之後，便入地獄，亦不得見王面。唯有半惡半善之人，將見王面斷

決，然後託生，隨緣受報。」目連聞語，便向諸地獄尋覓阿娘之處：

目連淚落憶逍遙，眾生業報似風飄，

慈親到沒艱辛地，魂魄於時早已消。

鐵輪往往從空入，猛火時時腳下燒，

心腹到處皆零落，骨肉尋時似爛焦。

元代，目連故事已被編成元雜劇搬演，可惜劇本已佚，僅在《錄鬼簿續編》中有著錄，其題目正名爲「發慈悲觀音度生，行孝道目連救母」。此劇目下未注二本或多本，應是四折一楔子的標準北曲短劇。從題目正名可以推知，內容與唐代變文發生了一些變化，即將原來的如來佛拔救，改爲觀音菩薩。明代有鄭之珍本《目連救母勸善戲文》存，清代有張照的《升平寶筏》，均是目連故事的發展與繼續。至於說民間演出目連戲，更是層出不窮，其傳統至今不絕如縷。

成爲戲劇演出的一個重要內容。雖然大量的宋雜劇和金院本內容如何，演出如何，我們不得而知，但是我們還是可以從留到現在的雜劇和院本名目明確判斷出來其演繹的內容。在宋末元初人周密的《武林舊事》所載宋官本雜劇段數中，名目共有 280 之多，現在可考和宗教有關的名目如下：

1. 《柳毅大聖樂》本事出自唐人李朝威《柳毅傳》，講柳毅爲洞庭龍女遞書事。其故事情節與後世雜劇可能大致相同。金人曾作《柳毅傳書》諸宮調，但已不存。元人尙仲賢有《洞庭湖柳毅傳書》雜劇今存。

2. 關於二郎神的宋雜劇有：《二郎熙州》、《鵲打兔變二郎》、《二郎神變二郎神》。二郎神是民間傳說中神通廣大的神靈，與許眞君、楊猛將齊名。在中國古代的戲曲小說中多有描繪。元人雜劇有無名氏的《二郎神醉射鎖魔鏡》，講趙昱斬蛟成神后，因醉後與弟那吒比箭，誤中鎖魔鏡，致眾魔從洞中逃出，旋奉玉帝命擒回妖魔，將功折罪；《二郎神鎖齊天大聖》，講二郎神奉命拿花果山水簾洞猴精齊天大聖弟兄三人，雖未點明齊天大聖叫孫悟空，但其人物形象和故事內容和《西遊記》小說近同。《灌口二郎斬健蛟》，講趙煜爲嘉州太守時，冷源河內健蛟爲害，上帝召煜白日飛升，領眉山七聖及諸天兵擒健蛟而殺之。三劇皆有《孤本元明雜劇》本。

3. 《風花雪月爨》金院本諸雜院爨及拴搐豔絕中皆有《風花雪月》，當爲同題材。到了元代演變爲吳昌齡所撰《張天師斷風花雪月》雜劇。因內容後邊將要論及，這裏不再贅述。

4. 《宴瑤池爨》金院本有《瑤池會》及《蟠桃會》，與此劇當同演王母壽事。王母在《山海經》中本爲一個人身、虎面、豹尾、食鳥的怪物，《穆天子傳》所敘乃變爲一位文雅的國王，在《漢武內傳》裏又變爲「年可三十許」、「容顏絕世」的美人。元人雜劇有鍾嗣成的《宴瑤池王母蟠桃會》。

宋雜劇發展到金代，名爲金院本。元人陶宗儀在其《南村輟耕錄》中認爲：「院本，雜劇，其實一也。」是北方的宋雜劇向元雜劇過渡的形式，演出時用 5 人，又稱「五花爨弄」。《輟耕錄》記載的院本名目共計 694 種，分爲和曲院本、上皇院本、題目院本、霸王院本、諸雜大小院本、院爨、諸雜院爨、衝撞引首、拴搐豔段、打略拴搐、諸雜砌十一大類。在這諸多院本名目裏，單從名字表面，就可以看出明確的宗教內容。

一、和曲院本

《月明法曲》演月明和尚度柳翠故事。元人李壽卿寫有《月明和尚度柳翠》雜劇。故事說的是觀音菩薩淨瓶中的楊柳枝，偶沾微塵，罰往人間爲名妓柳翠；三十年後，菩薩命月明尊者下降度脫之，復返本還原。

二、諸雜大小院本

1. 《莊周夢》莊周夢蝴蝶事，出自《莊子‧齊物論》。後人因《莊子‧至樂》篇中有莊子妻死，莊子鼓盆而歌一段，就造作莊子假死，化爲楚王孫，誘其妻再嫁，劈棺復生一事。元雜劇涉及到此題材的劇目有數個：李壽卿作《鼓盆歌莊子歎骷髏》，史九敬先作《花間四友莊周夢》，王子一作《花間四友》，無名氏作《莊周半世蝴蝶夢》。

2. 《瑤池會》可能講的也是西王母瑤池祝壽事，內容或許與宋官本雜劇《宴瑤池爨》相同。

3. 《蟠桃會》內容說的可能也是西王母祝壽事。元明雜劇中鍾嗣成的《宴瑤池王母蟠桃會》、朱有燉的《群仙慶壽蟠桃會》、無名氏的《眾神慶壽蟠桃會》當是其遺緒。

4. 《白牡丹》據元人雜劇推考，白牡丹大概是宋時有名的妓女。因爲元雜

劇關於白牡丹的劇目有二：一為吳昌齡的《花間四友東坡夢》，一為無名氏的《呂洞賓戲牡丹》。

5. 《張生煮海》元李好古與尙仲賢各有《沙門島張生煮海》雜劇，今前者存。

6. 《佛印燒豬》此故事出自宋人小說，清褚人獲《堅瓠集》轉述其事云：東坡喜食燒豬肉，佛印住金山寺時，每燒豬以待。一天，為人竊食，東坡至而無肉，乃戲作詩曰：「遠公沽酒飲陶潛，佛印燒豬待子瞻。探得百花成蜜後，不知辛苦為誰甜？」元楊訥有《佛印燒豬待子瞻》雜劇演此事。而吳昌齡的《花間四友東坡夢》演的事亦和此有關。

三、諸雜院爨

1. 《風花雪月》宋官本雜劇有《風花雪月爨》，題材相同，又和吳昌齡的《張天師夜斷辰鉤月》（一名《張天師斷風花雪月》）內容有關聯。

2. 《王母祝壽》與前述《瑤池會》、《蟠桃會》等相同。

四、拴搐豔段

《打青提》「青提」為目連母親的名字，此院本當敘「目連救母」故事。延續了宋雜劇的傳統。

五、打略拴搐

《唐三藏》「和尚家門」四種之一。演「唐三藏西天取經」事。元雜劇有吳昌齡《唐三藏西天取經》；楊訥有《西遊記》。

六、諸雜砌

1. 《浴佛》「浴佛」也叫「灌佛」，是佛教的一種儀式。中國多在四月八日佛生日舉行。

2. 《水母》元高文秀有《泗州大聖降水母》，鬚子壽有《泗州大聖淹水母》雜劇，由此可知其大致內容。《西遊記》雜劇和小說均提到這個故事。

在宋元時期，南方還有一種用南曲演唱的戲曲形式，被稱作「戲文」或「南戲」，在藝術形式上比宋雜劇和金院本更成熟，其中不乏與宗教有關的劇目：

1. **在《永樂大典目錄》卷 37 載戲文 33 本，其中與宗教有關的劇目有：**

《秦太師東窗事犯》戲文十五。

《遠山堂曲譜》作《岳忠孝王東窗事犯》。金仁傑《秦太師東窗事犯》，孔文卿《地藏王證東窗事犯》事源洪邁《夷堅志》。《南詞敘錄》「宋元舊篇」著錄作《秦檜東窗事犯》。

《陳巡檢妻遇白猿精》戲文十七。

《南詞敘錄》「宋元舊篇」著錄作《陳巡檢梅嶺失妻》。唐傳奇《補江總白猿傳》，宋話本《陳巡檢梅嶺失妻記》，馮夢龍《古今小說》作《陳從善梅嶺失渾家》。衍紫陽眞人降服猢猻精白申公事。

2. 在《南詞敘錄》「宋元舊篇」著錄有：

《陳光蕊江流和尙》

《遠山堂曲譜》作《江流和尙陳光蕊》，楊景賢《西遊記》雜劇六本，其第一本即專演此事。《西遊記》小說第九回敘述唐僧身世，與此相同。

《劉錫沉香太子》，即華山救母故事傳說。

雜劇有張時起《沉香太子劈華山》，李好古《巨靈神劈華嶽》，事出《昭明文選》，張衡《西京賦》注引古語。

此外，還有《呂洞賓三醉岳陽樓》，《呂洞賓黃梁夢》，《柳毅洞庭龍女》。因前有所述，在此不贅言。

3. 在《匯纂元譜南曲九宮正始》中著錄並收有散曲的「元傳奇」劇目有：

《鬼子揭缽》

本事見《大寶積經》中《鬼子母經》和《經律異相·鬼子母先食人民佛藏其子然後受化第八》。雜劇有吳昌齡《鬼子母揭缽記》，楊景賢《西遊記》雜劇第三本有「鬼母皈依」一折。宋話本《大唐三藏取經詩話》亦寫此傳說。

《王母蟠桃會》

《金童玉女》，本事源於託名班固《漢武內傳》。

雜劇有賈仲明《鐵拐李度金童玉女》。

《董秀才遇仙記》

源自晉·干寶《搜神記·董永》，《法苑珠林》六二引漢·劉向《孝子傳》，敦煌變文《董永變文》。

4. 在《九宮十三攝譜》收有：

《三十六瑣骨》

估計寫瑣骨觀音事。《寒山堂南曲譜》大都鄭聚德作《三十六鎖骨》戲文 39 齣。《傳奇匯考標目》作《三十六瑣骨節末》。

《西池王母瑤池會》

5. **在張大復《寒山堂重訂南曲譜》「譜選古今傳奇散曲集總目」著錄有：**

《鄭將軍紅白蜘蛛記》

衍鄭信與日霞仙子、月華仙子姐妹的神話故事。此外楊景賢《紅白蜘蛛》雜劇，馮夢龍《醒世恒言》中《鄭節使立功神臂功》均述此事。《傳奇匯考標目》別本作書會李七郎《鄭將軍蜘蛛記》。

《岳陽樓》注見「《百二十家戲文全錦》」。

衍呂洞賓事。

《西池宴王母瑤臺會》原題「敬先書會合呈」。

《韓文公風雪阻藍關記》，《韓湘子三度韓文公記》注「與前合抄一冊」。

本事見唐・段成式《酉陽雜俎》，宋・劉斧《青瑣高議》卷 9《韓湘子》。《太平廣記》。雜劇有紀君祥《韓湘子三度韓退之》。

6. **在《傳奇匯考標目》別本著錄「元傳奇」中有：**

《杵藍田裴航遇仙》

本事見唐・裴鉶《傳奇・裴航》。有庾天錫《裴航遇雲英》雜劇。

《漢武帝洞冥記》

事出漢魏六朝小說，託名班固《漢武故事》，《漢武內傳》。《太平廣記》也記有此事。

《魏徵斬龍王》

取自元代傳說，元人《西遊記》平話有此內容。《永樂大典》戲文有《夢斬涇河龍》。馬致遠《薦福碑》雜劇第 3 折談及魏徵斬龍事。元明間無名氏《魏徵斬龍王》，《傳奇匯考標目》別本著錄此劇，疑為雜劇。

《崔府君》

崔子玉為泰山府君。元代有無名氏有《崔府君斷冤家債主》，今存。《西遊記》小說第十回，有地府崔判官。孟元老《東京夢華錄》卷 8「六月六日崔府君日」。高承《事物紀原》卷 7：「在京城北，即崔府君祠也。相傳唐滏陽令，設為神，主幽冥。」

從以上所述內容看，元雜劇中出現大量的神佛道化戲並不是一個偶然的現象，宗教神話戲劇是我國自有戲劇誕生以來在其母體上成長發展起來的一

個重要組成部分，當我們瞭解其來龍去脈，再聯繫上元代社會的宗教概況，
問題就可以順理成章，迎刃而解了。

三、「神佛道化戲」的幾種模式

　　元雜劇中的神佛道化戲由於反映的內容各有差異，因此，就表現出了一些模式化的傾向。其主題和宗教主張有關。大致可以分以下四類：一是表現濟世救人的度脫戲，二是因果業報戲，三是隱劇樂道戲，四是神話傳說戲。

1. 濟世救人的度脫戲

　　為什麼會產生濟世救人的度脫戲，這和佛教與道教的理論有關。之所以要將人從塵世苦海中度脫，是因為它和佛教的基本理論或者說佛教的人生觀分不開的。佛教的人生觀是其對人生現象和奧秘的總看法，它的內容有兩個方面：一是對人生價值作出判斷，認為一切皆苦；二是指出解脫人生痛苦的途徑和結果，實質上就是強調去惡從善，由染傳淨的宗教道德價值判斷。這是佛祖釋迦牟尼多年冥思苦索創造出來的「四諦」中的第一諦。說人在世上有「生苦、老苦、痛苦、死苦、怨憎會苦、愛別離苦、所求不得苦、略五盛陰苦。」（《頻伽精舍大藏經》見《佛教經籍選編》，1 頁）總而言之，人的生命就是苦，生存就是苦。苦諦是四諦中最關鍵的一諦，是佛教人生觀的理論基礎。正是佛教創立者把人生塗抹成苦難的歷程，視大千世界紅塵滾滾，從而奠定了超脫世俗的思想立場。「四諦」的第二點「集諦」就是推究苦的原因，之所以苦就是因為人的欲望太多，「眾生長夜在生死中，憶念五欲、貪著五欲、愛樂五欲、心常流轉五欲境界，永沒五欲莫之能出。」（《大方廣佛華嚴經》卷十一、《功德華聚菩薩十行品》第十七）人有這麼多的愛好和欲望，如果達不到，一定會痛苦不堪。而後兩者「滅諦」、「道諦」是解脫痛苦，引向涅槃

正道的途徑。關於解脫的途徑，佛教大乘和小乘派別各有不同。大乘是梵文Mahayana 的意譯，音譯為「摩訶衍那」。小乘是梵文 Hinayana 意譯，音譯為「希那衍那」。「摩訶」是大的意思，「希那」是小的意思，「衍那」指車、船或道路。公元 1 世紀左右，印度出現了一個佛教派別，自稱能運載無量眾生從生死大河的此岸達到菩提涅槃的彼岸，成就佛果。他們自稱為「大乘」，而貶稱原始佛教和部派為「小乘」。二者的主要區別是：小乘追求個人為教主，大乘提倡三世十方有無數佛，並進一步把佛神化；小乘追求自我解脫，把「灰身滅智」、證得阿羅漢作為最高目標。小乘的主要經典是《阿含經》等，大乘的主要經典有《般若經》、《維摩經》、《法華經》。中國等北傳佛教地區開始曾有小乘流傳，但流傳廣影響大的是大乘。不管是大乘還是小乘，其解脫的終極目的是要到西方淨土，或稱極樂世界或極樂淨土。這裏是一塊毫無苦疾雜染、惟有法性之樂的「無上殊勝」的清淨樂土。據佛經記載，此極樂淨土，位於「閻浮提」或「娑婆世界」（均指眾生居住之塵俗世界）以西十萬億佛剎：「現在西方，去閻浮提十萬億佛剎，有世界名極樂」（《無量壽經》）；「從是西方過十萬億佛土，有世界名極樂」（《阿彌陀經》）。其土有佛，號阿彌陀。該佛本是國王，名法藏，因在世自在王如來處聽佛法，決心向道，故棄王捐國，行作沙門，後於世自在王佛所發了二十四願，[註1] 宣稱「設我得佛，國中無三惡道之名」，「設我得佛，國中天人，純是化生，無有胎生，亦無女人」，「設我得佛，國中天人」都可得「天眼」、「天耳」、「廣長舌」、「無量壽」等。極樂淨土，實際上就是根據阿彌陀佛在因位時所發之宏願虛構出來的一個宗教境界。

那麼，西方極樂又是一個什麼境界呢？佛經把其裝點成一個極具想像力的世界。《佛說阿彌陀經》稱：

> 舍利弗，彼土何故名極樂？其國眾生，無有眾苦，但受諸樂，故名極樂。又，舍利弗，極樂國土，七重欄木盾，七重羅網，七重行樹，皆是四寶，周幣圍繞，是故彼國名為極樂。又，舍利弗，極樂國土，有七寶池，八功德水，充滿其中，池底純以金沙布地，四邊階道，金銀、琉璃、玻璃合成，上有樓閣，亦以金銀、琉璃、玻璃、硨磲、赤珠、瑪瑙而嚴飾之。……

〔註 1〕詳見《無量壽經》。又，中土幾個譯本對發願數量說法不一、魏譯四十八願，宋譯三十六願，漢吳二譯均為二十四願。

西齋和尚的《淨土詩》則把極樂世界描繪成富有詩意的清淨樂土：

> 此邦蕭灑樂無厭，遙羨諸人智養恬。
>
> 座用真珠爲映飾，臺將妙寶作莊嚴。
>
> 純金細礫鋪渠底，軟玉新梢出樹尖。
>
> 眉相古今描不盡，晚來天際月纖纖。

可見，在這個極樂世界，世俗之人視爲奇珍異寶的珍珠瑪瑙等，在那裏有如瓦片土石，現實世界夢寐以求但永遠得不到的東西，在那裏都唾手可得；此岸世界的三災六難之患，生死輪迴之苦，在那裏都雲消霧散，化爲烏有。

而要達到這個極樂淨土，得以解脫，需要兩種途徑，一是慈悲普救，一是自性自度。由於現實中無數殘酷的現實，使得無法靠自己之力去擺脫命運苦難的普通百姓，當他們對自己的命運無可奈何，失去信心時，只能希望大慈大悲的菩薩慈航普渡，使自己得以解脫。淨土宗就是佛教中這樣一個門派。根據淨土宗的思想，現實世界的苦難是客觀而且是不可避免的，人們想在現世的解脫是不可能的。而且由於眾生生死業重，靠自力求得解脫也是不可能的。因此，欲求得解脫，最好而且最簡單的辦法是先往生淨土而後作佛。而要往生淨土，無須依靠自力，也不必歷世修行，只要信仰彌陀，然後發願，加上念幾聲阿彌陀佛，阿彌陀佛就會來迎接他到西方極樂淨土去。善根成熟的，固然可以速得佛果，惡業深重者，亦可以預入聖流。所以能這樣，是因爲阿彌陀佛在位時曾立了宏願，誓濟度一切願意往生淨土之人。因此眾生可以乘此願力，往生西土。

而禪宗則講究自性自度，簡化了漫長的等待這一過程。這是因爲理想的天國西方淨土畢竟離人們遙遠。按佛教傳統說法，認爲西方淨土和人世距離，空間上是十萬億佛土，時間上要經過多少阿僧祇劫（即無數劫之意，佛教把世界經過一度成、住、壞、空稱爲一劫）才能達到，那人們誰還有耐心去忍苦受難，把希望寄託在這遙遠無邊的未來？到了隋唐時期就有迫切要求解決的必要。玄奘爲解答如何成佛的問題而不惜跋山涉水，可是「西天取經」並沒有使他得到滿意的答案。和玄奘意見相左的法藏建立起了華嚴宗，他的法界觀拉近了與天國的距離，但和禪宗比較起來，仍是望塵莫及。禪宗抹去人與天國之間的溝壑，將西方淨土移植到人們的心中。認爲：

> 前念迷即凡夫，後念悟即佛；前念著境即煩惱，後念離境即菩提。
>
> 菩提只向心覓，何勞向外求玄？聽說依此修行，西方即在目前。

認爲那些只知念佛求生西方的人愚不可及：

> 東方人造罪，念佛求生西方；西方人造罪，念佛求生何國？凡愚不
> 自了性，不識身中淨土，願東願西，悟人在處一般。所以佛言隨所
> 住處恒安樂（以上均見《六祖大師法寶壇經‧疑問品第三》）。

禪宗破除了凡夫與佛的界限，對於往生佛國，不需要他人解脫，而可以自度
自救。在禪宗中，就有一則六祖慧能主張自度的故事。傳說弘忍把衣缽傳給
慧能之後，恐人害他，連夜將其送到九江驛邊。上船後，五祖弘忍把櫓自搖，
慧能說：請和尙坐，弟子搖櫓。五祖說：應是吾渡你，不想你卻渡我。慧能
道：弟子迷時，須和尙渡，今我已悟矣，理應自渡。渡名雖一、用處不同。
慧能生在偏處，語又不正，蒙師教旨傳法，今已得悟，應該自性自度。五祖
忙說：如是如是（《六祖壇經‧行由品第一》）。從這段對話看，慧能是借過江
自渡來比喻學佛求解脫應該自度，而不可一味依靠佛度、師度。這個思想源
自於東晉竺道生首倡的頓悟說。慧達《肇論疏》引道生語云：「夫『頓』者，
明『理』不分；『悟』語極照。以不二之悟，符不分之理、智恚釋。」即認爲
佛理是個整體，對它的覺悟，不能分階段實現。慧能承繼了道生的觀點，得
到五祖弘忍的贊許，並秘傳「頓教及衣缽」。慧能主張「自性自度」「頓悟」
說。他認爲「未來正教，無有頓漸，人性有利鈍。迷人漸修，悟人頓契。自
識本心，自見本性，即無差別。所以立頓漸之假名。」（《六祖壇經‧定慧品
第四》）又認爲「不悟即佛是眾生。一念悟時，眾生是佛。故知萬法盡在自心。
何不從自心中，頓見眞如本性。」（《六祖壇經‧般若品第二》）即不必長期修
習，一旦把握佛教眞理，就可一下子覺悟，「見性成佛」。這就是所謂的「頓
悟」之法。而宗教戲中的「度脫」法，不論釋玄內容，均採用頓悟之法。在
日後的弘法活動中，慧能作了進一步的發揮。《六祖壇經‧懺悔品第四》曰：

> 善知識，大家豈不道「眾生無邊誓願度」，怎麼道，且不是慧能度；
> 善知識，心中眾生，所謂邪迷心，狂妄心，不善心，嫉妒心，惡毒
> 心，如是等心，盡是眾生，各須自性自度，是名眞度。何名自性自
> 度，即自心中邪見煩惱愚癡眾生，將正見度，既有正見，使般若智
> 打破愚癡迷妄眾生，各各自度。邪來正度，迷來悟度，愚來智度，
> 惡來善度。如是度者，名爲眞度……常念修行，是願力度。

此謂眾生普度，非佛度，亦非師度，乃是眾生自性自度。而所謂自性自度者，則是靠智慧悟解，不是靠念佛修行。靠念佛修行，那是強調「乘佛願力」之淨土法門。慧能這個自性自度的思想，後來一直爲禪門後學所繼承，成爲禪宗佛性學說中的一個重要思想。

度脫戲其中的佛教度脫戲的內容和這些理論有關。《布袋和尙忍字記》、《月明和尙度柳翠》和《花間四友東坡夢》，都是寫神佛降臨人間，讓那些受盡苦難的謫仙得到解脫的故事。

《忍字記》中的劉均佐，「是汴梁城中第一個財主」，他爲人「慳吝苦克，一文不使，半文不用」，有偌大一分「家私」，還有「花朵兒渾家」和一雙「魔合羅般孩兒」，他非常貪戀凡塵人世。布袋和尙（彌勒尊者所化）來度化他，在他手心寫一「忍」字，使他手觸之處，都是「忍」字。經過忍與不忍的反覆鬥爭，最後終於「功成行滿」，「得成正果」。在這裏，宣揚的大乘佛教從生死此岸到達涅槃彼岸的方法是「六度」之一。「六度」又稱「六波羅密」，見《般若經》、《六度集經》、《佛說未曾有因緣經》。「六度」修習的主要內容有：（1）布施；（2）持戒；（3）忍辱；（4）精進；（5）靜慮（即禪定）；（6）智慧（般若）。忍在其中佔了不可忽視的地位。鄭廷玉在《忍字記》中著力描寫劉均佐在世俗生活通向永恆佛界道路上一個個艱難的歷程，寫了他從假修行到被迫出家卻又心戀紅塵的思想矛盾，直到他真的看到現實生活的顛倒，才終有所悟，了卻塵緣，得到解脫。

《度柳翠》也是一本典型的度脫劇。柳翠是「杭州抱鑒營街積妓牆下」的「風塵匪妓」。她「生的天然色，天然態，花樣嬌，柳樣柔」，「心性聰明，拆白道字，頂針續麻，談笑詼諧，吹彈歌舞，無不精通」。她「年紀幼小，正好覓錢」，「鎖不住心猿意馬」，「戀著朝雲暮雨」，「錦陣花營」。她雖然兩次三番躲著前來度脫他的月明和尙，但「這個度人的好是纏頭」，無論如何也躲不開。月明和尙通過反覆宣講佛理，施展無邊佛法，使柳翠「凡情滅盡，自然本性圓明」，「出人寰脫離災障，拜辭了風流情況」。

《東坡夢》的故事敘述蘇東坡貶黃州時，帶著一個「天香出眾，國色超群」的歌妓白牡丹到廬山去訪他的朋友謝端卿——已經十五年未下禪床的高僧佛印禪師，想讓「白牡丹魔障此人還了俗」，從而「同登仕路」。雖然東坡多方努力，非但未能奏效，白牡丹反「倒被度脫出了家」。可見佛法力量之大。

以上幾齣劇講的都是神佛高僧度別人出家的事，屬於他度之列，在元雜劇裏也有講自度的故事，那就是《龍濟山野猿聽經》，說的是龍濟山有個得道猴子，多次聽高僧修公禪師講經和問禪，大悟而坐化，阿羅漢接引他到西天的故事。表面上看，野猿是經修公禪師點化才終成正果的，但野猿通過變化成樵夫余舜夫和秀才袁遜希望能求得高僧的真正點化，這種不屈不撓的精神，其實是自性自度的一種體現。

道化戲中，這種度人的戲就更多了。道教理論在很多方面模仿、借助佛教理論來構築自己的理論框架，和佛教講究西方淨土一樣，道教也在現實世界之外營造了一個彼岸世界，作為吸引信徒盡心修煉的一種誘惑。由於道教的起源和中國古代宗教、民間巫術以及先秦的神仙方術傳說有關，所以，飄渺虛無的仙界和長生不老的神仙是道教推崇的至高境界。被道教奉為始祖的老子曰：「谷神不死，是謂玄牝；玄牝之門，是謂天地根」（《老子·六章》），又曰「故能長生」（《老子·七章》）。《莊子·逍遙遊》對神仙也有令人神往的描述：「藐姑射之山，有神人居焉，肌膚若冰雪，綽約若處子。不食五穀，吸風飲露，乘雲氣，御飛龍，而游乎四海之外」。《在宥》說：「無勞汝形，無搖汝精，乃可以長生」。《天地》說「千歲厭世，去而上仙，乘彼白雲，至於帝鄉」。可見飛升成仙是莊子追求的理想人生之一。老莊之學中的這些長生成仙的思想成分，在道教形成後，這種思想得到進一步深化。葛洪在《抱朴子》中描敘這種適意自在的生活。他說神仙們在這種境界，「或昇太清，或翔紫霄，或造玄洲，或棲板桐。聽均天之樂，享九芝之饌，出攜松羨於倒景之表，入宴常陽於瑤房之中。」而這種生活，在世俗的人間是無法想像的。

與神仙世界的盡善盡美情景相反，人世生活則是不幸的、悲慘的。葛洪在《抱朴子內篇·勤求》中借「神仙中人」之口說：「人在世間，日失一日，如牽牛羊以詣屠所，每進一步，而去死轉近。此譬雖醜，其實理也。」人不能擺脫生死之災，顯然可悲。因此，《神仙傳·劉政》中的神仙認為：「世之榮貴須臾耳。」此書中另一神仙左慈也在經歷變亂後，感歎曰：「值此衰亂，官高者危，財多者死，當世榮華，不足貪也。」這些話，道出的正是道教對現實生活的真實看法。

正因為道教對神仙世界和現實生活的兩種截然不同的看法，接引凡人擺脫塵世之間的苦難，獲得永久快樂，成了道教中一個重要的思想組成部分，那就是「濟世救人」。道教認為，將人度脫到神仙境界，是救人脫離苦海的徹

底辦法。《神仙傳·玉子》就借主人公之口說：「人生世間，日失一日，去生轉遠，去死轉近。而但貪富貴，不知養性命，命盡氣絕則死。位爲王侯，金玉如山，何益於灰土乎？獨有神仙度世，可以無窮耳。」這段話，反映了道教否定塵世生活，視神仙世界爲人類美好歸宿的基本態度。因此，「度人」也就是神仙體現「道」功、「救濟」人民的重要方式。

度脫戲的題材多取材於元以前的傳說和志怪小說，如《黃粱夢》劇情出自《列仙傳》，而《列仙傳》源出唐沈既濟的《枕中記》（《太平廣記》卷八十二引）；《岳陽樓》的故事來源，據俞樾《小浮梅閒話》引宋鄭景璧《蒙齋筆談》的記載，呂岩曾過岳陽樓，無人知是神仙，只有一老翁從樹下向他行禮，於是呂寫詩道：「獨自行時獨自坐，無限時人不識我，唯有城南老樹精，分明知道神仙過」。又傳他的另一首詩云：「朝遊北海暮蒼梧，袖有青蛇膽氣粗，三醉岳陽人不識，朗吟飛過洞庭湖」。大家認爲該劇可能從這兩首詩中演變過來，類似的劇目還有谷子敬的《呂洞賓三度城南柳》。另外，元代全眞道士苗善時的《純陽帝君神化妙通記》中就記載了呂洞賓度曹國舅，黃粱夢覺和度老松樹精的故事。但由於《純陽帝君神化妙通記》和元雜劇均出現在元代，到底是先有雜劇還是先有此文，筆者後邊還有考證。但有一點是清楚的，在民間，關於呂洞賓和八仙的故事已經流傳已久。

此外，道教度脫戲中的度人者除了大量是八仙中的人物以外，其他都是和全眞教有密切關係的人物了。我們且看劇名就可知道，如馬致遠的作品《呂洞賓三醉岳陽樓》，紀君祥的《韓湘子三度韓退之》，趙文敬的《張果老度脫啞觀音》，岳伯川的《呂洞賓度鐵拐李岳》和賈仲明的《鐵拐李度金童玉女》等。八仙的發展歷程各不相同，如呂洞賓原來就是一個普通的書生，藍采和是一個普通藝人，但他們經過仙人點化後，自己進入神仙境界，開始點化別人。關於八仙戲，由於後邊有專章研究，在此不再贅述。在全眞教如火如荼的元朝，元劇自然也會把其重要人物拉進自己的劇中，以擴大作品在百姓中的影響。如關於全眞教祖的戲就有《王祖師三度馬丹陽》和《王祖師三化劉行首》等。王重陽之下還有全眞七子，其影響也不小，全眞教正是有了他們，才眞正傳播開來，關於他們的戲有《馬丹陽三度任風子》和《丘長三度碧桃花》等，由此可見，元劇和道教關係的密切。

而佛道度脫劇又有一些共同的特點。第一點是被度脫者分爲兩類，一是謫仙投胎型，一爲凡夫俗子型。如：

《布袋和尚忍字記》：（布袋云）劉均佐，你聽者：你非凡人，乃是上界第十三尊羅漢賓頭盧尊者。你渾家也非凡人，他是驪山老母一化。你一雙男女，一個是金童，一個是玉女。爲你一念思凡，墮於人世，見那酒色財氣，人我是非，今日個功成行滿，返本朝元，歸於佛道，永爲羅漢。

《呂洞賓三度岳陽樓》中的柳樹精，梅花精就是投胎人間的仙物：（正末云）……土木之物，難成仙道。兀那老柳，你聽者，你往下方岳陽樓下賣茶的郭家爲男身，名爲郭馬兒；著那梅花精往賀家託生爲女身，著你二人成其夫婦。三十年後，我再來度你。

《月明和尚度柳翠》：且說我那淨瓶內楊柳枝葉上，偶污塵匪妓，名爲柳翠。直到三十年之後，塡滿宿債，那時著第十六尊微塵，罰往人世，打一遭輪迴，在杭州抱鑒營街積妓牆下，化作風羅漢月明尊者，直至人間點化柳翠，返本還元，同登佛會。

《老莊周一枕蝴蝶夢》：玉帝怪怒，貶大羅神仙下方莊氏門中爲男，名爲莊周，游學將至杭州。此人深愛花酒，恐他迷失正道，差小聖領著風、花、雪、月四仙女，先到杭州城內，化仙莊一所，賣酒爲生。著四仙女化爲四個妓者，等候莊周來時，先迷住他。待太白金星到時，自有點化處。

《呂洞賓度鐵拐李岳》：下方鄭州奉寧郡有一神仙出世，乃是岳壽，做著個六案都孔目。此人有神仙之分，只恐迷卻正道。貧道奉吾師法旨，差來度脫他，須索走一遭去。

《呂洞賓三度城南柳》：妾身乃天上仙桃，此乃城南柳樹。昔日呂洞賓師父到此，有意度脫這老柳，將我種向鄰牆，與老柳配作夫婦，以此成爲精靈。

《馬丹陽度脫劉行首》：（旦扮鬼仙上，云）妾身……五世爲童女身，不曾破色欲之戒，惡世間生死，不如做鬼仙快活，在此山角下三百餘年也。

《呂洞賓桃柳升仙夢》：今朝玉帝，因見兩道青氣下照汴京梁園館聚香亭畔，有桃柳二株，已經年久，有道骨仙風，恐其迷卻仙道，可以差神仙點化。

《鐵拐李度金童玉女》：蟠桃會上，金童玉女一念思凡，罰往下方，投胎託化，配為夫婦。他如今業緣滿足。鐵拐李，你須直到人間，引度他還歸仙界，不可遲也。

《瘸李岳詩酒翫江亭》：西池王母殿下金童、玉女有一念思凡，本當罰往酆都受罪，上帝好生之德，著此二人往下方鄆州託化為人。金童乃是牛璘，玉女是趙江梅。恐防此二人到於人世之間，戀著那酒色財氣，人我是非，迷卻仙道，您八仙之中，可差那一位下方度脫此二人去？

凡夫俗子得道者有：

《邯鄲道省悟黃粱夢》：貧道東華帝君是也，掌管群仙籍錄。因赴天齋回來，見下方一道青氣，上徹九霄。原來河南府有一人，乃是呂岩，有神仙之分。可差正陽子點化此人，早歸正道。

《馬丹陽三度任風子》：貧道昨宵看見青氣沖天，下照終南山甘河鎮，有一人任屠，此人有半仙之分。因而稟過祖師，前去點化他。

《漢鍾離度脫藍采和》：貧道觀看多時，見洛陽梁園棚內有一鄰人，姓許名堅，樂名藍采和，此人有半仙之分。貧道直至下方梁園棚內引度此人，走一遭去。

謫仙投胎劇的主人公或金童玉女一般都是冒犯了天庭或神靈，或者是攪亂了上界的秩序，才被打下凡間託化為人的。然而，人間畢竟有很多溫馨美好的東西，他們留戀人世，不願回去，最後還是度人的師父當頭棒喝，使其猛醒。這反襯出理想的天國是冰冷無情的，那裏只是人們理念中的世界，遙遠不可企及。而神仙度脫的凡夫俗子，大多是讓他們知人生險惡，法力無邊，只要跟著神仙修仙訪道，才能得到最後解脫。

　　度脫戲為了強調浮生若夢的思想，經常在劇中設置夢境，讓被度脫者在夢中受挫，大夢覺醒，知道人生如夢，於是才能一空人我是非，斷然出家。如《黃粱夢》中的呂洞賓在夢中做官之後，妻有外遇，自己因賣陣受錢被發配沙門島，子女被摔死，自己也被殺，最後在鍾離權的點化下，認為人生不過是一枕黃粱美夢而已，遂出家。《昇仙夢》中的柳春夢中做了南昌的通判，赴任途中為強盜所殺，醒後遂出家入道。夢境亦即人生。他們由夢境認識到官場兇險，功名富貴難以久保，失望之際，於是出家以求自慰。

在被度脫的過程中，舟船成為接引迷途者的一個重要工具。《度柳翠》第三折，被月明和尚度脫的柳翠回了一次家。當柳翠離開家和牛員外依依話別時，月明和尚催舟而來，叫柳翠上船。

《翫江亭》第四折，鐵拐李度牛員外出家後，妻子趙江梅受母之命尋夫還家，牛員外拒絕回家。回來後趙江梅做了個夢，夢裏趙江梅被母親所喚，但一條大河擋住了去路，牛員外扮成艄公，讓趙江梅上了船。船行至河中心，趙江梅幡然醒悟，決定跟著牛員外出家修行。

范康的《竹葉舟》則講，陳季卿在青龍寺遇到呂洞賓，呂洞賓把一片竹葉貼在壁上，陳季卿夢裏乘小船回家，船遇大風浪，船被吹翻，陳被驚醒，大悟後追隨呂洞賓而去。

《城南柳》第三折講，老柳在尋找被呂洞賓點化出家的妻子小桃的時候，遇見漁翁，遂請漁翁用船把他渡向對岸。

之所以用船來比喻，是和佛教宗旨有關係。佛教講慈航普渡，救人於苦海以達到彼岸的哲學有關。前邊我們已經說過，印度佛教有小乘和大乘之分，雖然它們的教義有區分，一講我法空有的個人修行，一講我法俱空而普渡眾生。我們在這裏暫不研究二者的區別，只看「乘」在這裏的含義。「乘」有車和船之意，以船運載是佛教普渡眾生的一種手段，也是一種象徵，所以，佛教戲的作家在表現這方面的內容時，常常就會用船這一工具來促進表演。道教在科儀方面對佛教有諸多模仿，在道教戲中有這方面內容亦很正常。同時，中國戲曲在表現行船渡水內容時，有很多成熟的技巧，所以，劇作家設置這樣的情節，既準確表現了佛教和道教的內容，又加強了戲劇可視性，可謂兩全齊美的事。

度脫戲還有一個方面是對仙術的推崇與讚賞。在《翫江亭》中，鐵拐李變出房舍、美酒、花木，牛員外乃隨之出家。而法術的最高境界就是不知世間冷暖，達到不生不滅的狀態。《忍字記》中的劉均佐因出家之後不忘財產和妻兒，可是回到家後卻發現物事人非，自己的孫子都八十多歲了，才恍然大悟，知道人生短促，轉瞬即失，不如修道成仙，長生不老才好。

2. 因果業報模式

因果報應是佛教重要的理論組成部分，它是佛教用以說明世界一切關

係，並支持其宗教體系的基本理論。因果論出自緣起論。緣起論主張世界萬物無一不由因緣和合而生，而有因必有果，有果必有因，由因生果，因果歷然。其所以生出不好的果來，是因為前世的「業」不好。「業」在佛經中意為「造作」，泛指一切身心活動，是造成人生的「因」。「作如是因，行如是果」（朱權：《金剛經集注》）。所以說，因果論的中心問題是要闡明兩種相反的人生趨向：一是作惡業而引起不斷流轉，即生死輪迴；二是作善業而引向還業，即歸於涅槃。鑒於這種觀點，元雜劇的佛教戲產生了「因果業報」模式。如《看錢奴》、《冤家債主》、《來生債》、《神奴兒》等。鄭廷玉的《看錢奴》中說：「神靈本是正直做，不受人間枉法錢。」「人間私語，天聞如雷；暗室虧心，神目若電。」這些神靈給善人以褒獎，給惡人以懲罰。《冤家債主》中的趙廷玉偷了張善友五個銀子，便投生為其大兒子，為張善友積起家私；張善友的妻子因賴了和尚十個銀子，便由和尚投生為其二兒子，用掉其家財，並將張妻氣死。《龐居士誤放來生債》也是一個通本全寫「因果業報」的戲。龐居士乃是襄陽地方的一個富戶，也是一個廣放高利貸的大債主，由於皈依佛法，認識到「富極是招災本，財多是惹禍因」。於是燒掉別人欠債的全部契約文書，家中奴僕「每人與他一紙兒從良文書，再與他二十兩銀子，著他各自還家」，驢騾馬匹，都放歸鹿門山，金銀寶貝，玉器玩好，都裝上大船，沉入東海。因「多行善事，廣積陰功」，最終全家得以「平地昇天」。

佛教的「因果報應」學說也被道教繼承過去，在道教經典中，這一學說分為兩個層次，一是將「因果報應」說直接繼承過去，一是將「因果報應」說變成了「承負」說，認為天道循環，善惡承負。關於因果報應，道教認為吉凶禍福乃是個人行為善惡的必然報應。「善者自興，惡者自敗，觀此二象，思其利害。凡天下之事，各從其類，毫髮之間，無有過。」認為天上的日月可鑒、可察，有諸神記人的善惡、過失，到了一定時候，天便校其善惡，予以賞罰，對善者則賜福、增壽，對惡者則降福、減壽，還要把他的鬼魂打入黃泉，打入地獄。

關於「承負」說，《太平經》中的《解承負訣》說：

> 凡人之行，或有力行善反常得惡，或有力行惡反得善，因自言為賢者非也。力行善反得惡者，是承負先人之過，流災前後積來害此人也；其行惡反得善者，是先人深有積畜大功，來流及此人也。能行大功萬萬倍之，先人雖有餘殃，不能及此人也，因復過去，流其後

世，成承五祖，一小周十世，而一反初。或有小行善不能厭，图图
其先人流惡承負之災，中世滅絕無後，誠冤哉。承負者，天有三部，
帝王三萬歲相流，臣承負三千歲，民三百歲。皆承負相及，一伏一
起，隨人政衰盛不絕。

意思是說，前人有過失，由後人代其受過；前人有負於後人，後人是無辜受
過，這叫承負。換句話說，就是前人惹禍，後人遭殃。如果行善的話，那就
是前人種樹，後人乘涼。從這點看，其與佛教的因果報應說基本一樣。但是，
道教發展了這一學說，關於承負的時間，一說以十世爲一循環，即某一人的
過失，由其十一世孫受懲；一說承負有三種安排，「帝王三萬歲相流，臣承負
三千歲，民三百歲」。總之，個人的禍福便與個人行爲之善惡無因果關係，一
切聽天道循環，受其承負。這樣，就可以解釋現實一些佛教無法解釋的問題。
如有些人做惡多端，但照樣享受榮華富貴；有些人一輩子積德行善，可總也
逃脫不了受苦的厄運。有了承負說，這些問題迎刃而解，它讓人明白很多事
情現實得不到報應，但其子孫後代爲其受過，因此人要行善積德爲後世造福，
同時要虔誠通道修行，免除自身的承負之厄。

　　道化戲雖然沒有非常直接的描寫因果業報的戲，但是在道化戲裏包含了
很重要的業報思想。這些戲對前因一般都是一筆帶過，總是講，那些處於痛
苦及危險邊緣的人，之所以陷於這種困境，就是因爲他要還宿債，等宿債還
到一定時間，自然有神仙高士前來度脫，使其擺脫困厄，隨仙而去。楊景賢
的《馬丹陽度脫劉行首》中馬丹陽度脫的劉行首，就是爲了還宿債，而去人
間托生爲人當了行首的。正如王重陽在劇中所說：「你往汴梁劉家託生，當來
爲劉行首二十年，還了五世宿債。教你二十年之後，遇三個丫髻馬眞人度脫
你，你便回頭者。休迷卻正道。」這正和道教的承負說相符，果然，馬丹陽
在二十年度脫她成仙。

3. 歸棲山林與隱居樂道

　　在朱權的「雜劇十二科」中，隱居樂道專門分出一科，事實上這類劇目
可以歸入神佛道化一類，因爲在佛教戲和道教戲裏都有很濃厚的棲身山林的
隱居樂道的思想。儘管這樣的思想傾向在很多劇目裏均有出現，但眞正留存
下來的表現隱居樂道的戲只有《西華山陳摶高臥》和《嚴子陵垂釣七里灘》。

佛道戲中之所以會有大量表現隱居樂道的情節和思想，是因為中國佛道二教歷來是和老莊的出世思想與禪宗追求清靜自適的思想內核分不開。莊禪互補，莊禪不分的情況時有發生。這種精神到了文學之中，就變成了一種審美理想的追求，以禪喻詩就是其典型表現。我們可以說，禪學是中國化了的佛學，它更多的體現著中國人的人生態度和藝術氣質，我們與其說道家之莊子的精神為審美，倒不如說禪宗的精神為審美，因為恰恰是禪宗將莊子思想中具有審美意義的內容吸收並發揚了。在要表現人的個性這一問題上，道家有精闢論述。論曰：「夫大小雖殊，而放於自得之場，則物任其性，事稱其能，各當其分，逍遙一也。」（郭象《莊子·逍遙遊注》）其意思是，世間人個性萬殊，若都欲為大鵬之遊，勢必萬有歸一、不能保持其個體之獨立，所以，只有自以其逍遙為逍遙者，才能是其有獨立個性的逍遙精神。禪宗的精神要旨也正在這裏，禪宗大師在解答何處識佛的問題時說：「大似騎牛覓牛」，尋到天邊，還在身邊，歸結於一理，還得「放於自得」，「物任其性」。唯因如此，禪宗的要領便在唯執「現量」，何謂「現量」？就是對現前實境的感覺的真實。同樣是釋道合一的精神，同樣是以領悟虛無無為之道為精神生活之目的，但或者專以虛寂無為為念，致使心入此念而恒守虛靜，而唯居清遠；或者在自得之中求無為，亦即以無不為為無為，以無不有為虛空，於是就能心各適意而生動活潑；禪宗的精神正在後者。因此我們不難理解中國古代知識分子可以超越種種庸俗無聊的現實計較和生活束縛，或高舉遠慕或怡然自得，與生機盎然的大自然打成一片，從中獲得生活的力量與生命的意趣。

士大夫對禪的愛好以及對自我精神解脫的追求使他們的審美情趣趨向於清、幽、寒、靜。在這種美學觀指導下，士大夫知識分子可以在暮色如煙，清泉細流，疏林婆娑，竹喧鳥鳴的幽境中，面對著靜謐的自然，空寂的宇宙抒發著內心淡淡的情思，又在對宇宙自然的靜靜的觀照中，領略到人生的哲理，把它溶化到心靈深處。《花間四友東坡夢》和《龍濟山野猿聽經》的背景都安排在幽深清遠，山氣秀佳的廬山和龍濟山。《野猿聽經》中的秀士袁遜在「為官經了多少崎嶇」之後，體會到世事的險惡：

〔醉春風〕經了些翻滾滾惡塵途，受了些急穰穰世事雜。想著那人
　　生否泰在須臾。敢不是假！假！！利鎖名韁，居官受祿，到如今都
　　一筆勾罷。

基於對擾攘紅塵的厭棄絕望，於是入深山，訪高僧，參禪悟道。袁遜面對青山，不由讚歎道：

> 〔耍孩兒〕恰便似青螺放頂雲霄中插。高接凌空彩霞。你看俺奇山秀水兩交加。繞僧堂禪室堪佳。果然是依為佛祖菩提處，堪作禪僧寂靜家。端的是真圖畫。小生心胸豁暢，肺腑清嘉。

袁遜在這種氛圍下，「心胸豁暢，肺腑清嘉」，簡直是要與大自然交融在一起，他通過對外界事物的觀照體驗，達到物我同一、使美的情感與美的物象結合而得到心靈的愉悅。這樣對塵世俗氛的厭棄心理經過觀賞奇山秀水的興奮給沖淡了，調節心理上的平衡，被黑暗社會戕害的心靈得到撫慰，被扭曲的人格得以伸展，在這個遠離塵囂的所在人的價值得完全的體現和認同。

在這一點上，佛教戲與「隱居樂道」是一致的。知識分子都是對世情冷暖，宦海升沉深有所感，才遠離塵囂，投身於大自然，以躲避險惡的社會環境，求得自身的解脫與自由。於是借一些宗教的口吻表白自己的思想。因此，佛老的人生虛無思想，宗教命定論觀念，唯無是非觀等等，在雜劇中時有流露。比如《東坡夢》中的佛印禪師唱道：

> 〔鴛鴦煞尾〕從今後識破了人相我相眾生相，生況死況別離況，永謝繁華，甘守淒涼。唱道是即色即空，無遮無障。笑殺東坡也懺悔春心蕩。枉自有蓋世文章，還向我佛印禪師聽一會講。

這是禪宗哲學的詩化體現。禪宗不管是沉思靜悟，還是回歸自然，其目的都是為了探求人生、社會、宇宙的終極真理，最後發現原來一切皆空。雖然說禪宗在很多方面諸如空物我、齊死生、重解悟、親自然、尋超脫與老莊哲學認同，但是老莊並不像禪宗那樣視世界，物我皆虛幻，只是認為要超脫具體事物的束縛，實現自我的超越。

絕大部分佛教戲僅僅與佛教故事有淵源關係，使用一些佛教語言，當然也有出世、因果報應的思想，但它不過是一些表現手段，對社會，對現實儘管有批判，有否定，可並不把一切看得歸於寂滅。這些戲成了「達則兼濟天下，窮則獨善其身」的儒學觀與莊子哲學結合的共生體。佛教戲與「隱居樂道」戲以莊子哲學為基礎，選擇釋家加以融合，藉以圓通地應物處世取得左右逢源，無往不適的效果。他們並不因宗教情緒而皈依佛道。

蘇東坡作為一代天才，文壇領袖，其居高位而不狂傲，遭厄運而不沉淪的放達的人生觀深為後代文人仰慕，而他那種「縱一葦之所如，凌萬頃之茫

然」(《前赤壁賦》)的瀟灑風度,更是後人追步的理想境界。所以,元人創作出好多關於蘇東坡的雜劇,如《蘇子瞻醉寫赤壁賦》、《蘇子瞻風雪貶黃州》、《蘇東坡夜宴西湖夢》等。在這些劇中,元雜劇作家似乎用蘇軾為化身來抒發自己命途多舛,壓抑鬱悶的感情。《東坡夢》和《醉寫赤壁賦》成了亦禪亦莊的佛教戲的典型範例,因為生活中的蘇軾正是劇作家夢寐以求的理想人物。在蘇軾的作品中,人生虛幻的思想時有流露,什麼「浮生知幾何,僅熟一釜羹」,「富貴本先定,世人自榮枯」,「回首人間世,了無一事真」〔註2〕等等,都是很消極的,但這些東西在其作品中並不占主導地位。真正對蘇軾的生活道路影響大的則是佛老的清靜無為,不為而為,看穿憂患,因緣自適的思想,他把這些妙理玄言同儒家某些固有的理論圓通地結合起來,以應付北宋複雜多變的政治社會環境。然而,他對佛家的懶散和老莊的放逸有所警惕〔註3〕,雖有時受佛的影響,不免產生「物我相忘,身心皆空」的感受,但在多數情況下,並非完全超然,而是以入世精神來對待空靜的。蘇軾的這種襟懷和個人修養在其作品中可以看到,他常常因物興感,即景生悲,又隨手消滅情累,歸於達觀;自設矛盾,又自我解脫,不使自己走向頹靡與玩世。

　而《花間四友東坡夢》卻僅僅寫出了蘇軾性格一面。劇中的蘇東坡是以一個風流書生的面目攜妓出現的,他行為放蕩不羈,思想怪誕不經,他參禪機鋒,無一不會,儼然似釋家中人,但這不過是當時知識分子隱居深山,參禪問道,偎紅倚翠,風流倜儻的理想罷了。蘇東坡一開始要給老友佛印開一個不大不小的玩笑,讓妓女白牡丹「魔障此人還了俗」與他「同登仕路」。白牡丹用污言穢語挑逗長老,終不成功。然而蘇東坡卻差點誤入歧途,自己險些在夢中為佛印差遣的桃柳竹梅四花所誘惑。最後白牡丹、桃柳竹梅聽禪後皆有所悟,白牡丹情願出家,蘇東坡也大為欽佩。此劇中的人物是作家的化身,他既欣賞東坡式的生活,又宣傳佛教的法力,同時又表現了步入仕途的種種好處和個中的險惡坎坷,作家的心理是極其矛盾的。同樣是蘇軾佛印在一起,《醉寫赤壁賦》中的描寫受莊子影響的意味就更濃一些。因為,作家在劇中基本是依據史實,將蘇東坡暢遊赤壁,緣景生情,寫出《前赤壁賦》這篇膾炙人口的文章的過程刻畫出來。在這一折,蘇東坡從所見所感出發,借

〔註2〕蘇軾:《次丹元姚先生韻》、《利陽早發》、《用前韻再和孫志舉》。
〔註3〕蘇軾:《答畢仲舉書》,「學佛老者本期於靜而達,靜似懶,達似放;學者或未至其所期,而先期所似,不為無害。」

「山明水秀，夜靜更闌」、「千岩風定，萬籟無聲」的環境引發出縷縷情絲來。整個戲的基調融入作者所引的《前赤壁賦》中，認為無論是物，無論是我，都既有變的一面，又有不變的一面。從變的角度看，天地萬物就連一眨眼的工夫都不能保持不變；從不變的角度看，萬物和人類都是永久存在的，又何必羨慕那長江和明月呢？在這種「變」與「不變」的二元論背後，其核心仍然是「不變」。而大自然是永恆的，「取之不盡，用之不竭」。人們完全可以在大自然的懷抱中陶然自適。這樣，對人生對宇宙都能保持曠達樂觀的態度，從悲觀失望中解脫出來。在這種思想的驅使下，蘇東坡不禁發出感慨：

〔煞〕舉目看山青，側耳聽江聲。隱遁養姓名，不戀恁世情。無利
無名，耳根清靜，一心定，不受恁是非寵辱驚。

〔尾聲〕願忘憂樂矣乘詩興，赤壁千尋浪鳴。脫離了眼前愁，思量
起夢中境。

這段唱詞是老莊歸真返樸的思想的體現。一方面表現為主張絕聖棄知，向慕原始生活，一方面表現為否定世俗、官場而崇尚安貧樂賤。雖然有消極落後的地方，但在惡濁的封建秩序下，也是一種知其不可為而為之的辦法了。

這種外禪內莊的或者說莊禪互補的佛教戲貫穿於作家思想的始終，但這種消極出世的思想是其不得志時產生的。它們又始終地和儒家積極用世的思想矛盾地並存在一起。這同時也是中國文化的一種特色。

馬致遠的《陳摶高臥》就是將這種矛盾狀況寫得極為細膩的一部「隱居樂道」戲。《陳摶高臥》寫道中仙人陳摶到汴梁賣卦時，恰逢還未發跡的宋太祖趙匡胤與鄭恩前來問卦，陳摶告知趙匡胤是未來天子，鄭恩是將來重臣。趙匡胤將自己心中想法告訴陳摶：「先生，實不相瞞，區區見五代之亂，天下塗炭極矣，常有撥亂反治之志。」陳摶將天下形勢分析一番，並認為定都汴梁為好。於是趙匡胤說，此卦應驗之後，當前來接陳摶。趙匡胤登上皇帝寶座，果然派人將陳摶接去，並要他輔佐朝政，但陳摶堅辭不就，仍願意回華山高臥，過神仙日子。

陳摶（871～989）字圖南，自號扶搖子，宋太宗賜號希夷先生。在中國道教史上，陳摶地位顯赫，把他奉為繼老子，張陵以後的道教至尊，稱為「老祖」。他早年熟讀經書，希望在仕途上能博得一番功名。正像他在劇中所說：「我往常讀書求進身，學劍隨時混。文能匡社稷，武可定乾坤，豪氣凌雲。」但唐末五代的混亂狀態，使他的願望化得灰飛煙滅，於是開始求道訪仙，尋

找另一種生活方式。然而,「老祖」陳摶並沒有在山中一隱了之,而是仍懷抱濟世救國理想。他在《隱武當詩》中道:「萬事若在手,百年聊稱情。他時南面去,記得此巖名。」並且認為自己非仙即帝,但趙匡胤「陳橋兵變」後,他知道天下大局已定,遂在華山當上道士,退避三舍,不與宋太祖爭鋒,並走上與宋朝合作的路。據《畫墁錄》載,宋太祖「杯酒釋兵權」的招術,就是陳摶出的點子。宋太宗時,陳摶入朝闡述其治世之道。宋太宗問其「濟世安民之術,先生不免,索紙筆書之四字:『遠近輕重』。帝不諭其意,先生解之曰:『遠者遠招賢士,近者近去佞臣。輕者輕賦萬民,重者重賞三軍。』帝聽罷,大悅。」(張輅:《太華希夷志》)由此可見,陳摶在安邦濟世方面見解獨到。

馬致遠作為一個對神仙道化故事情有獨鍾的作家,對陳摶的史事當然非常熟悉,但他從營造戲劇效果出發,用陳摶汴梁賣卦為全劇開端,頗具傳奇色彩。與歷史的本質並無出入。他在給趙匡胤分析建都之地時,已不像個算命先生,倒像個佐國的宰相了,他介紹汴梁的地理位置說:

> 左關陝,右徐青。背懷孟,附襄荊。用兵的形勢連著唐鄧,太行天險壯神京。江山埋旺氣,草木助威靈。欲尋那四百年興龍地,除是八十里臥牛城。

可是,當趙匡胤成就了帝業,邀他出來為官的時候,他卻能權衡利害,堅持居於林上,不問人間是非,並且極力宣講求仙問道的妙處:

> 身安靜宇蟬初蛻,夢繞南華蝶正飛。臥一榻清風,看一輪明月,蓋一片白雲,枕一塊頑石,直睡的陵遷谷變,石爛松枯,斗轉星移。
> 長則是抱元守一、窮妙理,造玄機。

其實,求仙問道是古人在仕途上爭鋒受挫,避禍全身的一個好辦法,馬致遠也深諳此道,所以當陳摶大談問道的好處的時候,這未嘗不是馬致遠通過陳摶其口來直抒自己的胸臆。

對於道術,馬致遠保持冷靜的頭腦,並且對道士的種種行為視為怪誕不經,總是用調侃的筆調來描繪,《陳摶高臥》是這樣,《岳陽樓》和《任風子》亦如此。趙匡胤君臨天下後,派黨繼恩延請陳摶上京。黨繼恩用好奇的語氣問:「久聞先生有黃白駐世之術,不知仙教可使凡夫亦得聞乎?」陳摶則回答:「神仙荒唐之事,此非將軍所宜問也。」看來道術並不是陳摶這樣的人所看重的,他追求的是從鬧攘攘的紅塵中抽身出來之後,能有自己一片寧靜的天

地。其實，這與崇儒或喜禪的知識分子的人生哲學並不矛盾，不管是遵奉什麼思想，中國知識分子的精神從根本上說是相通的。

宮天挺的《嚴子陵垂釣七里灘》也是一齣嚴格意義上的隱居樂道戲。目前，僅存元刊本。關於此劇的作者，說法有二：一為張國賓，一為宮天挺。但考據者均拿不出確鑿的資料來證明張國賓是該劇的作者。在元雜劇史料缺乏的情況下，我們一般從最原始的材料，不失為一條比較保險的方法，本論文自始至終堅持這一原則，不做無謂的考證，不下無根據的斷語。關於本劇的作者，我們從元刊本，定為宮天挺。

《七里灘》的故事取材於晉皇甫謐的《高士傳》卷下《嚴光》和南朝宋范曄《後漢書》卷八十三《逸民列傳·嚴光》。講的是嚴光其人少年即有高名，與劉秀共同游學，友誼甚為親密；劉秀做了光武皇帝之後，嚴光埋名隱身而不見，光武思念嚴光的賢德，派人訪求；後齊國上報有一男子披羊裘垂釣澤中，光武懷疑是嚴光，遣使聘請，三返而後來到；司徒侯霸與嚴光有舊交，遣使奉書，欲請嚴光到己所敘舊，嚴光口授一封簡單的回書，讓來人筆錄下來：「天子徵我三次才來，人主未見，怎麼可以先見人臣呢！」侯霸將信呈光武，劉秀笑道：「狂奴故態也！」車駕當日至其館。嚴光臥床不起。劉秀入其臥所，撫摸著他的肚皮問道：「不可以相助治理天下嗎？」嚴光不應，過了很長時間才以巢父洗耳的典故回絕，光武只好歎息登車而去，後任命嚴光為諫議大夫，不就，歸耕於富春山。

從《七里灘》我們可以看到，作者塑造的嚴光這個人物，正是作者理想的化身。劇作家在他身上傾注了深厚的感情。你看這個嚴光，對榮華富貴看得是何等淡泊：

〔禿斯兒〕您那有榮辱爛袍靴笏，不如俺無拘束新酒活魚。青山綠
　　水開畫圖，玉帶上掛金魚，都是囂虛。

就是這個嚴光，他竟然不把封建王朝最高權力的象徵皇帝放在眼裏。劉秀派人宣他到朝中做官，他卻公然拒絕。極力描繪自己的隱居生活是多麼愜意，在七里灘這個人間仙境，世外桃園中，可以得到極大的放鬆和自由：

〔調笑令〕巴到日暮，看天隅，見隱隱殘霞三四縷。釣的這錦鱗來
　　滿向籃中貯，正是收綸罷釣漁父。那的是江上晚來堪畫處，抖擻著
　　綠蓑歸去。

在這樣的環境裏，「麋鹿銜花，野猿獻果，天燈自見，烏鵲報曉，禽有禽言，

獸有獸語」。是一種烏托邦再現。其實,這種思想並不是爲了嚴光而專門表現,它自始至終貫串在宮天挺的劇作中。《范張雞黍》雖是一本歌頌友誼與志誠,鞭撻虛僞和欺騙的戲,但在戲中隨處可以看到作者輕視功名利祿,清高孤傲,仰慕隱居生活的思想傾向。範式赴約汝陽莊,和張劭有一段是否求取功名的對話:

> (張元伯云)咱和您幾時進取功名去?
>
> (正末云)男子漢非不以功名爲念,那堪豺狼當道,不如只在家中待奉尊堂。
>
> (張元伯云)若有人舉薦我呵,去也不去?
>
> (正末唱)便有那送皇宣叩門,聘玄纁訪問,且則又掩柴扉高枕臥白雲。

範式不慕功名利祿的實質,是由於對「豺狼當道」的現實不滿,因而才把精神寄託於山野林泉之間。這也是封建時代許多不願與腐朽統治者同流合污的正直知識分子的共同生活道路。範式說得很清楚:「吾聞仲尼有言,邦有道則仕,邦無道則卷而懷之,正今日也。」從這裏也可以看出,所謂「隱居樂道」,表面上看是向慕莊禪風韻,骨子裏還是儒家思想在起主導作用。

4. 神話遇仙模式

除了上述幾種模式,「神佛道化戲」還有一種宗教色彩不那麼濃烈,但和道教有密切關係的神話戲和遇仙戲,它們和其他幾種模式一起,才使「神佛道化」戲形成一幅絢爛多彩的畫面。

爲什麼說尙仲賢的《洞庭湖柳毅傳書》和李好古的《沙門島張生煮海》以及馬致遠、汪元亨、王子一和陳伯將均有涉獵的劉晨阮肇誤入天台這一題材屬入道教戲這一範疇呢?這就要看一下道教與中國傳統文化的關係,以及道教形成的源頭。我們就會明白道教文化蘊含的內容龐大而又蕪雜。道教一個主要來源是古代的民間巫術,神仙傳說和成仙方術。巫是神與人之間的中介者,能降神、解夢、預言、祈雨、醫病、占星,是古代社會不可或缺的角色。爲了顯示巫能通神通人的特異功能,附著於其身上的神話傳說,以及其使用的方術必不可少。此外,道家文化與荊楚文化和燕齊文化有很深的淵源。而楚文化的代表《楚辭》中有生動浪漫的神遊故事。道教奉爲經典的《莊子》

中的「神人」、「至人」、「眞人」能輕舉獨往，逍遙世外。燕齊地處濱海，海市蜃樓的幻想，航海探險的神秘，都能引發人們無盡的遐想。如海上仙山，尋長生不老之藥，都是道教丹鼎派營造神秘氣氛的重要依據。因此，我們不妨可以這樣說，一部道教史或著說道教文化的衍生發展是與神話密不可分的，反之，大量的神話傳說依附於道教而得以傳播於街巷市井，影響更加深遠。

《柳毅傳書》本於唐人傳奇小說《柳毅傳》，《太平廣記》卷 419《柳毅》條，注出《異聞集》，據文末作者自敘，當爲李朝威撰。柳毅的故事在唐代非常風行，唐朝末年有根據此故事改作的《靈應傳》，至宋代此傳說更盛，以致在文人著作多所引用，如李壁《王荊公文詩箋注》卷三十六《舒州七月十七日雨》詩注、郎曄《經進東坡文集事略》卷一《洞庭春色賦》注，胡穉《箋注簡齋詩集》卷十八《遊南漳同孫通道》詩注，所引《洞庭靈姻傳》即柳毅故事傳說。宋代這一故事也被編成故事在舞臺上演出，如宋雜劇有《柳毅大聖樂》，宋元戲文有《柳毅洞庭龍女》。在金代還有《柳毅傳書》諸宮調。尙仲賢在前人基礎上編成此劇。這部神話劇通過描繪神與神，神與人之間的婚姻與矛盾糾葛，假借神話之口來曲折演繹人世間的婚姻愛情故事。如劇中軟弱怕事的洞庭君，脾氣火暴的錢塘君，都是人格化了的龍神。在劇中對龍女的稱呼，尤其顯示出宋代關於龍女的神話傳說的痕跡。如宋代將龍女稱爲「三娘」就是一例。宋莊綽《雞肋編》曾記程正叔言：「又聞龍女五十三廟，皆三娘子。」此外，該劇場面熱鬧，有龍蛇變化，神龍大戰，還有雷公電母，水卒鬼兵出現，與道教眾神紛雜的實際情況相符。《聊齋誌異》卷十一《織成》亦衍此事。

李好古的《張生煮海》作爲神話故事戲，有較複雜的佛道背景。此劇本事未見於古代志怪、傳奇、筆記和話本小說，由於劇中有「煮海」情節，一般人們認爲這是受西晉竺法護所譯《佛說墮珠者著海牛經》影響。劉蔭柏先生對此有過深入研究，認爲：「在《賢愚經》卷九《大施抒海品》中，有菩薩抒海迫使龍神送還寶珠，以度濟眾生的故事，在《生經》、《墮珠著海牛經》和《摩訶僧祇律》裏，亦有類似的故事傳說，另外在《雜譬喻經》、《海龍王經》、《文殊師利菩薩根本大教王經》等中，亦多龍神傳說，這些在唐代時已有譯文，唐傳奇《柳毅》、《靈應傳》、《李衛公靖》、《劉貫詞》等，皆是受其影響，《張生煮海》如不是直接影響，亦是間接影響的產物。在宋院本諸雜劇

中有《張生煮海》，大概是受佛經故事、唐傳奇及民間傳說融合而衍成的宋代傳說，因很流行，遂又被編成院本、雜劇上演。」（《元代雜劇史》第153頁）同時，該劇亦屬度脫劇模式，張羽和龍女瓊蓮能一見傾心，歷經周折終於聯姻，原來二人前世是瑤池上的金童玉女，因為有思凡之心被罰往下界。到了二人要了卻夙債，終將團圓時，東華仙說破前因，引領他們同登仙位。

李好古擅長寫神話劇，還作有《巨靈劈華嶽》，現劇本不存。根據劇名判斷，可能是講二郎神或沉香劈山救母的傳說。從《西遊記》贊詩和《新編說唱寶蓮燈華山救母全傳》中可窺見其端倪。

既然神話描繪的境界是那麼得美好，如何達到這一境界光靠自己之力還不行，這需要巫為中介，或者要神佛道士點破天機，接引而去。但是這需要修煉，只有那些素有根器，或本來就是上界金童玉女者流才行。那麼有沒有更直接的辦法，可以直接進入洞天福地呢。這還是有的，在中國文學中，長期流傳著一個遇仙主題。那就是劉晨阮肇採藥誤入桃源。南朝宋劉義慶《幽明錄》、吳均《續齊諧記》均有記載。《幽明錄》所載此故事發生於漢明帝永平五年（六二），述劉晨、阮肇共入天台山取穀皮，迷不得返，遇眾女殷勤相留。經半年，得眾女指示還路，乃得還鄉。既出，親舊零落，邑屋全異，無復相識。細訊之，已越七世。《太平廣記》卷第六十一《天台二女》曰：

> 劉晨、阮肇入天台採藥，遠不得返。經十三日，饑，遙望山上有桃樹子熟，遂躋險援葛至其下。啖數枚，饑止體充。欲下山，以杯取水，見蕪菁葉流下，甚鮮妍，復有一杯流下，有胡麻飯焉。乃相謂曰：「此近人矣。」遂渡山，出一大溪。溪邊有二女子，色甚美。見二人持杯，便笑曰：「劉、阮二郎捉向杯來。」劉、阮驚，二女遂忻然如舊相識，曰：「來何晚耶？」因邀還家。南東二壁，各有絳羅帳，帳角懸鈴，上有金銀交錯，各有數侍婢使令。其饌有胡麻飯、山羊脯、牛肉，甚美。食畢行酒，俄有群女持桃子，笑曰：「賀汝婿來。」酒酣作樂。夜後各就一帳宿，婉態殊絕。至十日求還，苦留半年。氣候草木，常是春時。百鳥啼鳴，更懷鄉，歸思甚苦。女遂相送，指示還路。鄉邑零落，已十世矣。（出《秘仙傳》。明鈔本作出《搜神記》。）

道教後來將這個故事收入《仙傳》中，就算加入道教的神仙譜系。現存王子一的本子將此故事改成劉晨、阮肇鑒於天下大亂，不願為官，入天台採藥，

太白金星指點二人到桃源洞去。這與故事原型偶然遇仙不同，一是更有現實意義，二是遇仙還是得靠太白金星這樣的上仙來指引，單靠自己誤打誤撞是不行的。然而，不管是從南朝的《幽明錄》還是到元末明初的王子一的作品，不管其主題怎麼展延，描繪神仙生活這一理想世界是如此美好的主旨沒有改變，在這個理想世界，時間得到無限的延長或者說變得永恆，「洞中方幾日，世上已千年」，人間光陰似箭，歎人生苦短的狀況在這裏已化為烏有。但是有一點要注意，在王子一的劇中，劉晨、阮肇二人說是誤入桃源是不準確的，只不過是作品依舊沿襲了過去傳說中的題目罷了。兩人到桃源洞，完全是由太白金星指引才至，即使二人再進桃源，卻又是在再入迷津之後，經太白金星點撥才得重返仙境。在這裏，道教神仙起到了決定性的作用。作者這樣寫的用意是明確的，他越是描寫仙境的美好，越顯得塵世的陰暗與污濁；越表現出對理想世界的嚮往，就越顯現出作者與世俗社會的背離與決絕。

　　關於這一主題，還不僅限於戲曲，晚唐詩人曹唐有《大遊仙詩‧劉晨阮肇遊天台》七言五首。明楊之炯還有《天台奇遇》一劇傳世。類似題材的小說更多，如晉代《搜神后記》中的《袁相根碩》，六朝《幽明錄》中的《黃原》，唐代《逸史》「崔生」一則記崔生因驢走失誤入青城山而遇仙，《會昌解頤錄》「張卓」一則記張卓因驢奔跑誤入仙洞而娶仙女，《原化記》「採藥民」一則記採藥人偶入玉皇第五洞而會三仙女〔註4〕，就是蒲松齡的《聊齋誌異》，其卷三《翩翩》一篇羅子浮與翩翩，卷七《仙人島》中王勉與芳雲，也來自於這一原型。從上述可見「遇仙」主題的長生不衰。

〔註4〕分見《太平廣記》卷二十三、卷五十二、卷二十五，又《酉陽雜俎》卷二「蓬伯堅」一則可考。

四、佛道與元雜劇的因緣

在「神佛道化戲」中，出現了不少佛道二教中的著名人物，由於這些人物家喻戶曉，再加上他們很多人本身的故事又富於傳奇性與戲劇性，因此元劇作家非常喜歡選這樣的人物為自己作品的主人公。另外，既然要講佛道，佛道的淵源、理論以及儀規也是不可能不在劇中加以表現的。雖然這種表現已加上作者對佛道二教的理解，但基本上還是準確描繪了那個時代的宗教發展的一些情況，對我們認識那個時代的宗教概況有一定的幫助。

1. 佛教人物與軼聞

在佛教戲裏，我們可以看到描寫的佛教人物有布袋和尚、月明和尚、誌公和尚、船子和尚、石頭和尚、佛印禪師、盧時長老和大名鼎鼎的唐僧玄奘和尚，還有龐居士、蘇東坡以及柳翠等。我們先看元雜劇較早出現的布袋和尚形象。

《布袋和尚忍字記》由鄭廷玉作。鄭廷玉是河南彰德（今河南安陽）人，生平事蹟無考，曾作雜劇 23 種，現存 6 種。鄭廷玉家鄉的百姓一直以節儉聞名，所以他塑造了多個吝嗇苦克的戲劇形象，筆觸極為生動，極具生活氣息。《忍字記》主角即是這樣一個人物。該劇是根據《景德傳燈錄》、《五燈會元》、《釋氏稽古略》等書中有關布袋和尚的記載並揉以民間傳說而成。布袋和尚的傳說興於宋代，盛於元代，據《元史·五行志二》載，當時民間掛「世俗所畫布袋和尚」。《景德傳燈錄》卷二十七《明州布袋和尚》曰：明州奉化縣布袋和尚，自稱名契此。長得個矮肚大，似笑非笑，隨處坐臥，說話

東一句西一句，沒有一定之規。常常拿一杖背一布袋，來到集市上，見物就討要，或直接吃到嘴裏，或拿一點放到布袋裏。人稱長汀子布袋師。關於他的神異之處，據載：「嘗雪中臥，雪不沾身，人以此奇之。或就人乞其貨，則云示人吉凶，必應期無忒。天將雨，即著濕草屨，途中驟行；遇亢陽，即曳高齒木屐，市橋上豎膝而眠。居民以此驗知。」到了五代梁時貞明三年（916年），丙子三月，布袋和尚就要圓寂於岳林寺東廊下時，端坐磐石而說偈曰：「彌勒真彌勒，分身千百億。時時示時人，時人自不識。」偈畢，安然而化。以後，有人在別的地方見到他，仍然是背個布袋到處行走，於是，人們競相畫他的圖象以為膜拜的對象。於是，人們就將布袋和尚當成彌勒佛在中國的再現。

　　彌勒，是梵文 maitreya 的音譯，意思是「慈氏」。這是佛教的菩薩名，跟佛還差著一等。據《彌勒上生經》和《彌勒下生經》說，他出生在南印度劫波利村大婆羅門家庭，是種姓最高的貴族。還說慈氏是他的姓，名叫「阿逸多」，意思是無能勝。窺基在《阿彌陀經疏》中解釋說：「或言彌勒，此言慈氏。由此多修慈心，多入慈定，故言慈氏。修慈最勝，名無能勝。」他後來成了釋迦牟尼的弟子，侍立一旁聽法。據《彌勒上生經》、《彌勒下生經》等載，他先佛入滅，經四千歲下生人間，在華林園龍華樹下成佛。釋迦牟尼預言，彌勒將繼承自己的佛位為未來佛，即法定接班人。後來在寺院中供奉三世佛，分橫三世，豎三世。豎三世為燃燈古佛、釋迦牟尼佛、彌勒佛。即過去、現在、未來三世之佛。

　　中國人對彌勒佛的刻畫都是笑呵呵的大肚子和尚，在寺院中彌勒兩旁的楹聯，基本上都是這樣寫道：「大肚能容，容天下難容之事；開口便笑，笑世間可笑之人。」這和《布袋和尚忍字記》中描繪的很相似：「他腰圍有簸來粗，肚皮有三尺高。」並且，劉均佐一看到他的形象，就感到十分可笑。但是，布袋和尚卻念偈道：「你笑我無，我笑你有，無常到來，大家空手。」這和後世的聯語有十分近似之處，都是笑世俗之人不能脫離凡心，一空人我是非，達到超脫境界。鄭廷玉之所以能寫這樣的戲，也是看中他在民間的影響。元末爆發的多次農民起義，都是假借彌勒的名義而起事的。如趙丑斯郭菩薩倡言「彌勒當有天下」，韓山童宣稱「天下大亂，彌勒佛下生」，彭和尚作偈頌勸人念彌勒頌。元明清三代秘密宗教多信奉彌勒。這些都印證了彌勒在民間的地位。

　　到清代以布袋和尚爲主角的戲有孫尙登傳奇《彌勒記》（一名《錫六環》）。《彌勒記》共二卷，二十四出。題目作「笑彌勒化作布袋僧，癡摩訶未識六環人。鶴林寺透出幻時形，錦屏山色相隱全身。」清嵇永仁（1637～1678）所撰《續離騷》雜劇四種中的第三種名《癡和尙街頭笑布袋》，簡名《笑布袋》，只有一折。是一個不適於演出的案頭之作。

　　高文秀的《誌公和尙問啞禪》儘管劇本已佚，我們現在已不知劇本情節。但誌公和尙確實有其人。誌公係南北朝時名僧（見《高僧傳》，《洛陽伽藍記》）。原爲金城人，姓朱。《太平廣記》卷九十「釋寶誌」說他「語默不倫，豫言未兆，遠近驚赴。」意思是說非常善於預見未來。《南史》多散記其在宋、齊之交的靈跡軼事。梁武帝尤其崇敬之，呼爲「誌公」。世傳南宋濟顚僧靈異事蹟，其實多因「誌公」而訛傳。該劇從劇名看，當屬「打諢參禪」一類。

　　李壽卿的《月明和尙度柳翠》一劇本事已難考。一般認爲來源於宋李頎的《古今詩話》：

> 五代時有一僧，號至聰禪師，祝融峰修行十年，自以爲戒行具足，
> 無所誘掖也。無何，一日下山，於道傍見一美人，號紅蓮，一瞬而
> 動，遂與合歡。至明，僧起沐浴，與婦人俱化。有頌曰：「有道山僧
> 號至聰，十年不下祝融峰。腰間所積菩提水，瀉向紅蓮一葉中。

在明・田汝成《西湖遊覽志》卷 13，梅禹金《青泥蓮花記》卷 1 均載此傳說。另外，也有一種說法講該劇是說柳宣教、玉通、紅蓮與月明、柳翠兩世因果的故事。但清姚燮對此事考證，認爲是子虛烏有的事。《今樂考證》載：

> 翟灝云：「咸淳臨安志載紹興間尹臨安者二十五人，除罷月日，秩然
> 無紊，並無柳宣教之姓名。」《五燈會元》：「清了，字眞歇。」亦無
> 月明之字。（《中國古典戲曲論著集成》第 10 冊）

總的說來，《度柳翠》來源於民間傳說，從宋以來，一直是戲曲小說中的一個熱門題材。南宋周密《武林舊事》曾載有元夕隊舞《耍和尙》，元代陶宗儀《南村輟耕錄》記載金院本有《月明法曲》和《淨瓶兒》。元代無名氏也有《月明和尙度柳翠》雜劇，但已不傳。明人多本元人作戲曲、小說，如徐渭有《四聲猿》中的《玉禪師》，李盤殷有《度柳翠》雜劇（見《遠山堂劇品》），陳汝元有《紅蓮債》雜劇。明・馮夢龍《古今小說》卷 29 有《月明和尙度柳翠》，亦見於《繡谷春容》、《燕居筆記》。清吳士科有《紅蓮案》傳奇等。

　　李壽卿的《船子和尚秋蓮夢》也是一個佚目。有關此劇的記載甚少。金院本有《船子和尚四不犯》。《太和正音譜》、《元曲選目》著錄正名。此戲的梗概，我們現在也不清楚。估計是敷衍禪宗青原一宗著名禪師船子和尚德誠的事蹟。據載：「秀州華亭船子德誠禪師，節操高邈，度量不群。」「至秀州華亭，泛一大舟，隨緣度日，以接四方往來之者。時人莫知其高蹈，號船子和尚。」（《五燈會元》卷五）

　　王廷秀的《石頭和尚草庵歌》寫的是唐代著名高僧希遷，他是禪宗創始人慧能的法孫。《五燈會元》卷五稱：「南岳石頭希遷禪師，端州高要陳氏子。」「於唐天寶初，薦之衡山南寺。寺之東有石，狀如臺，乃結庵其上，時號石頭和尚。」《石頭和尚草庵歌》當演此事，但《草庵歌》是什麼，有待考證。

　　此外，除描寫著名和尚以外，元劇作品還寫到著名的居士。劉君錫的《龐居士誤放來生債》即是這樣的劇目。龐居士是唐代貞元年間衡陽人龐蘊，與石頭和尚、丹淵禪師為友。信佛，不剃髮，舉家入道，舉其所有沉入水中，以鬻自製竹器為生。後居襄陽，人稱襄陽龐居士。《景德傳燈錄》卷八、《唐詩紀事》卷四十九、《五燈會元》卷第三均見此事。陶宗儀《南村輟耕錄》卷十九對此劇做了一番考證：

> 世斥貪利小人，必曰，汝便是龐居士矣。蓋相傳以為居士家資鉅萬，殊用勞神，竊自念白，若以與人，又恐人之我苦，不如置諸無何有之鄉，因輩送大海中，舉家修道，總成正果。又以為居士即襄陽龐得公。《釋氏傳燈錄·龐居士傳》云，襄州居士龐蘊者，衡州衡陽人也。字道玄，世本業儒，志求真諦。德宗自元初，謁石頭禪師，豁然有省。後參馬祖，問：「不與萬法為侶者，是什麼人？」答曰：「待汝一口吸盡西江水，卻向儒道。」遂於言下，頓悟玄旨。乃留駐參承。有偈曰：「有男不婚，有女不嫁，大家團欒頭，共話無生活。」

元和六年，北遊襄漢，隨處而居。女靈照，賣竹漉籬，以供朝夕。《龐居士誤放來生債》與陶宗儀所記有很多近似之處，就連其女靈照賣笊籬一事，都有根據。然而最後龐居士一家白日飛升，來到兜率宮靈虛殿，則是作家刻意虛構以宣傳因果報應主旨的。

　　除此之外，和尚與文人雅士之間的風流雅事也被劇作家涉及。被劇作家重點描繪的當屬蘇東坡和佛印禪師的故事。我們現在知道的作品有吳昌齡的《花間四友東坡夢》和楊景賢的《佛印燒豬待子瞻》。寫的是蘇東坡被貶黃州時，

過訪廬山東林寺長老佛印的故事。本事源於宋·釋惠洪《冷齋夜話》卷 6《東坡稱賞道潛詩》。關於佛印禪師，《五燈會元》卷十六《雲居了元禪師》載：

> 南康軍雲居山了元佛印禪師，饒州浮梁林氏子。誕生之時，禪光上燭。鬚髮爪齒，宛然具體。風骨爽拔，孩孺異常。發言成章，語合經史。閭里先生稱曰神童。年將頂角，博覽典墳。卷不再舒，洞明今古。才思俊邁，風韻飄然。志慕空宗，投師出家。試經圓具，感悟夙習。即遍參尋，投機於開先法席。出爲宗匠。九坐道場，四眾傾向，名動朝野。神宗賜高麗磨衲金鉢，以旌師德。……
>
> 師一日與學徒入室次，適東坡居士到面前。師曰：「此間無坐榻，居士來作什麼？」士曰：「暫借佛印四大爲坐榻。」師曰：「山僧有一問，居士若道得，即請坐；道不得，即輸腰下玉帶子。」士欣然曰：「便請。」師曰：「居士來道，暫借山僧四大爲坐榻。只如山僧四大本空，五陰非有，居士向什麼處坐？」士不能答，遂留玉帶。師卻贈以雲山衲衣。士乃作偈曰：「百千燈作一燈光，盡是恒沙妙法王。是故東坡不敢惜，借君四大作禪床。病骨難堪玉帶圍，鈍根仍落箭鋒機。會當乞食歌姬院，奪得雲山舊衲衣。此帶閱人如傳舍，流傳到我亦悠哉。錦袍錯落猶相稱，乞與佯狂老萬回。」

可以看出，這是禪僧和大知識分子智慧的交鋒與碰撞。因爲不管是僧和士，喜歡清幽，喜歡玄妙，在這一點上，大家的氣質和心理是相通的。這段趣事，到了戲曲家和小說家手裏，就變成一個絕妙的題材。早在金院本中就有《佛印燒豬》一劇，又馬致遠等著的《呂洞賓三醉岳陽樓》雜劇第一折〔寄生草〕曲：「這的是燒豬佛印待子瞻，抵多少騎驢魏野逢潘閬。」可見這個故事的影響之大。吳昌齡以蘇軾與佛印的故事爲緣起，中間佐以白牡丹參禪事，使之成爲一齣好看好玩的劇目。根據這個傳說寫成的小說有《清平山堂話本》中《五戒禪師私紅蓮記》，即《喻世明言》中《明悟禪師趕五戒》的原本，《醒世恒言》中《佛印師四調琴娘》不過它們都把蘇軾與佛印的關係寫成兩世明友。楊景賢直接就寫出了《佛印燒豬待子瞻》一劇，該劇的本事出宋代周紫芝的《竹坡詩話》：

> 東坡喜食燒豬，佛印住金山時，每燒豬以待其來。一日爲人竊食，東坡戲作小詩云：「遠公沽酒飲陶潛，佛印燒豬待子瞻。採得百花成蜜後，不知辛苦爲誰甜？」

從這兩個劇可以看得出來，禪寺古剎也並非與世隔絕的世外桃源，僧人和尚也不是心如枯井，吳昌齡和楊景賢對這一點是清楚的。因為寺院與紅塵滾滾的大千世界還是有千絲萬縷的聯繫的。更甚者，在北宋的景德寺前，竟開設了不少的妓院。《五家正宗傳》卷三還記載著這樣一件荒唐的故事，尼姑無著還沒出家時曾到徑山參拜著名禪師宗杲，宗杲讓她住在自己臥室裏，並讓自己的首座道顏去見她，道顏不見則已，一見驚呆了，該書說道：

> 見著寸絲不掛，仰臥於床，師指曰：者裏是什麼去處？著曰：三世諸佛、六代祖師、天下老和尚，皆從此中出！師曰：還許老僧入否？著曰：者裏不度驢度馬。（轉引自葛兆光《禪宗與中國文化》第104頁）

正因為有這種淫穢的傳統，所以才會有《東坡夢》裏蘇東坡讓白牡丹去勾引佛印的表演，白牡丹反覆講，「和尚一點菩提露，滴在牡丹兩葉中」。只不過佛印定力很強，才終沒讓蘇東坡的計謀得呈。但蘇東坡反而差點中了佛印的圈套，被花間四友即四個小娘子給魔障了去。這那裏是問禪論道的戲，完全是知識分子狎妓冶遊的另一種表現形式。

2. 道教人物與軼聞

在道化戲中，也描寫眾多道教中的真實人物，有的本來就是元朝本朝的人物，但在劇本中他們已成神成仙，可見全真教在元朝的影響之大。這些劇本涉及的道教著名人物有王重陽、馬丹陽、丘處機、張天師和薩真人等。

關於王重陽的戲有馬致遠的《王祖師三度馬丹陽》，可惜劇本已佚，但從劇名看，王祖師與馬丹陽之間的師承關係。另外，還有楊景賢的《馬丹陽度脫劉行首》第一折中對王重陽的來歷做了詳盡的描述。我們在前邊已經引用過王重陽在該劇的表白，但有必要重複介紹，因為這段獨白無異是全真道神奇創始經過的寫照：

> （正末扮王重陽上，云）貧道姓王名喆，道號重陽真人。未成道時，在登州甘河鎮開著座酒店，人則喚我做王三舍。有正陽祖師純陽真人，他化作二道人，披著氈來俺店中飲酒。貧道幼年慕道，不要他的酒錢。似此三年，道心不退。忽一日他道：「俺去也，王三舍，與你回席咱。」貧道言稱：「師父那得酒錢來？」他就身邊解下瓢來，

取甘河水化作仙酒，其味甚嘉，方知此乃神仙之術。他道：「王三舍，你要學此術好，要學長生術好？」貧道答言：「俺願學長生之術。」遂棄卻家業，跟他學道，傳得長生不死之訣，成其大道。呂祖引貧道至東海之濱，將金丹七粒撒去水中，化成金蓮七朵，云：「此金蓮七朵，乃是丘、劉、談、馬、郝、孫、王，恁七人可傳俺全真大道。你可化作一凡人，下人間度此六人成道。」貧道奉師父法旨，化作一先生，行乞於市。凡人不識貧道，問某曰：「師父出家人，只以酒食爲念，不看經典，可是爲何？」貧道云：「若說神仙大道，豈有不看經典之理？但要心堅念重，何愁不到蓬瀛？」我想做神仙的，皆是宿緣先世，非同容易也呵。

這裏採用民間傳說，事實是，王重陽不是開酒店的，而是一個常到酒店「日酣於酒」的人。王重陽道白中談到了其在全真教創教過程的一個重大事件。事見《全真教祖碑》，金正隆四年（1159年），王重陽來到陝西甘河鎮飲酒啖肉，此時，有兩個穿氈衣者來到肉鋪前。王重陽見二人形質特異，心生崇敬之感，遂跟他們來到一僻靜處，行過大禮之後。二人授他內丹修仙密訣。這就是全真教史有名的甘河遇仙。這一年，王重陽剛好四十八歲。《重陽全真集》有詩道：「四十八上始遭逢，口訣傳來便有功，一粒金丹色愈好，玉京山上顯殷紅。」王重陽自己並沒有說明遇到的兩位高人是誰，他留下一個懸念供後人去猜想。但王重陽的徒弟卻明確地講師傅所遇異人是呂洞賓。如譚處端《水雲集》卷一《全真》詩道：「我師弘道立全真，始遇純陽得秘文。」馬丹陽，王處一也有此說。在《重陽全真集》中，也有師承鍾離權、呂洞賓、劉海蟾之說，如卷九《了了歌》道：「漢正陽兮爲的祖，唐純陽兮做師父，燕國海蟾兮是叔主。」所以劇中王重陽說遇到的鍾離權和呂洞賓就是根據這些傳說而來。因爲古今中外創教者爲顯示自己的神異之處以吸引信徒，總是把得高人啓示或指點作爲神化自己的手段。王重陽也不能免俗，還是落入創教者的窠臼。

大定七年（1167年），王重陽到山東傳教，很快便贏得信眾，收了七大弟子，後稱「七真」。鄭廷玉的雜劇《風月七真堂》大概演繹的就是這個故事。七真中首先被王重陽收爲弟子的是馬鈺（1123～1183）。馬鈺原名馬從義，字宜甫，是世居寧海富戶，人稱「馬半街」。喜讀書，善文學，輕財好施，娶妻孫不二，後其妻也成七子之一。馬鈺在與王重陽一次偶然相見中就一見如故。

「問應之際，歡若親舊，坐中設瓜，唯眞人從蒂而食，眾皆異之。」（《重陽教化集》）王重陽從蒂部吃瓜後經全眞教徒的解釋，說是取苦盡甘來之意。王重陽非同凡夫的舉止吸引了馬鈺。於是向王重陽請教「何爲道？」王答曰：「五行不到處，父母未生前。」馬甚感驚奇，於是邀請他到馬家後園結庵而居，王重陽爲其庵題名爲「全眞」，是爲全眞立教之始。在馬致遠的《馬丹陽三度任風子》中，馬丹陽說道：

> 貧道祖居寧海，萊陽人也。俗姓馬，名從義，乃伏波將軍馬援之後。
> 錢財過萬倍之餘，田財有半州之盛。家傳秘行，世積陰功。初蒙祖
> 師點化，不得正道，把我魂魄攝歸陰府，受鞭笞之苦。忽見祖師來
> 教，化作天尊，令貧道似夢非夢，方覺死生之可懼也。

可見作家寫這個人物也並非子虛烏有杜撰。就連馬丹陽在陝西甘河鎮點化任屠也是有依據的。王重陽逝世後，馬丹陽來到祖師的家鄉陝西，在劉蔣村構廬居住，並手書「祖庭心死」一額，以表誓死修道之志。以後全眞教徒在劉蔣村修建了宏大的道觀重陽萬壽宮，又名祖庭。馬鈺基本上是以祖庭爲中心在關右傳播全眞道教，活動區域集中在樗縣、醴泉、昌樂、華亭、長安等地區。中途遊歷過龍門山和終南山。馬丹陽所說的「終南縣甘河鎮」就在這一地區。

《錄鬼簿續編》載，賈仲明作有《碧桃花》，題目正名曰：「玉重巧謗青雲竹，丘長三度碧桃花。」估計「丘長」後漏掉一個「春」字，「玉重」有人疑爲「王重」後漏一個「陽」字。可能寫的是全眞道另一著名人物丘長春的。關於丘長春，我們前邊有過詳盡的說明，在此不再贅述。

前邊所說的是全眞道，而在南方，盛行的依然是天師道。元雜劇裏的張天師，就是東漢天師道創始人張道陵的後裔。吳昌齡的《張天師斷風花雪月》在《錄鬼簿》裏爲《張天師夜祭辰鉤月》。但《也是園書目》將此劇歸爲無名氏作。今人對該劇是否是吳昌齡作看法也不一。持懷疑和否定態度的有嚴敦易（見《元劇斟疑》）和邵曾祺（見《元明北雜劇總目考略》）。多數人認爲《風花雪月》和《辰勾月》爲一劇，持這種看法的有青木正兒、王季思、譚正璧、孫楷弟和莊一拂等，其中劉蔭柏先生認爲：「《張天師斷風花雪月》雖與《錄鬼簿》所載劇目略有出入，但從內容情節上分析，仍屬同一劇本。……舊說狀元爲文曲星，嫦娥爲太陰星，劇中陳世英與月宮桂花仙子正似之，恰與《錄鬼簿》中『文曲星搭救太陰星』意思相同，故知現存此劇即吳昌齡《張天師夜祭辰鉤月》之一名。」（《中華戲曲》第五輯）

　　從劇本可知，這個張天師是天師道教祖張陵的三十七代孫張與棣。在元朝，全真道似乾柴烈火發展過於迅猛，因而引起元室的猜忌，開始從利用全真道到遏制它。而此時元室新得江南不久，為了籠絡民心，從思想上控制江南人民，元室看中了一直在南方發展的天師道，對張陵後嗣恩崇有加。元世祖於至元十三年（1276 年）召見張陵第三十六代孫張宗演，以官方名義承認了其天師頭銜，讓其統領江南道教。在此之前，張陵子孫雖自稱「天師」，民間口頭上也流行此稱呼，但從未被官方正式承認過。正式用政府名義承認其子孫為「天師」，則自元代始。《張天師斷風花雪月》的張天師就是三十七代孫張與棣。他是宗演的長子，字國華，號希微子。至元二十八年底或二十九年初嗣教。〔註1〕二十九年（1292 年）應召入覲，世祖忽必烈，慰勞甚至，授體玄弘道廣教真人，管領江南諸路道事。至元三十一年（1294 年）或元貞元年（1295 年）卒。〔註2〕元貞元年，弟與材嗣教。

　　天師道的修煉方法，多偏重於符籙禁咒、齋醮祈禳、用以消災求福，役使鬼神。所以，張天師一上場就道：「鼎內丹砂變虎形，匣中寶劍作龍聲。法水灑來天地暗，靈符書動鬼神驚。」四句詩把天師道的特點描述得明明白白。同時，這為後邊天師請神念咒做法事做了鋪墊。

　　元雜劇對擅長道教法術高人的刻畫還有薩真人。無名氏的《薩真人夜斷碧桃花》就是這樣一個劇目。關於薩真人，劇本對其來歷的描寫還是比較尊重史實的。且看該劇第三折：

> （外扮薩真人引弟子上，云）貧道薩守堅，汾州西河人也。貧道幼年學醫，因用藥誤殺人多，棄醫學道，雲遊方外，參訪名山洞天。後到西蜀峽口，遇一道人，乃虛靖天師，覷貧道有仙風道骨，傳授咒棗之術及神霄青符、五雷秘法。貧道又到龍虎山參錄奏名，誓欲剿除天下妖邪鬼怪，救度一切眾生。遍遊荊襄江淮閩廣等處。

薩守堅是南宋初道士，四川雲寧府雲寧縣人，號紫雲。以傳行神霄雷法名揚東南，據《歷世真仙體道通鑑續編》卷四載，薩守堅自稱「汾陽薩客」，當為山西人，或云西河人，或云南華人。原學醫，因誤用藥物醫死了人，因此悔

〔註1〕《天師世家》卷三稱辛卯（二十八年）嗣教，《元史‧釋老傳》稱二十九年正月與棣嗣教。

〔註2〕《元史‧釋老傳》記載：「三十一年入覲，卒於京師。」而《元史‧成宗紀》則記元貞元年二月「賜天師張與棣等三人玉圭各一」。

疾而棄醫學道。赴江西龍虎山參謁第三十代天師張繼先，等趕到龍虎山，知道張繼先已卒。有傳說講薩守堅的道法學自張繼先、林靈素、王文卿，這樣以顯示其道法源於高手，精深玄妙。其實薩守堅主要繼承王文卿一派傳神霄雷法。虞集《王侍宸記》說：「又有薩守堅者，亦酷好道，見侍宸（王文卿）於青城山而盡得神秘，游東南，禱祈劾治，其神怪有過於侍宸者。遊江西，入閩，過神岡，乃知侍宸爲數十年前人。」雖係神話，但薩守堅的淵源還是清楚的。薩守堅著有《雷說》、《內天罡訣法》、《續風雨雷電說》，存《道藏》中。道教的「薩祖派」、「西河派」、「天山派」，皆尊薩守堅爲祖師，稱「薩眞人」。七月二十六日爲薩眞君聖誕，爲道教節目。《寶文堂書目》有《薩眞人白日飛升》一劇，傳爲朱權作。另外，與《薩眞人夜斷碧桃花》同題材的明代傳奇有花文若的《夢花酣》、《玉匣記》。明人鄧志謨的小說《咒棗記》較詳盡地描述薩守堅成道的故事。

3. 佛教儀規與戲劇的結合

　　神佛道化戲的內容決定了這些雜劇不可避免地反映佛道的一些儀式和制度，以及和尚道士如何向信眾宣揚本教的思想。在這一過程中，元雜劇作家客觀地將這些內容如實地表現出來。我們先看一下佛教戲。由於元代的知識分子所熟悉的以及在元代實際興盛的佛教理論是禪宗。因此，這些佛教戲到處講的是參禪悟道的故事，充滿了對禪宗思想及禪宗教義的宣傳。這主要表現在如下幾個方面：

　　（1）關於禪宗基本理論及教派的描述。在佛教戲中，大多有講述禪宗基本理論及教派知識的內容，既宣傳了禪宗的教義，又開宗明義地宣佈了全劇主旨，如以下幾個例子：

> 我佛將五派分開，參禪處討個明白。若待的功成行滿，同共見我佛如來。（《忍字記》）
> 我可也自來無喜也無嗔，直將一心參透，五派禪分。（《東坡夢》）
> 想初祖達摩西至東土，不立文字，教外別傳，直指人心，見性成佛。……〔仙呂點絳唇〕自從五派禪分，要知根本，西來信，則爲自懵懂禪昏。我也會扯住俺那達摩問。（《度柳翠》）

> 休笑我垢面風癡，恁參不透我本心主意，則與世人愚不解禪機。(《東窗事犯》)

> 佛說大地眾生，皆有佛性，則爲這貪財好賄，所以不能成佛作祖。(《來生債》)

> 切以禪分五派，教演三乘，始因一花之燦爛，中分五葉以流芳，世尊法演於西天，達摩心傳於東土。(《野猿聽經》)

「禪」是梵語「禪那」的簡稱，意譯爲「思維修」、「靜慮」、「禪定」，以思悟佛教「真理」，靜思一切慮念爲主要修養方法。顧名思義，禪宗似以「禪」爲「宗」。其實不然，禪宗是完全中國化的獨立宗派，雖然其形成過程有《忍字記》中布袋和尚所說的那樣，「我佛西來，傳二十八祖，初祖達摩禪師，二祖慧可大師，三祖僧燦大師，四祖道信大師，五祖弘忍大師，六祖慧能大師。」認爲這個教派的始祖是南北朝時期來華的印度人菩提達摩。事實上，禪宗作爲一個獨立的宗派形成於唐代，高宗時的慧能才是它的實際創始人。它反對和廢棄坐禪入定那套修養方法，強調「不立文字，教外別傳，直指人心，見性成佛」。其主要觀點是佛性說和頓悟說。所謂佛性，即「本性即佛」。他們認爲佛性本來就是人人都具有的，人心就是成佛或客觀世界的基礎，萬事萬物都隨人心而生滅。所謂頓悟，即指人要憑自己的智慧，單刀直入，馬上悟出佛性來，一刹那間可以立地成佛。用不著累世修行，打坐念經，搞繁瑣的宗教儀式。基於禪宗具有中國特色和教義簡單這兩點，在唐、宋兩代發展迅速，勢力很大。慧能之後，便分化爲青原行思和南嶽懷讓兩派。南嶽一派又演變爲潙仰、臨濟兩宗，青原一派則演變爲法眼、曹洞、雲門三宗，這就是所說的「五派禪分」。不過禪宗發展到元代，能維持門面的只有曹洞、臨濟兩家。禪宗教義及演變歷史，與雜劇中所講大體相當。從而我們可以看到，那些雜劇作者們不但非常熟悉禪宗，而且是有意在劇作中爲之進行宣傳的。

（2）機鋒在元劇中的表現。

機鋒是禪宗用以比喻迅捷銳利，不落跡象，含意深刻的語句。宋代楊億云：「機緣交激，若掛於前箭鋒，智藏發光，旁資於鞭影。」(《景德傳燈錄序》)機鋒來源出自佛祖「拈花微笑」的故事，在禪宗內部，常用於師徒問答。《來生債》中就曾敘述到此事：「釋家拈花露本心，迦含微笑遇知音。」意在說明佛理只能意會，不能言傳。既然語言不能準確表達佛理，那就無怪機鋒語多是玄妙莫測，近於信口雌黃了。我們且看《度柳翠》第一折中這段機鋒問答：

（旦兒云）敢問師父，從哪裏來？（正末云）我來處來。（旦兒云）如今哪裏去？（正末云）我去處去。（旦兒云）這和尚倒知道個來去。（正末云）嗦聲！道馬非爲馬，呼牛未必牛，兩頭都放了，終到一時休。

又，該劇第四折云：

（長老云）甚的明來明如日？（正末云）佛性本來明如日。（長老云）甚的暗來暗如漆？（正末云）眾生迷卻暗如漆。（長老云）甚的苦來苦似柏？（正末云）嗦聲！苦是阿鼻地獄門。（長老云）甚的甜來甜似蜜？（正末云）甜是般若波羅蜜。

《野猿聽經》眾僧、守坐與禪師的對話，更是典型的機鋒語：

（眾僧云）敢問我師，如何是西來意？（禪師云）九年空冷坐，千古意分明。（眾僧云）如何是法身？（禪師云）野塘秋月漫，花塢夕陽遲。（眾僧云）如何是祖意？（禪師云）三世諸法不能全，六代祖師提不起。……（守坐云）如何是曹洞宗？（禪師云）不萌草解藏香象，無底籃能捉活龍。（守坐云）如何是臨濟宗？（禪師云）機如閃電，活似轟雷。（守坐云）如何是雲門宗？（禪師云）三句可辨，一鏃遼空。（守坐云）如何是法眼宗？（禪師云）言中有響，句裏藏鋒？（守坐云）如何是□□仰宗？（禪師云）明暗交加，語默不露。

（守坐云）如何是不二法門？（禪師云）無法可說。

據記載，禪宗五派，師徒之間平時的提問和解答，最頻繁的莫過於「如何是祖師西來意」和「如何是佛法大意」兩大問題。有人對前一問題進行統計，二百三十多次的答案竟沒有一個是相同的。上面所引這段機鋒文字，可以說是惟妙惟肖地再現了禪師們答問活動的情景。

（3）棒喝在元劇中的表現。

禪宗重視機鋒，祖師接待初學者常當頭一棒，或大喝一聲，提出問題令答，藉以考驗其悟境，即爲棒喝。棒喝是在機鋒基礎上的進一步的發展，也是一種答問方法。譬如對「如何是佛法大意」這個問題的回答，臨濟宗創始人義玄，就做出這樣的舉動：「師（義玄）即豎起拂子，僧便喝，師便打。」（《古尊宿語錄》）元劇作家吸取禪宗棒喝之法，常用皮棒槌（也叫磕瓜）爲道具，讓一腳色在演出時擊打對方，作爲插科打諢的手段，藉以增強戲劇的動作性和演出效果，從而博得觀眾鬨笑，調節劇場氣氛。佛教戲把禪宗的棒

喝之法和雜劇裏的插科打諢巧妙地揉爲一體，不能不讓人拍案叫絕。《來生債》中的丹霞禪師，佛心不純，他看上了賣笊籬女孩兒靈兆。他把靈兆每天賣不完的笊籬都買下來，已經「買下三房子笊籬」。這天又在買笊籬時，丹霞禪師便用「言語嘲撥」靈兆。有一段對話，我們且摘引幾句：

> （靈兆云）你參空禪仔細追求，怎生見眞佛昂然不拜？（禪師云）
>
> 得悟時拈起放下，拜佛也有何眈待。（合掌做拜。靈兆打禪師頭云）
>
> 掌拍處六根清靜，這笊籬打撈苦海。

通過這一棒喝，使丹霞凡心頓消。在舞臺上，自然也取得了戲劇效果，眞是一箭雙鵰，運用恰到好處。

禪宗機鋒、棒喝這些在方外之人眼中看起來匪夷所思的事情，卻由於其怪誕不經，到了元雜劇作家手裏就成了加強戲劇性的利器，元劇作家巧妙將其融入劇中，使之成爲插科打諢的一個部分。《漢鍾離度脫藍采和》第一折就說：「俺將這古本相傳，路歧體面。習行院，打諢參禪。窮薄藝知深淺」。可見，把「參禪」作爲戲劇笑料的一部分在雜劇中已成慣例了。

4. 道教儀規與戲劇的結合

道教儀規比較複雜，在雜劇中是難以一一表現的，作家一般選取非常具有表演性的一些內容，使之與劇情能水乳交融結合起來。

和佛教有俗講宣傳自己的理論一樣，道教也有一套演說方式爲「道情」，最初是道士們布道、化緣時所唱，正如朱權所說：「道家所唱者，……寄傲宇宙之間，慨古感今，有樂道徜徉之情，故曰『道情』。」（《太和正音譜》）後來逐漸發展成爲一種民間的說唱曲藝形式。因用漁鼓和簡板伴奏，故又稱愚鼓簡子。元雜劇道化戲中就表現了這種演唱方式，爲我們研究「道情」提供了寶貴的資料。《呂洞賓三醉岳陽樓》中的呂洞賓就是唱著道情出場的：

> （正末愚鼓簡子上）（詞云）披蓑衣，戴箬笠，怕尋道伴；將簡子，
>
> 挾愚鼓，閒看中原。打一回，歌一回，清人耳目；念一回，唱一回，
>
> 潤俺喉咽。穿茶房，入酒肆，牢拴意馬；踐紅塵，登紫陌，繫住心
>
> 猿。跨彩鸞，先飛到，西天西里；駕青牛，後走到，東海東邊。靈
>
> 芝草，長生草，二三萬歲；婆羅樹，扶桑樹，八九千年。白玉樓，
>
> 黃金殿，煙霞靄靄；紫微宮，青霄閣，環佩翩翩。鸚鵡杯，鳳凰杯，

> 滿斟玉液；獅子壚，狻猊壚，香噴龍涎。吹的吹，唱的唱，仙童拍
> 手；彈的彈，舞的舞，劉袞當先。做廝兒，做女兒，水煎水燎；或
> 雞兒，或鵝兒，醬炒油煎。來時節，剛才得，安眉待眼；去時節，
> 只落得，赤手空拳。勸賢者，勸愚者，早歸大道；使老的，使小的，
> 共結良緣。人身上，明放著，四百四病；我心頭，暗藏著，三十三
> 天。風不著，雨不著，豈知寒暑；東不管，西不管，便是神仙。船
> 到江心牢把柁，箭安弦上慢張弓。今生不與人方便，念盡彌陀總是
> 空。

唱道情時要敲漁鼓，打簡板。漁鼓以二至三尺長的竹筒為體，在一端蒙上豬或羊的薄皮為鼓面。簡板是兩根上端稍向外折曲的長竹片；短的二尺左右，長的可至四五尺。演唱時左臂抱鼓，左手執簡板夾擊發聲；右手拍擊鼓面。

道情的名稱及簡板的使用，最早見於南宋周密的《武林紀事》，書中卷七云，孝宗淳熙十一年（1184），皇宮「後苑小廝兒三十人，打息氣唱道情。太上云：『此是張掄所撰《鼓子詞》。』」這裏小廝們打的「息氣」就是簡板。在《岳陽樓》中就有對此的解釋。《呂洞賓三醉岳陽樓》第三折，「赤緊的簡子喚作惜氣，但行處愚鼓相隨。愚是不省的，鼓是沒眼的。」在這裏「惜」與「息」相通。之所以稱為愚鼓，就是通過演唱，讓那些愚不可及，沒有眼光（鼓與瞽相通）的人猛醒。打惜氣就是通過打板，可以使演唱者停歌，換氣之意。

從《武林紀事》記載可以看出，在南宋乾道、淳熙年間就已經有了打著簡板唱道情的情況，並且它從道士們布道乞討的形式演化為民間的娛樂樣式，在勾欄瓦子以及宮廷中都有演唱，並且出現了職業的藝人，上述後院小廝三十人，看來都是經過專業訓練為皇室服務的。

鑒於道情在民間的影響，元雜劇作家在寫道化戲時，很自然地把演唱道情加入劇情中，這既附合人物的身份，又可以活躍觀劇氣氛，可見元劇作家運用這種曲藝形式的妙處。

現在的道情仍然繼承元劇中表現的傳統。如湖北漁鼓就是說唱相間的曲藝形式。說的部分有散白、韻白之分。唱腔結構屬曲牌連套體。如《岳陽樓》中呂洞賓所念，「打一回歇一回清人耳目，念一回唱一回潤俺喉咽。」從後一句可以看出來，呂洞賓演唱的愚鼓是唱念交加的。演唱除了曲牌連套體之外，還有詩贊體。像呂洞賓所唱這種「攢十字」的十字句，他一口氣唱了二十六

句，然後以七言四句結束。曲牌體的道情在道化戲裏同樣可以找到實例。如《陳季卿誤上竹葉舟》第四折，劇情說明中講「列禦寇引張子房、葛仙翁執愚鼓、簡板上」，然後眾神仙說，「我等無事，暫到長街市上，唱些道情曲兒，也好警醒世人咱。」接著便唱了由〔村裏迓鼓〕等四支曲子組成的道情：

〔村裏迓鼓〕我這裏洞天深處，端的是世人不到。我則待埋名隱姓，無榮無辱無煩無惱。你看那蝸角名，蠅頭利，多多少少。我則待夜睡到明，明睡到夜，睡直到覺，呀！蚤則似刮馬兒光陰過了。

〔元和令〕我吃的是千家飯化半瓢，我穿的是百衲衣化一套。似這等粗衣談飯且淹消，任天公饒不饒。我則待竹籬茅舍枕著山腰，掩柴扉靜悄悄，歎人生空擾擾。

〔上馬嬌〕你待要名譽興，爵位高，那些兒便是你殺人刀。幾時得舒心快意寬懷抱？常則是，焦魘損兩眉梢。

〔勝葫蘆〕你則待日夜思量計萬條，怎如我無事樂陶陶。我這裏春夏秋冬草不凋。倚晴窗寄傲，杖短節凝眺，看海上熟蟠桃。

這種曲牌體的道情後來主要流行於北方，並在陝西、山西、甘肅、河南、山東等地發展為戲曲道情。這些戲曲劇種演出的劇目依舊是延續了道情最初演唱的故事。如很多道情戲均演出道教的「十渡船」故事，人稱「十渡」戲，主要是講黃桂香、李翠蓮、韓湘子、莊周、張良等十人得道成仙的故事，劇目有《打經堂》、《經堂會》、《大劈棺》、《辭朝》等。其他如演繹呂洞賓度人的故事，如《杭州賣藥》，這和元雜劇裏的呂洞賓戲有千絲萬縷的聯繫。

此外，元劇作家對道化戲裏做法事的表現也很有特色，也非常具有戲劇性。我們知道，中國戲曲的起源與原始的巫覡也有一定關係，巫裝神弄鬼，其實有很強的表演成份在裏邊。古今中外的戲劇家經常把設壇做法當成戲劇中的重要情節來表現，因為它既顯示出儀式色彩，又神神秘秘，在舞臺上表演能起到喚醒人們視覺上注意的效果。元劇作家早就發現了這一點，所以，在道化戲中將道教的一些儀式化入劇情當中，非常巧妙。如道教中的正一教即天師道，就非常善於請神做法。在《張天師斷風花雪月》中，陳世英因與桂花仙子相愛，苦思成疾，於是家人便請張天師抓拿桂花仙子，來解除陳世英心上的疾患。張天師請神時，嘴中要不停地念念有詞：

道香德香，無爲香，清淨自然香，妙洞眞香，靈寶惠香，朝三界
香。吾乃統攝玄門，恢弘至道，咒司九主，宣課威儀，醮法列壇，
無不聽命。恭惟玉清聖境元始天尊，左輔右弼之星官，武職文班
之聖眾，雷公電母，風伯雨師，瑤宮寶殿天王，紫府丹臺仙眷，
五福十神，四司五帝，日宮月宮神位，南斗北斗星君，四七之纏
度，三臺華蓋，九天帝君。三界直符使者，十方從駕威靈。當境
土地龍神，諸處城隍社廟，幽冥列聖，遠近至眞，以此眞香，普
同供養。……請命道流，立壇究治。臣敢不啓奏玄空，急揚雷令，
招接天庭，奉行攝勘。今年今月，今日今時，奉道弟子張道玄仰
憑聖力，隨其處萬處周流，不誤一眞清淨。稽首拈香，無極大道，
不可思議功德。

然後張天師擊權杖道：

一擊天清，二擊地靈，三擊五雷，速變眞形。天圓地方，律令九章。
金牌響處，萬鬼潛藏。

接著是咒水，云：

水無正行，以咒爲靈，在天爲雨露，在地作源泉。一口巽如霜，二
口巽如雪，三口巽之後，百邪俱滅。

張天師這一通表演基本上代表了天師道做法的幾種手段。先是請神下凡，然
而，天上是沒有神仙的，道士們在這裏只是替神仙們代言立行。這與道教的
產生的歷史淵源有關。中國道教與中國古代宗教和民間巫術有密切關係，由
於先民崇拜神靈，爲了祈福去災，就要神的保祐。但是如何才能與神溝通呢？
這不是普通人能做到的，於是巫祝應運而生，巫祝專門做人與神之間的溝通
工作。此外，還有人要預知吉凶，這又產生卜這一職業。卜，《說文解字》曰：
「灼剝龜也，象灸龜之形，一曰象龜兆之從橫也」。卜者專替人決疑難，斷吉
凶。隨著占卜的進行，最後要把天意表達出來，這就產生了「符」。「符」原
意是帝王下達旨令的憑證，它具有無尚的權威。後來的道士們亦稱天神有符，
或爲圖形，或爲篆文，在天空以雲彩顯現出來，方士錄之，遂成神符。巫祝
卜是古代社會生活不可缺少的職業，諸凡降神、解夢、預言、祈雨、醫病、
占星等神道，都需要他們來擔當。先民以爲疾病是惡鬼附體所致，須用巫術
加以解除，由此而有符咒驅鬼的法術。後來道教用符水治病，以及善於祈禳、
禁咒等術，皆來源於巫術。

其次，道教和戰國至秦漢的神仙傳說與方士方術也有關係。道教之鬼不是冥冥之中的神靈，而是現實個體生命的無限延伸和直接昇華。這些神人可白日飛升，可以辟穀不食，可以長生不死，因此，道士們儼然是這一形象的化身。代神立言，代神做法，是常見的事。天師道產生於「信鬼好巫」的南方，據《三國志‧張魯傳》載，張陵「學道鵠鳴山中，造作符書」。道教有所謂「三山符籙」，指魏晉南北朝後，龍虎山、閣皂山、茅山分傳之天師、靈寶、上清三宗符籙。道書中說太上老君授給張陵的符圖有七十卷。所以，天師道更擅長請神降鬼，畫符念咒。《張天師斷風花雪月》一劇中的張天師，仍然繼承乃祖的衣缽，只不過顯得道行更深，雷公電母風伯雨師還有土地爺等統統都能請到，可見，天師一派做法傳統到元代發揚光大到了極至。

《薩眞人夜斷碧桃花》則是傳神霄雷法的薩守堅的另一派做法事的方法，且看薩眞人是如何做法的：

> （眞人云）道香一炷，法鼓三冬。十方肅靜，萬神仰德。……請三天使者、五老神兵銜符背劍在雲間，跨虎乘鸞來月下。今因信士張圭之子張道南染病，服藥不效，今日香燈花果列壇前，法遣神兵排左右。吾奉太上老君急急如律令，攝！一擊天清，二擊地靈，三擊五雷，速變眞形。（做拿筆科，云）天圓地方，律令九章，神筆到處，萬鬼潛藏。（做書符科，云）天上麒麟子，頓斷黃金鎖。偷走下天來，人間收的我。……做擊劍科，云）老君賜我驅邪劍，離火煆成經百鍊，出匣森森雪霜寒，入手輝輝星斗現。（做咒水科，云）我持此水非凡水，九龍吐出淨天地。太液池中千萬年，吾今將來淨妖氣。（做仗劍步罡科，云）謹請當日功曹，直符使者，吾今用爾，速至壇前。吾奉太上老君急急如律令，攝！

所謂雷法，門類很多，但總的來說，是念咒、用劍、畫符、立獄等法術的糅合。道士號稱有的能招雷轟賊，有的能呼風喚雨，有的揮小旗則電閃雷鳴，達到「心與雷神混然為一，我即雷神，雷神即我，隨我所應，應無不可。」（鄒鐵壁《雷霆妙契》述王文卿所傳《雷法秘旨》）其實質是將內丹修煉術與傳統符咒召神劾鬼的道術結合起來。道教各派以內煉為基礎，結合本派符籙咒法，產生了各自的「雷法」。如「正一雷法」，「神霄雷法」和「天心正法」。從上述引文中也可以看出來，不管是神霄派還是正一天師派，二者做法的方式基本相同，都是先上天入地將各路神仙請來，接著是擊權杖，然後是畫符咒水，

去除妖氣，最後仗劍做法，步虛踏斗，把要捉的妖孽拿到。作爲「神霄雷法」的重要代表人物，薩眞人寫了不少關於雷法的著述。如《雷說》和《續風雨雷電說》。後世神魔小說《咒棗記》就描寫了他以雷法除妖的故事。在該書第四回這樣寫道：

> （薩眞人）遂獨自到那顚鬼之家，果見其人髮蓬眼黃，赤身裸體。
> 觀了兩個法師高弔在虛空，兩個法師壓倒在地上。遂登了法壇，存
> 了神，息了氣，將掌心運動。運了東方甲乙木雷公，西方庚辛金雷
> 公，南方丙丁火雷公，北方壬癸水雷公，中央戊巳土雷公。又起著
> 天火，地火，雷火，霹靂火，太陽三昧眞火。只見雷有聲火有焰，
> 雷有聲驚天動地。火有焰灼物燒空。須臾之間，那火部雷司之神就
> 將顚鬼擒下。

道士做法在小說中的描敘繪聲繪色，和戲劇表演異曲同工，可見，無論是劇作家，還是小說家，對生活細節的觀察都是細膩的，都願意將這些細節安排在作品當中，起到生動傳神，吸引觀眾和讀者的妙用。同時也客觀地反映了宋元道教的發展和思想。

五、「神佛道化戲」中「八仙戲」研究

　　元雜劇中的「神佛道化戲」與道教中的「八仙」有密切關係，因為八仙故事在民間流傳廣泛，在古典文學、戲曲、民間美術、民間傳說中都有他們的形象。並且八仙在歷史上，大都實有其人，只不過是後人經過虛構演化，給他們塗上一層神秘的靈光罷了。八仙中至少有五名見於北宋的記載，其中張果老、韓湘子和呂洞賓均見於唐代史料中，他們作為長期在民間流傳的藝術形象，元雜劇作家自然地將其採擷過，溶入自己的創作中，以豐富元雜劇所表現的內容。八仙至明代已固定下來，其名字和順序和我們現在所說的八仙一樣。《東遊記》第一回就稱：「話說八仙者，鐵拐、鍾離、洞賓、果老、藍采和、何仙姑、韓湘子、曹國舅，而鐵拐先生其首也。」元雜劇中的八仙序列和後世略有出入。

1. 元劇「八仙」故事及其本事考

　　以「八仙」為主要人物在現存的元劇劇本、殘曲、佚目中進行刻劃僅限於漢鍾離、呂洞賓、藍采和、韓湘子、李鐵拐和張果老 6 人，八仙全體出場只是在劇終時出現，人物均是符號化的，毫無生動細膩的描繪可言。由於「八仙」都是從凡人成仙的，每個人都有自己成仙的歷程，而元雜劇正是從散於各處的傳說演變而來，並且為後世「八仙」故事成熟以及「八仙」序列的形成起到了關鍵的中介作用。我們通過對這些劇目的研究，可以弄清傳說與雜劇之間的脈絡以及傳承關係。在元雜劇中，由於是由鍾離權先度脫了「八仙」中的關鍵人物呂洞賓的，我們基本上根據這個關係進行敘述。

　　關於鍾離權的劇目有馬致遠與他人合作的《邯鄲道省悟黃粱夢》和無名氏的《漢鍾離度脫藍采和》，在這兩劇中，鍾離權都是以度人者的形象出現的，交代一下故事的緣起，其實真正的主角是呂洞賓和藍采和。關於鍾離權的來歷，《黃粱夢》如是云：

> 貧道複姓鍾離，名權，字雲房，道號正陽子，京兆咸陽人也。自幼
> 學得文武雙全，在漢朝曾拜征西大元帥。後棄家屬，隱遁終南山，
> 遇東華真人，授以正道，發爲雙髻，賜號太極真人。

鍾離權的歷史記載，趙景深在論文《八仙傳說》中稱有關鍾離權的史實見於《宋史・陳摶傳》〔註1〕。可是浦江清在《八仙考》一文中稱，在常見的宋史本子中並無這段記載，可能這並非信史〔註2〕。其實他們都是從清・趙翼《陔餘叢考》卷 34「八仙」見到的資料，而在今存本中並無此項內容。但在《宋史・方伎下・王老志傳》中有關於鍾離權的記載：「王老志，濮州臨泉人。……遇異人於丐中，自言吾所謂鍾離先生也，予之丹，服之而狂。遂誘妻子，結草廬田間，時爲人言休咎。」此中鍾離權是個流浪於江湖的怪人。只有《宣和書譜》卷十九記載鍾離權故事較詳：

> 神仙鍾離先生，名權，不知何時人。而間出接物，自謂生於漢。呂
> 洞賓於先生執弟子禮，有問答語及詩成集。狀其貌者，作偉岸丈夫，
> 或峨冠紺衣，或虯髯蓬鬢。不冠巾而頂雙髻。文身跣足，頎然而立，
> 睥睨物表，真是眼高四海而遊方之外者。自稱「天下都散漢」，又稱
> 「散人」。嘗草其爲詩云：「得道高僧不易逢，幾時歸去得相從。」
> 其字畫飄然有凌雲之氣，非凡筆也。

所謂「天下都散漢」亦指浪跡江湖的閒散怪人。《全唐詩》卷三十一傳云：「咸陽人。遇老人授仙訣，又遇華陽真人上仙王玄甫，傳道入崆峒山，自號雲房先生。後仙去。」南宋計有功的《唐詩紀事》中則說：「邢州開元寺有唐鍾離權處士二詩。」而清人厲鶚卻把他的詩收入《宋詩紀事》卷九十「道流」中。

〔註1〕見趙景深《中國小說叢考》，第 239 頁，齊魯書社。內容講陳堯咨謁陳摶，見一道人在坐在那裏，就悄悄問陳摶他是何許人，陳摶答道：「鍾離子也」。

〔註2〕《浦江清文錄》，第 32 頁，人民文學出版社。因浦江清是從趙翼《陔餘叢考》卷三十四轉引的此史料，所以他在研究後認爲，「今通行本《宋史》《陳摶傳》無此數語，比甌北所見不同，當有脫奪。或甌北誤記」。並且說，「大概是宋仁宗時人作，此時呂洞賓、鍾離權的傳說盛了，或者做《陳摶傳》的人援引他們以重陳摶，亦非信史」。

因爲《全唐詩》是清康熙年間由彭定求、沈三曾等十人奉敕編校，由曹寅負責刊刻的，不能排除其中有受民間傳說影響的成分，並非皆是史實。浦江清在《八仙考》裏對《全唐詩》收入所謂鍾離權詩感覺可疑，認爲既然可以把鍾離權說成是漢人，那麼說成唐人又何妨。不過，由於從宋代開始有鍾離權的傳說，再加上鍾離的故事總與呂洞賓在一起，我們認爲鍾離權很可能是五代至北宋年間的人。

在上述兩劇中，鍾離權僅作爲全劇的引導人物，由他導入劇情。在《黃粱夢》第一折裏，對他的描繪還多一些，而在《藍采和》中，他只不過是度人者的符號罷了。《黃粱夢》中的鍾離權是以一個看穿社會現實的神仙形象出現的，他在演唱中的表白，其實是作者對社會現實的一種看法。如：

> 大剛來玄虛爲本，清淨爲門。雖然是草舍茅庵一道士，伴著這清風明月兩閒人。也不知甚的秋，甚的春，甚的漢，甚的秦，長則是習疏狂，耽懶散，佯妝鈍，把些個人間富貴，都做了眼底浮雲。

然後，鍾離權規勸世人，不要爭名奪利：

> 莫厭追歡笑語頻，但開懷好會賓，尋思離亂可傷神。俺閒遙遙獨自林泉隱，您虛飄飄半紙功名進。你看這紫塞軍、黃閣臣，幾時得個安閒分，怎如我物外自由身。

這個鍾離權形象無什麼特點，可以說是一個指向性符號，由他才能展開劇情。

有關呂洞賓的劇目最多，計有馬致遠的《呂洞賓三醉岳陽樓》和其與他人合作的《邯鄲道省悟黃粱夢》，岳伯川的《呂洞賓度鐵拐李岳》，谷子敬的《呂洞賓三度城南柳》以及僅存劇名的《邯鄲道盧生枕中記》，賈仲明的《呂洞賓桃柳升仙夢》。在中國神仙中，呂洞賓影響甚大，民間對其事蹟幾乎是家喻戶曉，老百姓常說的俗語「狗咬呂洞賓，不識好人心」可以說是這一情形的眞實寫照。但是呂洞賓是什麼時候的人，歷來說法不一。從唐太宗時代一直到德宗貞元年中，各種說法之間的差距很大。關於他的傳說記載也很多，最早見於北宋初年，如楊億《談苑》講：

> 呂洞賓者，多遊人間，頗有見之者。不謂通判饒州日，洞賓往見之，語謂曰：「君狀貌頗似李德裕，它日富貴，皆如之。」謂咸平初與予言其事，謂今已執政。張洎家居，忽外有一隱士通謁，乃洞賓名姓，洎倒屣見之。洞賓系出海州房。讓所任官，《唐書》不載。……洞賓詩什，人間多傳寫。（江少虞：《宋朝事實類苑》卷四十三）

楊億所記是其以前的見聞，他和丁謂、張洎都是宋初的名臣。從他們三位所處的時代來看，可知呂洞賓北宋初尚在，而且已經被傳爲神仙了。

宋·羅大經《鶴林玉露》卷一載：

世傳呂洞賓，唐進士也。詣京師應擧，遇鍾離翁於岳陽，授以仙訣，遂不復之京師。今岳陽飛吟亭，是其處也。近時有題絕句於亭上云：「覓官千里赴神京，鍾老相傳蓋便傾。未必無心唐事業，金丹一粒誤先生。」余酷愛其旨趣，蓋夫子告沮、溺之意也。（《四庫全書》第八六五冊）

關於呂洞賓的傳說不僅只有這些，吳曾《能改齋漫錄》卷十八引《雅言系述》說：「呂洞賓傳云：『關右人，咸通初擧進士不第，值巢賊爲梗，攜家隱居終南，學老子法』云。以此知洞賓乃唐末人。」此說是北宋末以呂洞賓爲唐末人的諸多傳說之一。另有《岳陽風土記》說他「會昌中兩擧進士不第」；《集仙傳》則說：「呂岩字洞賓，又字希聖，九江人也。」綜合以上說法可見，北宋中期開始出現呂洞賓的傳說，一般將其定爲唐代人。到宋徽宗時或更晚，出現了所謂呂洞賓自傳碑。《能改齋漫錄》卷十八說：

呂洞賓嘗自傳，岳州有石刻，云：「吾乃京兆人，唐末累擧士不第，因遊華山，遇鍾離傳金丹大藥之方，復遇苦竹眞人，方能驅使鬼神，再遇鍾離，盡獲希夷之妙旨。吾得道年五十，第一度郭上灶，第二度趙仙姑。……吾惟是風清月白，神仙聚會之時，常遊兩浙、汴京、譙郡，嘗著白斕角帶，右眼下有一痣，如人間使者進筋頭大。世傳吾賣墨，飛劍取人頭，吾聞哂之。實有三劍，一斷煩惱，二斷貪嗔，三斷色欲，是吾之劍也。……」

這個自傳就呂洞賓的籍貫、時代、履歷、傳授、弟子、形象、行爲、說教一一遍道，使後代再談呂洞賓時基本上有一個統一的規範，如呂洞賓是唐代人的說法已固定下來。

在佛教中，呂洞賓也是一個重要人物，《五燈會元》卷八將其列爲青原一派傳人。文中記載了呂洞賓在黃龍山大悟的經過：

（呂洞賓）嘗遊廬山歸宗，書鐘樓壁曰：「一日清閒自在身，六神和合報平安。丹田有寶休尋道，對境無心莫問禪。」未幾，道經黃龍山，睹紫雲成蓋，疑有異人。乃入謁，值龍擊鼓升堂。龍見，意必呂公也，欲誘而進。屬聲曰：「座傍有竊法者。」呂毅然出，問：「一

粒粟中藏世界，半升鐺內煮山川。且道此意如何？」龍指曰：「這守
屍鬼。」呂曰：「爭奈囊有長生不死藥。」龍曰：「饒經八萬劫，終
是落空亡。」呂薄訝，飛劍脅之，劍不能入。遂再拜，求指歸。龍
詰曰：「半升鐺內煮山川即不問，如何是一粒粟中藏世界？」呂於言
下頓契。作偈曰：「棄卻瓢囊扯碎琴，如今不戀水中金。自從一見黃
龍後，始覺從前錯用心。」

該文意圖是說呂洞賓經禪師點化突然頓悟，以此說明禪法比道法高明得多，
同時，這從另一個側面也說明了不管是禪宗還是道教，也是愛攀附名人，以
壯自己的聲色。

在元雜劇中，關於呂洞賓的戲主要有三大類，一是呂洞賓被鍾離權度脫，
從此步入仙界，如《黃粱夢》；二是度桃樹和柳樹成仙的故事，如《岳陽樓》、
《城南柳》和《升仙夢》；三是呂洞賓度脫凡人的故事，如《呂洞賓度鐵拐李
岳》和《邯鄲道盧生枕中記》。《黃粱夢》是馬致遠與其他元劇作家合作的作
品。《錄鬼簿》將其著錄於李時中名下，並注云：「第一折馬致遠，第二折李
時中，第三折花李郎，第四折紅字李二。」賈仲明爲李時中寫的《凌波仙》
挽詞說：「元貞書會李時中、馬致遠、花李郎、紅字公，四高賢合撰《黃粱夢》。
東籬翁，頭折冤。」大家讓馬致遠領銜寫出頭一折，足見對他的尊重。此劇
敷衍鍾離權度脫書生呂洞賓的故事，情節取自唐·沈既濟傳奇《枕中記》。不
同的是，《枕中記》中的被度脫者是盧生，度脫者是神仙呂翁。而在此劇中，
被度脫者由盧生變成了呂洞賓，度脫者由呂洞賓變成了鍾離權。《枕中記》中
下凡度脫盧生的神仙呂翁，在《黃粱夢》中成了等待神仙鍾離來度脫的一介
書生。

《岳陽樓》、《城南柳》和《升仙夢》的本事我們在前邊已經簡略描述過。
除了前述宋·鄭景璧《蒙齋筆談》的記載之外，宋·葉夢得的《岩下放言》
也有類似記載：

呂（洞賓）憩岳州白鶴前，有老人自松舟舟而下，曰：「某松之精見
先生過，禮當致謁。」呂書一絕於寺壁，云：「惟有城南老樹精，分
明知道神仙過。」

又宋·范致明《岳陽風土記》記此事，節錄如下：

白鶴老松，古木精也。李觀守賀州，有道人陳某，自云一百三十六
歲，因言及呂洞賓，曰：「近在南嶽見之。」呂云過岳陽日憩城南古

> 松陰，有人自杪而下，來相揖曰：「某非山精木魅，故能識先生，幸
> 先生哀憐。」呂因與丹一粒，贈之以詩。呂舉以示陳，陳記其末云：
> 「惟有城南老樹精，分明知道神仙過。」（《四庫全書》第五八九冊）

《岳陽樓》一劇寫呂洞賓扮成一個賣墨的先生來度柳樹和桃樹，這和許多全真教傳說一致或者近似，我們雖然依據詳細資料可知元・苗善時的《純陽帝君神化妙通紀》描寫的呂洞賓與《岳陽樓》裏的呂洞賓孰先孰後，但據考，呂洞賓在元武宗海山至大（1310 年）才封爲「帝君」，故苗善時之書不會早於這一年，而據元淮《試墨》詩推測，《岳陽樓》爲馬致遠早期創作，當較苗善時之作早。至苗善時之作出，呂洞賓的民間傳說已基本定形，並且由於全真教的影響巨大而在民間廣泛流行。《純陽帝君神化妙通紀》中《度老樹精第十二化》稱：

> 岳州巴陵縣白鶴山下兩池潛巨蟒，池上一老樹，枝幹悉槁，蔓草翳
> 焉。帝君過之，有人自樹杪降而拜曰：「某，松之精也，幸見先生，
> 願求濟度。」帝君曰：「汝，妖魅也，奚可語汝道！平日亦有陰德否？」
> 曰：「池中兩蟒屢害人，弟子每化爲人立水次，勸人遠避，救活數百
> 人。」蟒出，化爲劍，錮之於泉。帝君詩曰：「獨自行來獨自坐，世
> 上人人不識我。惟有南山老樹精，分明知道神仙過。」

《岳陽樓》二折〔梁州第七〕：「正江樓茶罷人初散，你這郭上灶吃人贊。」這在《純陽帝君神化妙通紀》中《再度郭仙第十三化》有描述：

> 郭上灶乃老樹精後身。一日，帝君詭爲丐者，垢面鶉衣，瘡痍淋瀝，
> 日往來啜茶，不償一金。求茶者掩鼻而去，自是經月不售，郭無慍
> 色，益取佳茗待之。帝君曰：「子可教也，吾呂公耳。子前生乃老樹
> 精，還記之否？」郭恍然若夢覺也，曰：「幸見先生，可教弟子學道。」
> 帝君曰：「子欲學道，不懼生死，宜受一劍。」郭唯唯。帝君引劍向
> 其首，郭大呼。帝君俄不見。郭快快，自是遍遊雲水，一日忽遇帝
> 君，遂得道。

呂洞賓度脫的凡人有岳壽和盧生。因岳壽成了八仙之一鐵拐李，我們後邊還要專門談到。我們看一下谷子敬的《邯鄲道盧生枕中記》，該劇本現不存，從《錄鬼簿續編》看，其題目正名爲：「終南山呂公雲外遊，邯鄲道盧生枕中記」。可知，該劇本事依然出自沈既濟《枕中記》，只不過不像《黃粱夢》，劇中的被脫者依小說原樣仍然是盧生，度人者乃神仙呂洞賓也。

關於鐵拐李的劇目有《呂洞賓度鐵拐李岳》、《瘸李岳詩酒翫江亭》和《鐵拐李度金童玉女》，鐵拐李未見史籍有何記，大概是一個傳說中的人物。就現存材料看，他最早見於岳伯川《呂洞賓度鐵拐李岳》。劇情講，鄭州孔目岳壽（元刊本作岳受）把持衙門大權，呂洞賓來度化他，被他弔起。新官韓魏公私訪路過，也被岳壽弔起，岳手下人又對韓敲詐，講了許多岳壽的權勢。岳壽發現韓的身份後，驚嚇而死。呂洞賓救他為弟子，因屍體已焚化，就借剛死的屠夫李某屍體還魂。因李是個瘸子，走路要拄拐杖，所以就叫鐵拐李。有人認為鐵拐李是由劉跛子演化而來。清·趙翼《陔餘叢考》卷三十四《八仙》曰：「胡應麟乃以《神仙通鑑》所謂劉跛子者當之。」劉跛子是宋代傳說的得道之人，壽一百四十餘歲，事見宋僧惠洪的《冷齋夜話》，但未見他與八仙的傳說有關係。《瘸李岳詩酒翫江亭》和《鐵拐李度金童玉女》這兩劇均為鐵拐李度金童玉女者流，無什麼特別之處。

有關韓湘子的劇目現在已無存本，有紀君祥的《韓湘子三度韓退之》（佚）、趙明道的《韓湘子三赴牡丹亭》（殘曲）、陸進之的《韓湘子引渡升仙會》（殘曲），另外，還有無名氏的《韓退之雪擁藍關記》（殘曲，見《元人雜劇鉤沉》）估計和韓湘子度韓退之有關係，亦可供參考。

韓湘（韓湘子）是唐代大文學家韓愈的侄孫，關於他的記載，最早見於唐·段成式的《酉陽雜俎》前集卷之十九《廣動植之四·草篇》：

> 韓愈侍郎有疏從子侄自江淮來，年甚少。韓令學院中伴子弟，子弟悉為凌辱。韓知之，遂為街西假僧院令讀書。經旬，寺主綱復訴其狂率。韓遽令歸，且責曰：「市肆賤類營衣食，尚有一事長處；汝所為如此，竟作何物！」侄拜謝，徐曰：某有一藝，恨叔不知。」因指階前牡丹曰：「叔要此花，青、紫、黃、赤，唯命也。」韓大奇之，遂給所需，試之。乃豎箔曲，盡遮牡丹叢，不令人窺。掘棵四面，深及其根，寬容人座。唯賚紫礦、輕粉、朱紅，旦暮治其根。凡七日，乃填坑，白其叔曰：「恨較遲一月。」時冬初也。牡丹本紫，及花發，色白紅歷綠。每朵有一聯詩，字色紫分明，乃是韓出官時詩。一韻曰：「雲橫秦嶺家何在，雪擁藍關馬不前」十四字，韓大驚異。
> （中華書局 1981 年版）

又宋·劉斧《青瑣高議》前集卷之九《韓湘子》亦載此事，節錄如下：

> 韓湘，字清夫，唐韓文公之侄也，幼養於文公門下……落魄不羈……

公曰：「子安能奪造化開花乎？」湘曰：「此事甚易。」公適開宴，
湘預末坐，取土聚於盆，用籠覆之。巡酌間，湘曰：「花已開矣。」
舉籠見岩花二朵，類世之牡丹，差大而豔美，葉幹翠軟，合座驚異，
公細視之，花朵上有小金字，分明可辨。其詩曰：

雲橫秦嶺家何在，雪擁藍關馬不前。

公亦莫曉其意。……貶潮州。一日途中，公方淒倦，俄有一人冒雪
而來。既見，乃湘也。公喜曰：「汝何久捨吾乎？」因泣下。湘曰：
「公憶向日花上之句乎？乃今日之驗也。」公思少頃曰：「亦記憶。」
因詢地名，即藍關也。公歎曰：「今知汝異人，乃爲汝足成此詩。」
詩曰：

　　一封朝奏九重天，夕貶潮陽路八千。

　　本爲聖明除弊事，敢將衰朽惜殘年。

　　雲橫秦嶺家何在？雪擁藍關馬不前。

　　知汝遠來有深意，好收吾骨瘴江邊。

乃與湘同宿傳舍，通夕議論。（上海古籍出版社 1983 年版）

另，《太平廣記》卷五十四，《列仙全傳》卷六皆收此事。《唐書·宰相世系表》
云：「韓湘字北渚，大理丞。」後人附會韓湘爲八仙之一。由於韓愈有一個這
樣可以侍弄異花的侄孫，可能這幾部戲皆是敷衍這一故事的。

關於藍采和的雜劇有無名氏的《漢鍾離度脫藍采和》和無名氏的殘劇《藍
采和鎖心猿意馬》。藍采和的事蹟，最早見於南唐·沈汾的《續仙傳》，節錄
如下：

藍采和，不知何許人也。常衣藍破衫，六挎黑木，腰帶闊三尺餘。
一腳著靴，一腳跣行。夏則衫內加絮，冬則臥於雪中，氣出如蒸。
每行歌於城市乞索，持大拍板長三尺餘。常醉踏歌，老少皆隨看之。
機捷諧謔，人問，應聲答之，笑皆絕到。似狂非狂，行則振靴，言：

踏歌踏歌藍采和，世界能幾何！紅顏一春樹，流年一擲梭。古
人混混去不返，今人紛紛來更多。朝騎鸞鳳到碧落，暮見滄海
生白波。長景明暉在空際，金銀宮闕高嵯峨。

歌詞極多，率皆仙意，人莫之測。但以錢予之，以長繩串拖地行，
或散失，亦不回顧，或見貧人即予之，及予酒家。人有爲兒童時至

即頒白見之，顏狀如故。後踏歌於濠梁間酒樓，乘醉，有雲鶴笙簫

聲，忽然輕舉，於雲中擲下靴衫腰帶拍板，冉冉而去。

《歷代神仙史》卷三《唐仙列傳藍眞人》條全用此文。從這段記載可知，因
其唱「踏歌」，歌詞中有「藍采和」字樣，所以附會爲其姓名。金代詩人元好
問在《題藍采和像》詩中云：「自驚白鬢似潘安，人笑藍衫似采和。」亦說他
並非姓藍，是因穿藍衫而得名。據浦江清考證，「藍采和」只是踏歌的泛聲，
有音無義，並不是人名。（見《浦江清文錄》第 17～18 頁）但到了《漢鍾離
度脫藍采和》一劇，藍采和成了五代時伶人許堅的藝名，最後被鍾離權引度
成仙。許堅實有其人，見宋人鄭文寶《江南餘載》。《全唐詩》卷七五七、卷
八六一都收有他的詩，說他「有異術，常往來廬阜茅山間。李景時，以異人
召，不至，後不知所終」。又說：「許堅，字介石，廬江人。」並沒有他是優
伶的記載。藍采和係許堅藝名之說，當從這本雜劇開始。這本雜劇爲我們提
供了大量的演劇藝人資料，成了後世研究者研究中國戲劇組織與演出的重要
依據，這大概是作者始料未及的。

關於張果的雜劇，有趙文殷（一作文敬）的《張果老度脫啞觀音》。因該
劇已佚，我們對劇情一無所知，關於張果，最早的史料見於唐朝，知他是唐
玄宗時人，隱於中條山，應明皇詔入朝，道號通玄先生。事蹟最早見於唐鄭
處誨《明皇雜錄》卷下《張果》：

張果者，隱於恒州中條山，常往來汾晉間。時人傳有長年秘術，耆

老云：「爲兒童時見之，自言數百歲矣。唐太宗、高宗屢徵之，不起。

則天召之出山，佯死於妒女廟前。時方盛熱，須臾臭爛生蟲。聞則

天，信其死矣。後有人於恒州山中復見之。果乘一白驢，日行數萬

里。休則折迭之，其厚如紙，置於巾箱中；乘則以水口噀之。還成

驢矣。……」

在這段記載中，已經有張果騎一怪異的驢的故事，這可能爲形成「張果老倒
騎驢」的傳說打下基礎。此外，張果也是一個較早進入正史的實實在在的人。
《舊唐書》卷一百九十一《方伎列傳》稱：

張果者，不知何許人也。則天時，隱於中條山，往來汾、晉間，時

人傳其有長年秘術，自云年數百歲矣。嘗著《陰符經玄解》，儘其玄

理。則天遣使召之，果佯死不赴。後人復見之，往來恒州山中。開

元二十一年，恒州刺史韋濟以狀奏聞。玄宗令通事舍人裴晤往迎之。

果對使絕氣如死，良久漸蘇，晤不敢逼，馳還奏狀。又遣中書舍人
徐嶠賷璽書以邀迎之，果乃隨嶠至東都，肩輿入宮中。

開元詩人李頎有一首詩《謁張果先生》（《全唐詩》一百三十二卷）曰：「先生
谷神者，甲子焉能計，自說軒轅師，於今幾千歲。」說他「嘗聞穆天子，更
憶漢皇帝」，並且有「餐霞斷火粒」，「煉骨同蟬蛻」這類神異的事，唐・李冗
《獨異志》卷下亦載張果事，說他是「混沌初分白蝙蝠精」。可見，在唐代，
張果的故事已經神化。

　　此外，八仙中的人物徐神翁、何仙姑、曹國舅和張四郎，因沒有專門描
寫他們的劇目，他們只是在劇中和劇尾，或是偶而出現，或是以「八仙」陣
容集體現身。均無個性化的表演，因此，在這裏就不再贅述。

2. 元劇「八仙」序列的形成

　　關於八仙的序列，我們現在常見的有這個順序，即李鐵拐、漢鍾離、呂
洞賓、張果老、曹國舅、韓湘子、藍采和、何仙姑。而元雜劇卻有幾個不同
的序列，八仙的排列不盡相同。

　　要考察八仙序列的形成，比較可靠的文字就是前述這些雜劇了。現存有
關八仙的元雜劇，可考知寫作年代的，最早的是馬致遠的《呂洞賓三醉岳陽
樓》和他與人合作的《黃粱夢》，後者在第四折羅列了八仙的姓名：

這一個是漢鍾離現掌著群仙錄，這一個是鐵拐李髮亂梳，這一個是
藍采和板撤雲陽木，這一個是張果老趙州橋倒騎驢，這一個是徐神
翁身背著葫蘆，這一個是韓湘子韓愈的親侄，這一個是曹國舅宋朝
的眷屬，則我是呂純陽愛打的簡子愚鼓。

這裏面少了一個後人常說的何仙姑，多了一個徐神翁。〔註3〕谷子敬的《呂洞
賓三度城南柳》在故事情節等方面都因循《呂洞賓三醉岳陽樓》一劇，所以
八仙的排列也同上。就連第四折八仙出場時用的曲牌都和《岳陽樓》一樣，
依然是〔水仙子〕。唱之前，正末云：「這七人是漢鍾離、鐵拐李、張果老、
藍采和、徐神翁、韓湘子、曹國舅。」接著唱：

〔註3〕徐神翁，本名徐守信，學道後言事多驗，人稱他神公。宋哲宗、徽宗都召見
　　　過他，活到七十六歲才死。陸游《家世舊聞》中記他的事蹟，至今人們口
　　　邊常說的「兒孫自有兒孫計，莫與兒孫作馬牛」兩句詩，便是他寫的，見《徐
　　　神公語錄》。

這個是攜一條鐵拐入仙鄉，這個是袖三卷金書出建章，這個是敲數
聲檀板遊方丈，這個是倒騎驢登上蒼，這個是提笊籬不認椒房，這
個是背葫蘆的神通大，這個是種牡丹的名姓香。（淨云）這七位神仙
都認的了。師父可是誰？（正末唱）貧道因度柳呵道號純陽。

這裏依然沒有何仙姑，還是由徐神翁代替。《呂洞賓度鐵拐李岳》第四折中〔二
煞〕唱道：

漢鍾離有正一心，呂洞賓有貫世才，張四郎、曹國舅神通大，藍采
和拍板雲端裏響，韓湘子仙花臘月裏開，張果老驢兒快。我訪七真
遊海島，隨八仙赴蓬萊。

在這裏還是沒有何仙姑，但是卻有張四郎〔註4〕填補了這個空缺。在范康的《陳
季卿悟道竹葉舟》裏，何仙姑卻第一次出現，在第四折裏，東華帝君將八仙
帶上，呂洞賓還像往常那樣，一一介紹：

（沖末扮東華帝君執符節引張果、漢鍾離、李鐵拐、徐神翁、藍采
和、韓湘子、何仙姑上）

〔十二月〕這一個倒騎驢疾如下坡，（陳季卿云）元來是張果大仙。
（正末指徐科，唱）這一個吹鐵笛美聲和。（陳季卿云）是徐神翁
大仙。（正末指何科，唱）這一個貌娉婷笊籬手把。（陳季卿云）
是何仙姑大仙。（正末指李科，唱）這一個鬢蓬鬆鐵拐橫拖。（陳
季卿云）是李鐵拐大仙。（正末指韓科，唱）這一個藍關前將文公
度脫。（陳季卿云）是韓湘子大仙。（正末指藍科，唱）這一個綠
羅衫拍板高歌。（陳季卿云）是藍采和大仙。（正末指鍾離科，唱）
〔堯民歌〕這一個是雙丫髻常吃的醉顏酡。（陳季卿云）是漢鍾離
大仙。（做拜科，云）敢問師父姓甚名姓？（正末云）呆漢，俺不
說來？（唱）則俺曾夢黃粱一晌滾湯鍋，覺來時蚤五十載暗消
磨。……

《竹葉舟》中何仙姑的出現，改變了八仙群體清一色的男性形象，使舞臺演
出更為活躍。《竹葉舟》中的八仙與後世常見的八仙排列已經一致。如明代教
坊編演本《八仙過海》中的八仙，便繼承了《竹葉舟》中的八仙全班人馬。

〔註4〕張四郎，宋代人，又叫張仙翁。陸游《劍南詩稿》卷八有《山中小雨，得宇
文使君簡，問嘗見張仙翁，戲作一絕》，詩後自注云：「張四郎常挾彈，視人
家有災疾者，輒以鐵丸擊散之。」

以後湯顯祖傳奇《邯鄲夢》中的八仙，也是沿用《竹葉舟》中的八仙而來。
在該劇第三十齣《合仙》中稱：

> 漢鍾離到老梳丫髻，曹國舅帶醉舞朝衣，李孔目拄著拐打瞌睡，何
> 仙姑拈針補笊籬，藍采和海山充樂探，韓湘子風雲棄前妻。兀那張
> 果老五星輪的穩，算定著呂純陽三醉岳陽回。（六十種曲本）

可見，范康的《竹葉舟》所定下的八仙班底，基本定型，到後世也沒有大的
變化。

由於「八仙」在元劇中略有出入，各不相同，因此對「八仙」淵源的考
證就不僅僅限於八個仙人，我們探索的已經有十仙之多了。儘管人數眾多，
但在出場時不管如何排列組合，卻只有八個神仙。為什麼戲中總是出現「八
仙」，而不是九仙、十仙呢？許多歷史著作都語焉不詳。清代史學家趙翼（1227
～1814）有一首題八仙圖軸詩，其序云：「戲本所演八仙，不知起於何時。按，
王（圻）氏《續文獻通考》及胡（應麟）氏《筆叢》，俱有辯論，則前明已有
之；蓋演自元時也。」趙翼在此所指，也僅僅是指戲中八仙什麼時候出現，
而「八仙」一詞起於何時，他也不大清楚。

考八仙一詞，可追溯到東漢。但肯定不是後人所稱「八仙」。大概國人喜
用八這一數詞，在指代多人或多方面時，經常使用八這一詞。如指天子專用
的舞樂，即用「八佾」一詞，此外還有八才子、八師、八伯、八士、八珍、
八俊等說法。就連指某地風景，也往往以「八景」稱之。宋・沈括《夢溪筆
談》稱：「度支員外郎宋迪工畫，尤善為平遠山水。其得意者有平沙雁落、遠
浦帆歸、山市晴嵐、江天暮雪、洞庭秋月、瀟湘夜雨、煙寺晚鐘、漁村落照，
謂之『八景』。就連我們所熟悉的北京風物，也被人們揀選出來，組成燕京八
景：太液晴波、瓊島春蔭、金臺夕照、西山霽雪、玉泉垂虹、蘆溝曉月、薊
門煙樹、居庸迭翠。可見，八在許多詞中，只是一種泛指的話語表述方式。
唐以前儘管有「八仙」，但不是我們現在常指的「八仙過海」中的「八仙」。
晉・譙秀《蜀記》已記有八仙之名，他們是：容成公、李耳、董仲君、張道
陵、嚴君平、李八百、范長生和尒朱先生。為了和後人常指的八仙區別，人
們將其指為「上八仙」。杜甫曾著《飲中八仙歌》，是將李白、賀知章等能喝
酒者湊在一稱為「八仙」，與傳說中的神仙無絲毫關係。唐以後，隨著神仙思
想在道教中愈演愈烈，呂洞賓等人的神仙地位逐漸凸顯出來，在迎神賽社等
活動中也被搬演。《夢梁錄》卷二《諸庫迎煮》一節中云：「次以大鼓及樂官

數輩，後以所呈樣酒數擔，次八仙道人、諸行社隊。」在南宋杭州城清明節前酒庫開煮儀式上，要有人扮成八仙模樣表演，以示慶祝。

到了元雜劇中，在度脫劇中八仙出場已成固定格式，每每是八仙出場迎接被度脫的迷路之人，以示隆重。清人梁廷枏在《曲話》中曰：「元人雜劇多演呂仙度世事，⋯⋯其第四折，必於省悟之後，作列仙出場，現身指點，因將群仙名籍數說一過，此岳伯川之《鐵拐李》、范子安之《竹葉舟》諸劇皆然，非獨《岳陽樓》、《城南柳》兩種也。」其實，這是元雜劇演出中向觀劇者致意的一種形式。浦江清在《八仙考》裏認為「八仙」戲一般用於慶壽，並且引周憲王《新編呂洞賓花月神仙會》序言以為佐證：

> 予觀紫陽真人悟真篇內有上陽子陳致虛注解，引用呂洞賓度張珍奴
> 成仙證道事蹟。予以為長生久視，延年永壽之術，莫逾於神仙之道。
> 製傳奇一帙以為慶壽之詞。抑揚歌頌於酒筵佳會之中，以佐樽歡，
> 暢於賓主之懷。亦古人祝壽之義耳。

然而，平常的演出大多是不需要太多人的劇目，但是，大多的家班演員是從表面上看，是非常難完成這場面宏大的演出的。但他們又是如何完成全劇的最後一折的演出呢。通過對八仙戲的研究，又可以從另一個側面對山西洪洞元代的明應王殿演劇壁畫的內容進行證明，同時也可以通過對戲劇班社的組織進行考察，瞭解元劇中為什麼多八仙戲的原因。

馮沅君在《古劇說匯》中對劇團人數根據元雜劇劇本情況進行過準確分析，可以證明元劇演出需要的人數，她認為：

> 宋雜劇的主要腳色不過四五人。元雜劇較複雜，但似乎仍以三人、
> 四人或五人者為多，先就雜劇來看，《元曲選》載劇百種，每劇四折
> （惟趙氏孤兒五折），加楔子，得四百七十個單位。每個單位假定為
> 一場，那就是四百七十場。在這四百七十場中，每場二人的是三七
> 場，每場三人的是一零九場，每場四人的是一三六場，每場五人的
> 是七七場，四者得三百五十九場，約當全數的四分之三。每場十人、
> 十一人及十二人的都只占全數的四百七十分之一。

從馮沅君的統計來看，元劇的演出是不需要太多人的，一個戲班十來個人足矣。從現存描寫元代家班的劇目南戲《宦門子弟錯立身》和雜劇《漢鍾離度脫藍采和》看，情況大抵如此。《宦門子弟錯立身》寫散樂王金榜一家，他這個班子以旦角王金榜為主，有父親王恩深、母親趙茜梅，再加上入贅女婿完

延壽馬。另外，還有一個扮完延壽馬的外角和一個扮管家的淨角，總共是 6 人。

《漢鍾離度脫藍采和》這個家庭戲班的主要演出成員也是 6 人，如第一折就將家庭戲班的組織情況交待清楚：

> （旦同外旦引徠兒二淨扮王李上，淨云）俺兩個一個是王把色，一個是李簿頭。俺哥哥是藍采和。俺在這梁園棚內勾欄裏做場，這個是俺嫂嫂。……
>
> （正末上云）小可人姓許名堅，樂名藍采和。渾家喜千金，所生一子，是小采和，媳婦兒藍山景，姑舅兄弟是王把色，兩姨兄弟是李簿頭，俺在這梁園棚勾欄裏做場。

從道白中可知，這個家庭戲班以末尼許堅爲首共有 6 人，再加上必要的伴奏人員，一般來講一個戲班正好是十來個人。因爲一個家庭戲班出於經濟的因素和活動的方便，樂隊的構成也是非常的簡單，如山西洪洞明應王殿的戲曲壁畫上的伴奏樂器有兩鼓、一笛、一板。從畫面上看，整個演職員也就是 11 個人。這和《藍采和》第四折中對樂器的記載是一致的：

> 是一夥村路歧，……持著些槍刀劍戟、鑼板和鼓笛。你待著我做雜劇，扮興亡貪是非；待著我擂鼓吹笛，打拍收拾。

另外，元張碧山《春遊》散套也有對伴奏的描繪：

> 將一夥兒鼓笛，選一答兒清閒地。擺一個齊整歡筵會，做一段笑樂新雜劇。

由此可見，鼓笛板是少不了的。這下我們可以明白，爲什麼八仙戲總是在最後介紹八仙，這樣既可以顯示班社的陣容，又因爲演出已到了最後，就是吹吹打打給觀眾有個交待，同時家班演員和伴奏在一起十來個人正好夠八仙的陣容。所以，爲什麼總要讓徐神翁以吹笛、藍采和執拍板的形象出現，手裏所拿，既是樂器又是道具，一身兼二任也。以此推考，明應王殿的戲曲壁畫所演故事很可能就是八仙戲，因此處是一水神廟，屬道教勢力範圍，演神仙戲當是自然而然的事。

3. 「八仙戲」對後世戲曲、小說及曲藝的影響

「八仙戲」自元代相繼形成規模之後，其故事在民間廣泛傳播開來。並

且，八仙的名字已不僅限於以上所述，在明代出現了另外的八仙序列，一般人們爲了區分他們，姑且將其稱之爲下八仙。明無名氏雜劇《賀昇平群仙祝壽》曾羅列王喬、陳戚子、徐神翁、劉伶、陳摶、畢卓、任風子、劉海蟾爲下八仙，其中任風子不見其他史料，其名字出於馬致遠的《馬丹陽三度任風子》，可見元劇中的八仙深入人心，從一個杜撰的人物而成爲下八仙的一員。明代的《八仙上壽寶卷》提到下八仙的另一組名字，他們是：張仙、劉伯溫、諸葛亮、苗光裕、徐茂公、魯寧秀、牛郎、織女。雖然說八仙序列各有不同，但在元雜劇裏形成的八仙序列一直延續下來，從明清的戲曲、小說和寶卷就能看得出來。

在雜劇方面，明無名氏的雜劇《三世修》演文昌、達摩、呂洞賓的事蹟，因劇本已佚，具體情節無考。清代的雜劇有傅山的《八仙慶壽》。其他清代有關八仙的戲，均講韓愈和韓湘子事，如車江英的《藍關雪》，全劇有《湘歸》、《報參》、《賞雪》、《衡山》四折，有雍正年間刻本和《清人雜劇二集》本。永恩（禮親王）的《度藍關》。楊潮觀的《吟風閣雜劇·韓文公雪擁藍關》和綠綺主人的《度藍關》。故事情節和元雜劇大同小異。

明代的傳奇計有湯顯祖的《邯鄲記》，錦窩老人的《升仙傳》和無名氏的《蟾蜍記》（演韓湘子事）。不過後兩種已佚。《邯鄲記》寫呂洞賓度盧生事，劇終時八仙全部出場，我們在前邊已經敘述。梁廷枏《曲話》稱：「《邯鄲記》末折《合仙》，俗呼爲『八仙度盧』，爲一部之總匯，排場大有可觀，而不知實從元曲學步，一經指摘，則數見者不鮮矣。」（《中國古典戲曲論著集成》八，第 259 頁）對湯顯祖在劇終的處理方式評價不高。清代傳奇有李玉的《太平錢》，演張果事。另外，周杲的《八仙圖》（佚）、戴思望的《岳陽樓》（佚）、王聖徵的《藍關度》（佚），雖無劇本，但從劇名還是可以瞭解大致內容。

明之後，小說領域出現了魯迅稱之爲「神魔小說」的一類，這些小說大多與道教有關係，且其中數部都是寫八仙故事的，由於它繼承宋元話本和元雜劇的一些內容，人物形象逐漸豐滿、定型。在「神魔小說」中，有關八仙的作品有：鄧志謨的《呂純陽得道飛劍記》，吳元泰的《八仙出處東遊記》、楊爾曾的《韓湘子全傳》和清·佚名《八仙得道》〔註5〕，其中《東遊記》較早、較完整、較定型地講述八仙出處。該小說一名《上洞八仙傳》，又名《八

〔註 5〕該書由崑崙出版社 2001 年 3 月出版，版本來中國國家圖書館館藏善本。可能趙景深和浦江清均未見到。

仙出處東遊記》。二卷五十六回，該書講鐵拐李、呂洞賓、張果老、何仙姑等八仙得道後，共渡東海，東海龍王子摩揭，奪藍采和所踏之玉版，並捉去藍采和，遂與八仙大戰。龍王兵敗，請天兵相助，大敗而歸。後得觀音和解，才各自謝歸。該小說遠與唐人筆記有淵源，近直接脫胎於元人雜劇和民間傳說。把八仙的來歷一一道個明白。

《飛劍記》以呂洞賓度人經歷為線索，來演繹呂洞賓成仙成道的過程。這部小說先講鍾離權巧度呂洞賓。鍾離權用「黃粱夢」來點化呂洞賓，說明人生浮世，不過如黃粱一夢的道理，使其明白人生不足留戀，應修道成仙來獲得真正快樂和幸福。得道後的呂洞賓不以自身解脫為最終目標，發下「必須度盡眾生，方上昇未晚」的宏大志願，於是周遊天下，除魔鬥妖，遭遇不少挫折和磨難，直到最後度脫何仙姑，才上仙界復命。

《韓湘子全傳》也是一部典型的度人小說，其主要情節圍繞韓湘子十二度韓愈的故事展開，來弘揚神仙慈祥關懷凡人、以救世度人為樂的精神。小說中的韓愈以科舉入仕，一帆風順，位居極品，享盡榮華富貴。他也在自迷其中，不能自拔。韓湘屢次「度」他，他卻執迷不悟。但隨後風雲突變，他先遭貶謫，又遇水災，變得上無片瓦遮身，下無立錐之地，方知人生福禍無常，仕途險惡。在困境中，得到韓湘及眾仙相救，才從迷津中解脫出來。

小說一開始就鍾離權、呂洞賓二仙奉玉帝之命，下界去度有德之人，兩人直接就宣稱成仙的好處：「為仙者，尸解昇天，赴蟠桃大會，食交梨火棗，享壽萬年，九玄七玄，俱登仙界」；而「大千眾人，只知沉淪欲海，冥溺愛海，恣酒色倡狂，逞財勢氣焰。」認為，「爭奪名利不思量，妄想貪嗔薄幸狂。算英雄互古興亡，晨昏猶自守寒窗。總不如乘風駕霧，覓一個長生不死方。」意思是說人不能沉迷於轉瞬即逝的功名富貴而不悟，要在神仙的點化下，早點醒悟，走進不生不滅的境界。

明代小說與八仙人物有關的還有《楊家將演義》。該小說又名《北宋志傳》，後代的楊家將戲如《李陵碑》、《呼延贊表功》、《孟良盜馬》、《穆柯寨》、《洪羊洞》等都完全取材於《北宋志傳》。部分取材於該書的有《四郎探母》、《清官冊》、《五郎出家》、《金沙灘》、《寇準背靴》等。就連這部楊家將小說裏邊也涉及到八仙中的鍾離權和呂洞賓。在「大破天門陣」這一故事裏，呂洞賓因與師父鍾離權賭氣遂下界說明北番蕭太后設下玄妙難解的天門陣，大宋軍隊無計可施，後在鍾離權的幫助下，楊宗保才大破天門陣。原來宋與遼

之間的交兵，不過是上界神仙安排的一場遊戲。且看書中第三十八回道：

> 韓延壽見天門陣破得七殘八倒，慌忙問計於呂（洞賓）軍師。軍師
> 怒曰：「汝去，吾自往擒之。」即率本營勁卒，如天崩地裂而來。椿
> 岩作動妖法，霎時日月無光，飛沙走石。宋兵個個兩眼蒙昧難開。
> 宗保君臣困於陣內，番兵四合砍進。正在危急之際，鍾道士看見，
> 奔向陣前，將袍袖一拂，其風逆轉，吹倒番人，天地復明。椿岩望
> 見鍾道士，忙報呂軍師曰：「鍾長仙來矣，師父快走！」道罷，先化
> 一道金光去了。呂洞賓近前，被鍾離喝道：「只因閒言相戲，被汝害
> 卻許多性命。好好歸洞，仍是師徒；不然，罪衍難逭。」洞賓無言
> 可答，乃曰：「弟子今知事有分定，不可逆爲，願隨師父回去。」於
> 是二仙各駕紅雲，逕轉蓬萊。

從上述故事可見，八仙故事深入人心，即使在楊家將演義中也加入了鍾、呂
二仙的故事，以加強小說的神秘性和可讀性。另外，趙景深認爲《八仙出處
東遊記》關於「大破天門陣」一節抄自《楊家將演義》〔註6〕，可以看出，八
仙在小說中的變化是有其源流的。在清代小說與八仙有關的還有倚雲氏《繡
像升仙傳》〔註7〕、徐有期撰，張繼宗重訂《神仙通鑑》〔註8〕、醉月山人撰
《狐狸緣全傳》。不過影響遠不如《楊家將演義》。

此外，在明清曲藝形式彈詞中，也有一些有關八仙的作品。一般學者都
認爲彈詞源於宋代的陶眞、元明兩代的詞話。但從現在流傳的吳語系彈詞的

〔註6〕 見趙景深《中國小說叢考》，第 237 頁，齊魯書社。「關於《東遊記》中八仙
得道的三十二回（即上卷全部二十九回，下卷第三十、三十一回）和第四十
五回，我想留到下面去講，此地先講另外二十四回的出處。前面已經說過，
這二十回共有兩大事件：（一）大破天門陣，（二）八仙過海鬧龍宮。大破天
門陣是節抄《楊家將演義》的。據謝无量的《平民文學的兩大文豪》和鄭振
鐸的《羅貫中》（《青年界》創刊號），都說《楊家將演義》是元代羅貫中的著
作。倘若這是確實的，那末明代的《東遊記》節自元代的《楊家將演義》，更
是有可能的事了。」
〔註7〕 該小說寫明嘉靖年間，秀才濟小塘爲權相嚴嵩阻礙，屢試不第，遂訪仙學道，
經呂洞賓指點，以仙術雲遊。與神偷一枝梅等鋤妖斬怪，懲惡濟善的故事。
有中央民族學院出版社 1994 年 4 月第一版。
〔註8〕 該書共有數節寫八仙事，有「李凝陽易體成仙，關尹子受經證道」，「趙咸伯
楫脯疑友，鍾離權燈引逢師」，「寶誌公建康混跡，張果老六合聯姻」，「藍關
道聖任相逢，金刀下高人獨脫」，「四先生諸方顯化，曹國舅二祖傳經」。在這
裏邊獨沒有寫八仙中影響最大的呂洞賓。該書藏中國藝術研究院戲曲研究所
資料室。

音樂中已難考證它們之間的關係。明代彈詞伎藝活動興盛。田汝成《西湖遊覽志餘》卷二十載：「其時優人百戲：擊球、關撲、魚鼓、彈詞，聲音鼎沸。」沈德符《萬曆野獲編》卷十八「冤獄」稱：「其魁名朱國臣者，初亦宰夫也，畜二瞽姬，教以彈詞，博金錢，夜則侍酒。」明代彈詞極多，但流傳下來的很少。清代，彈詞流傳到南方，並在那裏紮下根來，成為南方一種常見的曲種。胡士瑩編《彈詞寶卷書目》中列彈詞作品共 325 種，譚正璧、譚尋編《彈詞敘錄》收彈詞作品名目有 200 餘種。其中的《韓湘子得道全傳》（清）、《八仙緣》（清）、《八仙圖》（清）、《後八仙圖》（民初抄本）均是八仙故事。

　　另一種曲藝形式寶卷裏也有八仙故事。寶卷直接源於唐五代變文，最初講唱經文和演唱佛經故事。到清代變為民間說唱曲藝。鄭振鐸在《中國俗文學史》裏認為寶卷分佛教和非佛教兩大類，非佛教裏其中有一項就是講神道故事，如《三世因果純陽寶卷》和《何仙姑寶卷》等，與八仙傳說也有因緣。

　　在鼓詞中與「八仙」有關的大多是呂洞賓故事，如《狐狸緣》、《洛陽橋》、《呂洞賓戲牡丹》〔註9〕，只有在《天台山封神》中才讓「八仙」列隊出現。

〔註 9〕 見於瀋陽市文學藝術工作者聯合會編《鼓辭彙集》第六集，1957 年內部出版。
　　　　 均是東北大鼓短篇書段。

六、《西遊記》雜劇研究

　　元雜劇多爲四折一楔子，龐大的劇目除王實甫的《西廂記》之外，就是楊景賢的《西遊記》了。《西遊記》雜劇寫唐僧取經故事，該劇六本二十折，結構龐大而較爲完整，爲元雜劇中的宏篇巨製。

　　楊景賢，名暹，又名訥，字景賢，一字景言，號汝齋。生卒年不詳。本爲蒙古人，因從姐夫楊鎮撫而人以楊姓稱之。上輩時移居浙江錢塘。《錄鬼簿續編》稱其「善琵琶，好戲謔，樂府出人頭地。錦陣花營，悠悠樂志。與余交五十年。永樂初，與舜民一般遇寵。後卒於金陵」可知他是元末明初戲劇家。楊景賢善寫神佛道化戲，現有《劉行首》和《西遊記》存世。

　　此劇本在我國早已亡佚。1928 年在日本宮內省圖書館發現《傳奇四十種》，收有明代萬曆甲寅（公元 1614）刊本，題名《楊東來先生批評西遊記》六卷，日本著名漢學家鹽谷溫把它重印出來，於是流入我國。不少學者認爲此劇即是吳昌齡的《唐三藏西天取經》。而通過《錄鬼簿續編》，我們可以知道楊景賢作《西遊記》雜劇，其作品和吳昌齡的《唐三藏西天取經》是有區別的。劉蔭柏先生認爲：「楊景賢雜劇全名可能是『唐僧取經西遊記』，與吳昌齡《唐三藏西天取經》在劇名上極易相混。明代正德、嘉靖年間戲劇家李開先，親眼見到楊景賢原本，曾做過準確說明。至萬曆之後才出現問題，先是勾吳蘊空居士得到一部《西遊記》雜劇手抄本，因爲上面沒有署作者名字，他遂據朱權《太和正音譜》自作聰明地在抄本上冠以吳昌齡之名。後來臧晉叔刻《元曲選》時，卷首引涵虛子《群英雜劇目》（即《太和正音譜》中『群英所編雜劇』），自以爲是地在吳昌齡《西天取經》雜劇下注云：『六本』，而於《太和正音譜》原本中並無此小注。孟稱舜過於相信這位曲研究專家臧晉

叔,遂在《新鐫古今名劇柳枝集》中,將楊景賢《西遊記》雜劇第四本別行錄出,標目為《二郎收豬八戒》,並誤署吳昌齡之名。」(《西遊記發微》,第156頁)由於楊景賢處於元末明初,其《西遊記》已沒有其他元雜劇古樸的樣子,可能是經過後人的改動,但是每一本還是保留了元雜劇的基本體制,帶有元雜劇向明傳奇過渡時的痕跡。另外,從表面上看,故事是講唐玄奘西天取經,應是佛教戲,但劇中亦有道教神仙出現,同時還有不少道教的說教,可以說,該劇亦佛亦道,值得我們做深入的研究。

1.《西遊記》雜劇的淵源和成因

我們知道,《西遊記》故事是從唐玄奘西行求法一事衍發開來,通過不斷地發展、充實,成為一個生動的藝術形象。唐僧玄奘(602～664)實有其人,他俗姓陳,洛州緱氏(今河南偃師緱氏鎮)人。約於隋大業十一年(公元615年)出家,是一位虔誠博學的僧人。他因感到有些翻譯的經典直譯硬譯,望文生義之類的錯訛太多,於是決定到佛教的發源地印度求學,以期得到佛學的真諦。唐貞觀三年(公元629年),玄奘曾陳表朝廷奏請西行「遵求遺法」,因唐太宗此時崇尚道教,故未被允納。玄奘無奈只得私越國境,毅然踏上了充滿艱險的西行之路。玄奘在印度留學有十七年之久,成就卓著。回國時,帶回了大量的經卷,並親自主持翻譯,匡正了以往中譯佛經的謬誤。他還根據自己遊歷的感受,寫成了《大唐西域記》一書。該書記載了豐富而又詳實的古代印度的社會狀況,有非常高的價值。印度歷史的書寫,如果沒有此書,將無從下手。所以說,玄奘對中印兩國之間的文化交流的貢獻是巨大的。

有關玄奘的史料,見唐李宂《獨異志》,後晉劉昫等撰《舊唐書》卷一百九十一《方伎列傳·僧玄奘》,道宣編《續高僧傳》卷四中《大慈恩寺三藏法師傳》和《大唐故三藏玄奘法師行狀》,宋釋志磐著《佛祖統紀》,元釋曇夢堂《唐宋高僧傳》,元釋覺岸《釋氏稽古略》等書,但記敘最早最詳細的還是玄奘弟子慧立撰寫的《大唐慈恩寺三藏法師傳》。由於玄奘在南亞次大陸游學17年,如果沒有超人的意志力,是難以在高溫多雨,飲食簡陋,風俗習慣大異於中原的地方度過那麼艱苦的歲月的。同時,玄奘這一行程,山高路遠,交通不便,路上遇到的奇事比比皆是。再加上古印度又是一個盛產神話傳說的國度,玄奘對印度文化掌握精深,在對弟子的講述中肯定是繪聲繪色。弟

子帶著崇拜的心情聽得是如醉如癡，於是乎，玄奘法師的傳記就帶上亦真亦幻的神話色彩。這就爲西遊故事的誕生奠定了基礎。如唐僧帶弟子孫行者、豬八戒、沙和尚西天取經，並不是向壁虛構，《大唐慈恩寺三藏法師傳》就寫了唐僧路中受阻，年輕胡人石槃陀前去參拜，兩人結下師徒關係。傳中寫道，唐僧潛抵瓜州，擬偷渡玉門。不數日，涼州訪牒亦至，云「有僧字玄奘，欲入西蕃，所在州縣宜嚴候捉」。傳云：

> 遂貿易得馬一匹，但苦無人相引。即於所停寺彌勒像前啓請，願得一人相引渡關。其夜，寺有胡僧達磨夢法師坐一蓮華向西而去。達磨私怪，旦而來白。法師心喜爲得行之征，然語達磨云：「夢爲虛妄，何足涉言。」更入道場禮請，俄有一胡人來禮佛，遶法師二三幣。問其姓名，云姓石字槃陀。此胡即請受戒，乃爲授五戒。胡甚喜，辭還。少時賚餅果更來。法師見其明健，貌又恭肅，遂告行意。胡人許諾，言送師過五烽。法師大意，乃更貿衣資爲買馬而期焉。

於是，年輕胡人又引來一老翁，給玄奘以具體幫助：

> 明日日欲下，遂入草間，須臾彼胡更與一胡老翁乘一瘦老赤馬相逐而至，法師心不懌。少胡曰：「此翁極諳西路，來去伊吾三十餘返，故共俱來，望有平章耳。」胡公因說西路險惡，沙河阻遠，鬼魅熱風，遇無免者。徒侶眾多，猶數迷失，況師單獨，如何可行？願自料量，勿輕身命。法師報曰：「貧道爲求大法，發趣西方，若不至婆羅門國，終不東歸。縱死中途，非所悔也。」胡翁曰：「師必去，可乘我馬，此馬往返伊吾已有十五度，健而知道。師馬少，不堪遠涉。」法師乃竊念在長安將發志西方日，有術人何弘達者，誦咒占觀，多有所中。法師令占行事，達曰：「師得去。去狀似乘一老赤瘦馬，漆鞍橋前有鐵。」既睹胡人所乘馬瘦赤，漆鞍有鐵，與何言合，心以爲當，遂即換馬。胡翁歡喜，禮敬而別。

如果沒有這匹「往返伊吾已有十五度」老赤瘦馬，玄奘是難以到達目的地的。所以，即使返國以後，玄奘對這匹馬還是難以忘懷。這樣既有沿途護送的弟子，又有識途老馬，構成西遊故事的基本框架和人物都已形成。在《西遊記》雜劇中，這匹老赤瘦馬成了木叉所售白龍馬的原型。

在此之後，文學上比較完整講述唐僧取經故事的，是《大唐三藏取經詩話》。關於《大唐三藏取經詩話》出現的時間，有的學者認爲產生於宋代，有

的則認爲是元刻本。〔註1〕而魯迅則通融了這兩種看法。他在《中國小說史略》
中寫道:「張家爲宋時臨安書鋪,世因以爲宋刊,然逮於元朝,張家亦無恙,
則此書或爲元人撰,未可知矣。」但不管學者們是如何考證,唐之後,元末
《西遊記》雜劇產生之前,《取經詩話》已經形成。該詩話已完全脫離前述文
獻中近乎於史的記載,是比較完整的文學創作。儘管文字似顯簡單,但已有
三藏法師,猴行者和深沙神這三個人物,但唯獨缺豬八戒這個形象。這說明
關於唐僧取經的故事還處於發軔期。事實上,一種文學現象的產生並不孤立,
與《取經詩話》形成時間相近,唐三藏故事似乎成了一個炙手可熱的題材。
宋元之際,多有這方面的話本、戲劇產生。如宋元話本《梅嶺失妻記》,就是
猢猻精興風作怪的故事:

> 且說梅嶺之北,有一洞,名曰申陽洞。洞中有一怪,號曰白申公,
> 乃猢猻精也。弟兄三人,一個是通天大聖,一個是彌天大聖,一個
> 是齊天大聖,小妹是泗州聖母。這齊天大聖,神通廣大,變化多端,
> 能降各山魈,管領諸山猛獸,興妖作法,攝偷可意佳人,嘯月吟風,
> 醉飲非凡美酒,與天地齊休,日月同長。

這個故事的主人公齊天大聖,神通廣大,變化多端,野性十足,還喜歡偷可
意佳人,雖然形象不如《西遊記》小說中的孫悟空高大,但是一個本領極其
高強的猴精的形象基本確立。

由於西遊故事在民間廣泛傳播,連當時的繪畫、雕塑、陶瓷中也不乏表
現西遊故事的作品出現。在杭州飛來峰龍泓洞的兩組浮雕,其中描繪的是唐
僧取經故事。《杭州元代石窟藝術》的作者黃湧泉先生與筆者的導師劉蔭柏先
生通信裏專門談了此問題:

> 前一組玄奘作前導狀,容相溫雅,左上角隱約有「唐三藏玄奘法師」
> 一行題字,其後有二匹馬……,還有隨行三人,這組浮雕應取材於
> 「唐僧取經」……。後一組浮雕兩比丘,頭部已毀去,有背光;頭
> 部以下大體完整。榜刻有「竺法蘭」、「朱八戒」等字,後面有馬,

〔註 1〕 《大唐三藏取經詩話》最早的傳佈者羅振玉說它是「宋人平話」,他在《取經
詩話》的《跋》中說,「宋人平話,傳世最少,舊但有《宣和遺事》而已。近
年若《五代平話》、《京本小說》,漸有重刊本,此外仍不多見。」「此三浦將
軍所藏,予借付景印。宋人平話之傳人間者,遂得四種。」王國維的《跋》
根據「中瓦子張家印」的牌記定爲「南宋人所撰話本」,但後來在《兩浙古刊
本考》中又認爲是元刻本。

僅殘存痕跡。這組浮雕應是表現「白馬馱經」故事。……經仔細觀
察，應定為宋代較妥……（劉蔭柏編：《西遊記研究資料》第 258
頁）

繼而建於西夏晚期的榆林窟，其中第二號窟西壁北側，畫有唐僧取經故事，玄
奘合掌作望空禮拜狀，孫悟空牽著滿載佛經的白馬，悟空已為猴像。這樣的題
材在第三、二十九窟均有，但從人物看，此時的取經故事還不像後來那麼成熟。

到了元代，西遊故事基本定型，廣東省博物館收藏的一元代磁州窯瓷枕，
就已完整刻畫出唐僧師徒四人的形象，郁博文的《瓷枕與〈西遊記〉》就談到
這一點：

孫悟空手持如意金箍棒，矯捷威武……；豬八戒長嘴大耳，肩扛九
齒釘鈀，邁步跟隨；唐僧騎馬揚鞭，取經心切；沙和尚手舉仗傘，
快步從行。……唐僧取經的題材在磁州窯瓷枕的繪畫上出現，說明
當時取經故事已廣為流傳，並基本完善。（1973 年 10 月 8 日《光明
日報》）

此外，在金元之間的其他文藝作品中，也有不少提到唐三藏的故事。如董解元
的諸宮調《西廂記》中唱道：「這每取經後不肯隨三藏，肩擔著掃帚藤杖，簇
棒著個殺人和尚。」杜仁傑的散曲〔般涉調‧耍孩兒〕《喻情》：「唐三藏立墓銘空
費了碑。」趙彥暉的散曲〔南呂一枝花〕《嘲僧》：「被個老妖精狐媚了唐三藏。」
無名氏的〔正宮叨叨令過折桂令〕《馱背妓》：「……眼兒瞘，鼻兒凸，驅處走了
猢猻怪；嘴兒尖，舌兒快，洛伽山怎受的菩薩戒。兀的不醜殺人也麼哥，兀的
不醜殺人也麼哥。」這說明西遊故事到了元代經過融匯史實、傳說和文藝作品
的諸多內容，並不斷充實和發展，唐三藏故事已家喻戶曉，孫行者形象也深入
人心，經過藝術家的反覆加工，最終成為色彩瑰麗萬千的動人作品。

我們還是回到戲劇本身，在宋元這種氛圍之中，戲劇多有反映唐僧取經
的作品。在錢南揚輯錄的《宋元戲文輯佚》中，有《鬼子母揭缽記》和《陳
光蕊江流和尚》。兩劇僅存佚曲，故事的來龍去脈只能根據《取經詩話》中的
《入鬼子母國處第九》一章和以後的劇本來猜測。前者的本事最早見於《佛
說鬼子母經》，西晉時即有漢譯，後收入《大藏經》中。在楊景賢《西遊記》
雜劇第三本《鬼母皈依》裏有敘述。講唐玄奘被紅孩兒捉去，孫行者求助於
世尊。世尊道：「不知此非妖怪。這婦人我收在座下，作諸天的。緣法未到，
謂之鬼子母，他的小孩兒，喚做愛奴兒。我已差揭帝去拿他，……將老僧缽

盂去，蓋將來。」「將這小廝蓋在法座下七日，化爲黃水，鬼子母必救他，因而收之。」這個劇本大概和吳昌齡的雜劇《鬼子母揭缽記》大同小異。

山西潞城發現的明萬曆二年（1574）抄定的《迎神賽社禮記傳簿》有三處載有《鬼子母揭缽》劇目，其中「啞隊戲」角色排場單二十五種之一第一單「舞曲破即爲《齊天樂鬼子母揭缽》，演出內容和上場人物如下：

> 舞曲破八大金剛八位、四揭地（諦）神四個、諸天子□、觀音、古
> 伏、飛天夜叉十個、伏留鬼子母、石頭附（駙）馬上，散。（引自廖
> 奔：《宋元戲曲文物與民俗》第 415 頁）

「齊天樂」本宋曲名，隊舞、啞隊戲也產生於宋代，故可斷定啞隊戲《鬼子母揭缽》是宋金時產生而流傳下來的。我們從多方面證明了西遊故事在宋元時代的盛行。《陳光蕊江流和尙》當敘唐僧身世，在此不再贅述。

另外，《南村輟耕錄》卷二十五「院本名目」條內「打略拴搐」類有金院本《唐三藏》，「諸雜砌」類有對孫悟空形象形成有影響的《水母砌》和其他短劇。

元雜劇興盛時期，出現了與《西遊記》雜劇人物、情節有關的雜劇甚多。在《西廂記》第一本第二折《借廂》中唱道：「煩惱怎麼耶唐三藏？」吳昌齡《東坡夢》第四折云：「往西天的唐三藏。」唐僧取經故事已經到了俯拾皆是的程度。前述吳昌齡據現有資料記載除了寫有《鬼子母揭缽記》之外，還有《唐三藏西天取經》，該劇題名爲「老回回東樓叫佛，唐三藏西天取經。」長久已來，該劇與楊景賢之《西遊記》混爲一談，後來經孫楷弟考證，方知爲吳氏所作。此劇在明代尚有趙琦美抄校本，後此劇本歸錢謙益收藏，故錢曾將其編入《也是園書目》「古今雜劇」欄內，在輾轉至清黃丕烈手中才散佚的，在《萬壑清音》、《集成曲譜》、《昇平寶筏》、《慈悲願》、《納書楹曲譜》等書中，或保存了此劇二折中的內容，或收集了一些有關的殘曲文，對研究吳劇原貌有一定幫助。吳昌齡的《哪吒太子眼睛記》中的哪吒是《西遊記》雜劇中出現過的形象，屬於情節與西遊故事有關的劇目，哪吒在這裏當護法太子。

2. 亦佛亦道的《西遊記》雜劇

從《西遊記》雜劇原初的本意來說，這是一本宣揚佛教精神的戲，劇中的唐僧身世以及唐僧取經的一系列過程，還有唐僧收下的孫行者諸弟子，皆是佛

所安排的。然而，孫行者諸弟子的原型都與道教的「靈怪」故事有密切關係，但他們最終成了高僧的弟子，反映了佛道思想在作家那裏的融和與變通。

關於玄奘的出身，前述已經很清楚，他是現今河南偃師人。父爲士族，兄爲名僧。雜劇卻述他的父親叫陳光蕊，赴任途中爲賊人劉洪所害，其妻殷氏被劉霸佔。殷氏害怕劉洪加害小兒，用大梳匣將其放到江中，順流而下，讓他尋一條生路。後被金山寺丹霞禪師拾得收養，取名江流。這種類型的故事在民間傳說中很多。《太平廣記》第一百二十一卷《崔尉子》（出皇甫氏《原化記》）、第一百二十二卷《陳義郎》，周密《齊東野語》載「某郡倅江行遇盜」事，就是此類故事。以《齊東野語》所記與陳光蕊事最接近。到宋元戲文那裏，故事已基本根據民間傳說創作。《西遊記》雜劇第一本關於玄奘身世就和《陳光蕊江流和尚》一樣。在雜劇裏，玄奘的出身被作者神話，劇中觀世音云：「見今西天竺有大藏金經」五千四十八卷，欲傳東土，爭奈無個肉身幻軀的眞人闡揚。如今諸佛議論，著西天毗盧伽尊者託化於中國海州弘農縣陳光蕊家爲子，長大出家爲僧，往西天取經闡教。」丹霞禪師爲他起名玄奘，並解釋道：「自幼收得江流兒，七歲能文，十五歲無經不通，本宗性命，了然洞徹。老僧與他法名玄奘。玄者妙也，奘者大也，大得玄妙之機。」身負特殊使命的玄奘一出山，便出手不凡。時逢京師大旱，玄奘結壇場祈雨，打坐片時，大雨三日。於是「天子賜金闌袈裟，九環錫杖，封經一藏，法一藏，輪一藏，號曰『三藏法師』。」在這種情況下，玄奘奉聖旨「赴西天，取經歸東土，以保國祚安康，萬民樂業。」

而歷史事實是，玄奘在研究佛學過程中存有一些疑問，但苦於無人指教，難於解決。他從當時來華的印度學者明友（波頗蜜多羅）那裏得到信息，知道在印度最高佛學學府那爛陀寺（Nalanda）〔註2〕有高僧戒賢大師講《瑜伽

〔註2〕是古印度著名佛教寺院，遺址在今比哈爾邦（Bihar）的巴特那（Patna）附近。7世紀我國高僧玄奘、義淨在此居住過。《大慈恩寺三藏法師傳》卷三載，該寺「庭序分開，中分八院，寶臺星列，瓊樓嶽峙，觀竦煙中，殿飛霞上，生風雲於戶牖，交日月於軒簷，……羯尼花樹，暉煥其間，庵沒羅林，森竦其外。諸院僧室皆有四重重閣，虯棟虹梁，綠櫨朱柱，雕楹鏤檻，玉礎文楯，覓接瑤暉，檐連繩彩，印度伽藍數乃千萬，壯麗崇高，此爲其極。」從公元5世紀到12世紀，這裏一直是印度佛教最重要的教學和研究中心，玄奘在時，據說人數達萬人。1920年，考古學家根據玄奘《大唐西域記》的記載確定並發掘了它的遺址。爲了紀念玄奘在此作爲學者和教師所度過的5年，1957年在此建立了玄奘紀念堂。

師地論》，遂決定到佛教發源地求學。由於當時唐朝立國不久，疆場不遠，禁約百姓不許出蕃。同時李世民為了和道教的祖宗老子李耳攀親，對道教尊崇有加，而對佛教不感興趣，並加以限制。貞觀三年（公元 629 年）玄奘結侶陳表，但沒得到應允。在他人皆打退堂鼓的情況下，玄奘決心已下，一人偷越國境，踏上西行求法的路程。

玄奘在天竺游學 17 年，聲名大震，成了著名高僧。回國時他帶回 657 部佛經。回來受到舉國隆重的歡迎，並受到李世民的召見。太宗說：「師出家與俗殊隔，然能委命求法，惠利蒼生，朕甚嘉焉。」同時又對侍臣講：「昔苻堅稱釋道安為神器，舉朝尊之。朕今觀法師詞論典雅，風節貞峻，非惟不愧古人，亦乃出之更遠。」對玄奘的評價至高，視為國寶級的人物。大概李世民此時統治日久，知道將儒釋道三教通融，比獨尊一教要對統治有利得多。

楊景賢將玄奘功成名就時受到的禮遇搬到玄奘出行之前，一是要說明玄奘出行是名正言順，並非私自行動；二也反映出作者的正統思想，皇帝崇佛是為了國家長治久安，僧人則利用皇帝的權威來保證佛教的順利傳播，兩者互為利用，相輔相成。但這些都是以確保皇權為前提的。反映了楊景賢極強的封建正統思想。劇本一開始唐僧念上場詩：「奉敕西行別九天，袈裟猶帶御爐煙。祗園請得金經至，方報皇恩萬萬千。」臨行之前，唐僧還對眾臣說道：「眾官，聽小僧一句言語：為臣盡忠，為子盡孝。忠孝兩全，餘無所報。」這那裏是四大皆空的和尚所思考的，完全似一付忠臣義士的肺腑之言。

另外，《西遊記》雜劇還寫了一些佛教有名的故事。如《鬼母皈依》一折，寫鬼子母沒有皈依佛法之前，興妖作怪，阻撓唐僧往西天取經。鬼子母不是作者向壁虛構的一神。她原為佛教二十諸天（即護法神）之一、原來是個吃人的母夜叉，後在釋迦牟尼的感召下皈依佛教。鬼子母的梵文名字是訶梨帝母（Hariti），意為「歡喜天母」。佛經《毗奈耶雜事》卷三十一說她「既取我男女充食，則是惡賊藥叉」。遂又稱作「大藥叉女歡喜母」。傳入中國之後，成為惡鬼的代稱。在《佛說鬼子母經》中，記載了訶梨帝母成神的傳說：

> 往昔王舍城中有獨覺佛出世，為設大會。有五百人各飾身共詣芳園。
> 途中遇懷妊牧牛女持酪漿來，勸同赴園。女喜之舞蹈，遂墮胎兒。
> 諸人等舍之赴園內，女獨止而懊惱。便以酪漿買五百庵沒羅果，見
> 獨覺佛來女旁，頂禮而供養之。發一惡願曰：「我欲來世生王舍城中，
> 盡食人子。」

由此惡願舍彼身，後生爲王舍城娑多藥叉長女，與犍陀羅國沖叉羅藥叉長半支迦藥叉婚，生五百兒。恃其豪強日日食王舍城男女。佛以方便隱鬼女一子。鬼女悲歎求之，知在佛邊。佛曰：「汝有五百子，尚憐一子，況餘人只有一二耶？」乃教化之授五戒，爲鄔波斯迦（即優婆夷，指受五戒的女居士，佛教女信徒）。鬼女曰：「今後無兒可食者。」佛曰：「勿擾。於我聲聞弟子每食次呼汝及兒名，皆使飽食。汝於我法中勤心擁護伽藍及僧尼。」鬼女及兒皆歡喜。

鬼子母因失愛子而深感痛楚，在兒子失而復得後深有所悟而皈依佛教，於是發誓保護小兒。又成了生兒、育兒的保護神。據《寄歸傳》載，「西方諸寺每於門屋處，或在領隊食廚邊，塑畫母形」。遂有供養訶利帝母之法會，在婦女生產時修之，密教尤重之。雜劇第十二折《鬼母皈依》中其子紅孩兒被壓在缽盂下面之後，她發怒尋兒的性格表現頗似記載。

除了與佛教的關係以外，《西遊記》雜劇的人物如孫行者、豬八戒、沙和尚和白龍馬這四位唐僧的徒弟，雖然其原型並不是佛道人物，但其本質卻與道教的神仙系統有關。道教認爲，不管是天神還是地祇，只要經過修煉，就可以成爲得道的神仙，而神仙是會扶危濟人，解厄救人的。在這一過程中，就要和與之相對應的妖魔做鬥爭，降妖除魔是道士們的主要任務。《歷代眞仙體道通鑑》就敘述了淨明道祖師許遜滅妖的傳說：

眞君嘗煉神丹於艾城之黃龍山，山湫有蛟魅爲淵藪，輒作洪水，欲漂丹室。眞君遣神兵擒之，釘於石壁……過西安縣，縣伯出謁眞君，告其地分有妖物爲民害者，其神匿之。眞君行過一小廟，神迎告曰：「此有蛟物，害民，知仙君來，故往鸚渚逃避矣，後將復還，願爲斯民除之。」眞君如其言，躡跡追之至鸚渚，路旁逢三老人。詢其蛟孽所在，皆指曰：「見伏於前橋下。」眞君至橋側，仗劍叱之，蛟驚奔入大江，匿之淵，乃敕吏兵驅之。蛟從上流奔出，遂誅之。

妖魔是破壞人們正常生活的異己力量，是一股邪惡勢力。劇中的唐僧取經是爲了保國泰民安，因此一路破壞其大業的妖魔極多，所以它受到天上神佛及地上明君的一致支持和關懷。破壞取經，就是以下犯上，藐視君威。爲了保護唐僧取經的安全，劇中構築了一套以觀音、玉皇大帝、西王母、二郎神、

哪吒、鬼子母、羅剎女、木叉行者等佛道結合的神仙體系。而助唐僧取經的諸徒弟除孫行者是一個猴精之外，其他都是上界的謫仙。如白龍馬原是南海火龍，因爲行雨有差遲，玉帝要將他斬首。被觀音見到，觀音道：

> 恰才路邊，逢火龍三太子，爲行雨差遲，法當斬罪。老僧直上九天，朝奏玉帝，救得此神，著他化爲白馬一匹，隨唐僧西天取經，歸於東土，然後復歸南海爲龍。

而沙和尚也是一個帶罪的神仙：

> （沙和尚云）小聖非是妖怪，乃玉皇殿前捲簾大將軍，帶酒思凡，罰在此河，推沙受罪。今日見師父，度脫弟子咱。

豬八戒的出身也不平常：

> （豬八戒上，云）自離天門到下方，隻身惟恨少糟糠。神通若使些兒個，三界神祗惱得忙。某乃摩利支天部下御車將軍。生於亥地，長自乾宮。

唐僧的諸徒弟們身上還有很多道教神仙所應具備的超凡能力。都有行走如飛，變化多端，呼風喚雨的本領。如孫行者自己講：「小聖一筋斗，去十萬八千里路程，那裏拿我！我上樹化作個焦螟蟲，看他鳥鬧。」豬八戒爲騙得裴女，遂化作裴女的未婚夫朱郎。他說：「近日山西南五十里裴家莊，有一女子，許配北山朱太公之子爲妻，其子家貧，裴公欲悔親事。此女夜夜焚香禱告，願與朱郎相見。那小廝膽小不敢去。我今夜化作朱郎，去赴期約，就取在洞中爲妻子，豈不美乎？」這種變幻的法術和道教構築的鬼神世界是有關係的，極富創造性和想像力。

另外，像孫行者在這裏還有呼風喚雨的能力，也和道教設壇致祭，祈雨求風做法事有關。由於我國數千年以農業立國，在生產力低下的時代，人們祈求風調雨順，但大自然的現象往往不以人的意志爲轉移，所以，逐漸形成了對自然現象的迷信和崇拜心理。其中，又包括了控制、征服自然的強烈願望。在中國人心目中，神仙就能御雨乘風，制止災難。在唐僧師徒過不了火焰山時，孫悟空就搬來了救兵。觀音道：「老僧觀世音是也。唐僧過不得火焰山，孫悟空來告。我差雷公、電母、風伯、雨師、箕水豹、壁水犬俞、參水猿等北斗五氣水德星君水部神通。水能滅火，就除此火山之害，免使後人受苦。傳吾法旨，著神將跟孫悟空去，便要同唐僧過山。風、雨、雷、電神，即時下中界。我著他火焰不能燒，刀侵斷斷壞。」

更爲奇特的是，唐僧師徒離了女人國，迷了路，不知往何方走好，見遠處有一個打簡子漁鼓的採藥仙人，於是走上前去問路。從劇作家的設計來看，這是一個道士。並且他對酒色財氣發表了自己的看法，顯現出了道教對人生價值的判斷。高僧問道於仙人，這裏邊隱含的寓意，實在是耐人尋味。採藥仙人認爲，「若離得酒色財氣，便堪爲塵世神仙。」在他唱的漁鼓中，引經據典，歷數酒色財氣在歷史上所造成的禍端，認爲消極避世才是解決問題的唯一途徑。在這裏，唐僧反而成了積極用世的人，其不避兇險，前往西天取經，爲了保國安民。在唐僧身上，我們看到他更多的是像一個儒士，而有宗教意味的則是這個採藥仙人。在這裏，才能看出些許作者自己的看法，同時也發現，在這樣一個以求佛尋經爲主旨的戲中，能張揚作者思想的竟然是通過道士之口說出的，可以說，該劇表面演佛，實則說道，佛道雜糅，相得益彰。

3. 孫行者形象論考

在明代吳承恩《西遊記》小說中，由孫行者演變成的孫悟空成爲我國文學畫廊中一個光彩照人的形象。而楊景賢的雜劇《西遊記》正處於散亂的取經故事與文學巨著《西遊記》之間，既可以看出孫行者集前代描述的特點，又顯示出這一形象在過渡時期的原生面貌，非常值得研究。

關於孫悟空形象的形成，在我國的文獻和歷史記載中多有類似傳說，可以說是歷史悠久。劉蔭柏先生在《西遊記發微》中對此有過簡約而又透徹的研究：

> 在我國文學史上描寫神猴故事及民間有關神猴的傳說，是和龍蛇的傳說一樣，有著悠久的歷史和豐富的傳奇內容。漢代焦延壽《易林》卷一「坤之剝」中云：「南山大狝，盜我媚妾。怯不敢逐。退然獨宿。」趙曄《吳越春秋》中載有袁公與越處女比劍的故事。足見在漢代此類故事傳說頗多，那位與越處女鬥劍，「飛上樹，化爲白猿」的袁公，就是孫猴子的遠祖。到了唐代，關於神猴的傳說更豐富精彩。《廣異記·張鋌》中善化人形，「衣褐革之裘，貌極異，綺羅珠翠」，使虎、豹、巨熊都聽其指揮的「巴西侯」。《續玄怪錄·刁俊朝》中，因在漢江作惡，被上天追查，避禍於刁俊朝妻子脖項內，能大能小，雅好音樂，變化神奇的「獼猴之精」。《集異記·汪鳳》中，從地下掘

出的石櫃中放走被茅山道士鮑知遠囚住的「猴神」，遂使「六合煙塵」的故事，在某些方面，均有孫猴子的影子。而無名氏《補江總白猿傳》中，平時幻化成「美髯丈夫長六尺餘，白衣曳杖」，飛如「匹練」，「半晝往返數千里」，「遍體皆如鐵」，「目光如電」，用刀劍砍之，「如中鐵石」，又能「舞雙劍，環身電飛，光圓若月」的「大白猿」，在較大程度上有著孫猴子的神通。至於李公佐《古嶽瀆經》（《太平廣記》曰《李湯》）中傳說的渦水神「無支祁」（李肇《唐國史補》作「無支奇」），則近於水簾洞中的孫悟空。（引見該書第58～59頁）

關於孫猴子來源於無支祁一說，最早來源於魯迅的研究，他在研究《西遊記》小說時說：「我以為《西遊記》中的孫悟空正類無支祁。」（《中國小說的歷史變遷》）《太平廣記·李湯》中曰：

> 永泰中，李湯任楚州刺史，時有漁人，夜釣於龜山之下。其釣因物所制，不復出。漁者健水，疾沉於下五十丈，見大鐵鎖，盤繞山足，尋不知極。遂告湯。湯命漁人及能水者數十，獲其鎖，力莫能制。加以牛五十餘頭，鎖乃振動，稍稍就岸。時無風濤，驚浪翻湧。觀者大駭。鎖之未見一獸，狀有如猿，白首長鬐，雪牙金爪，闖然上岸，高五丈許。蹲踞之狀若猿猴。但兩目不能開，兀若昏昧。久，乃引頸伸欠，雙目忽開，光彩若電。顧視人焉，欲發狂怒。觀者奔走。獸亦徐徐引鎖拽牛，入水去，竟不復出。

關於怪獸的來歷，李公佐解釋說：

> （此乃）淮、渦水神，名無支祁，善應對言語，辨江淮之淺深，原隰之遠近。形若猿猴，縮鼻高額，青軀白首，金目雪牙。頸伸百尺，力逾九象，搏擊騰踔疾奔，輕利倏忽，聞視不可久。……庚辰以戰逐去。頸鎖大索，鼻穿金鈴，徙淮陰之龜山之足下。俾淮水永安流注海也。（據劉蔭柏編：《西遊記研究資料》）

孫行者的形象之所以能和無支祁掛上鈎來，主要是因為在宋人話本《陳巡檢梅嶺失妻》、楊景賢《西遊記》雜劇、明初無名氏《二郎神鎖齊天大聖》雜劇都曾提到。如《陳巡檢梅嶺失妻》中的自稱「齊天大聖」的猢猻精白申公道：

> 弟兄三人，一個是通天大聖，一個是彌天大聖，一個是齊天大聖，小妹便是泗洲聖母。

《西遊記》雜劇「神佛降孫」一折中，孫行者自報家門：

> 小聖弟兄姊妹五人，大姊離山老母，二妹巫枝祇聖母，大兄齊天大
> 聖，小聖通天大聖，三弟耍耍三郎。喜時攀藤攬葛，怒時攪海翻江。

無名氏《二郎神鎖齊天大聖》第一折，齊天大聖自報家門：

> 吾神三人，姊妹五個。大哥哥通天大聖，吾神乃齊天大聖，姐姐是
> 龜山水母，妹妹鐵色獼猴，兄弟是耍耍三郎。姐姐龜山水母，因水
> 淹了泗洲，損害生靈極多，被釋迦如來拿住，鎖在碧油壇，不能翻
> 身。

從以上引文可知，無支祁與猴行者有血緣關係已是一個不爭的事實，治中國
文學史的學者已經有過多方面的論述，筆者在此不必贅言。我們所要產生的
疑問是，爲什麼猿猴的傳說單單和唐僧取經故事結合在一起，而沒有和其他
歷史上的重大事件結合，在眾多的學者當中，對此都語焉不詳。因此，筆者
不揣淺陋，做一番推考。玄奘西天取經一十七載，在那個交通信息均不發達
的時代，可以說是一個驚天動地的壯舉。即使在今天，能在多雨、潮濕、高
溫，飲食和風俗習慣迥異於中國的南亞次大陸呆上很長一段時間，也不是一
件容易的事。但玄奘堅持下來，並且帶回了大量珍貴的經書，寫出了有著極
高價值的《大唐西域記》，這對於佛教徒和普通老百姓來講都會感到歎爲觀
止，望洋興歎。《大唐西域記》是一部詳實準確的著作，對印度的山川地理，
人文風物都有生動而又細膩的描述。很多風俗習慣到現在爲止也沒有改變。
如玄奘在該書「饌食」一條中說：「凡有饌食，必先盥洗，殘宿不再，食器不
傳，瓦木之器，經用必棄，金、銀、銅、鐵，每加摩瑩。饌食既訖，嚼楊枝
而爲淨。澡漱未終，無相執觸。每有溲溺，必事澡濯。」在印度，因吃飯一
般都用手抓，吃飯前清洗一下，是很平常的事。旅途中喝牛奶經常用泥燒製
的小碗，喝完摔碎，就不再使用。凡此種種現象，現在依然存在。正是因爲
這本書這種嚴謹的寫法，才贏得了中印兩國學者，乃至世界學術界的重視和
尊敬。對玄奘事蹟的描述，從官方信史來講，就顯得單薄，不夠生動。後晉‧
劉煦《舊唐書‧方伎傳》對玄奘西行就用了不多的文字：

> 僧玄奘，姓陳氏，洛州偃師人。大業末出家，博涉經綸。嘗謂翻譯
> 者多有訛謬，故就西域，廣求異本，以參驗之。貞觀初，隨商人往
> 遊西域。玄奘既辯博出群，所以必爲講釋論難，蕃人遠近咸尊伏之。
> 在西域十七年，經百餘國，悉解其國之語，仍採其山川謠俗，土地
> 所有，撰《西域記》十二卷。貞觀十九年，歸至京師。太宗見之，

　　大悅，與之談論。於是詔將梵本六百五十七部於弘福寺翻譯，仍敕
　　右僕射房玄齡、太子左庶子許敬宗，廣召碩學沙門五十餘人，相助
　　整比。

正史記載簡略，玄奘在印度的傳奇經歷一筆帶過。可是其弟子開始神化乃師，《大慈恩寺三藏法師傳》帶有濃烈的感情色彩，中間繪聲繪色加入很多玄奘在天竺的神奇經歷和神話傳說。到了宋代，玄奘已成佛祖之一，此時基本已被完全神話，據宋·志磐《佛祖統紀》記載的玄奘已非凡人：

　　貞觀二年上表遊天竺，上允之。杖策西征，遠逾蔥嶺，毒風切肌，
　　飛沙塞路。遇溪澗懸絕，則以繩為梁，梯空而進。及登雪山，壁立
　　千仞，人持四棧，手足更互著崖孔中，猿臂而過。張騫、甘延壽所
　　未至此也。過沙河逢惡鬼，異類出沒前後，師一心念觀音及《般若
　　心經》，倏然退散。

《太平廣記》也有類似的描述：

　　……道險，虎豹不可過。奘不知為計，乃鎖房門而坐。至夕，開門，
　　見一老僧，頭面瘡痍，身體膿血，床上獨坐，莫知來由。奘乃禮拜
　　勤求，僧口授《多心經》一卷，令奘誦之。遂得山川平易，道路開
　　劈，虎豹藏形，魔鬼潛跡。

可以看出，至宋代，神話了的玄奘的法力已被大家所公認，頗為類似以後的文藝作品中玄奘念經制服桀驁不馴的孫行者。縱然孫行者有千般變化，但在唐三藏的管教下只能服服貼貼。被神話的玄奘是後世嗣教者為了加強本教的宣傳所使用的一種手段，再加上變文中宣講教義時有誇張、變形的傳統，如唐代的《降魔變文》中寫舍利弗和六師鬥法的一節，已頗像《西遊記》小說中寫孫悟空和二郎神之間的鬥法。正是因為有玄奘取經這一偉大壯舉，有變文和傳說做鋪墊，至宋代產生《大唐三藏取經詩話》是順理成章的事。

　　取經故事形成之後，為什麼一隻猴子能從玄奘大師旁站出來，成了超過玄奘的主要角色，這是一個值得思考的問題。雖然說在中國文化中亦有猿猴形象出現，但我們不能否認印度文化對這一形象的形成產生的影響和作用。印度是一個多猴的國家，即使是現在遍地都是，甚至在首都新德里的總統府中也是到處亂竄，惹事生非，但印度人從不加以傷害，對猴子的可愛非常欣賞，可又對其的調皮大傷腦筋。關於猿子的故事和傳說俯拾皆是。佛教經典裏本身就有菩薩是獼猴王的記載，如三國時翻譯的《六度集經》曰：

昔者菩薩爲獼猴王，常從五百獼猴遊戲。時世枯旱，眾果不豐，其國王城去山不遠，隔以小水。猴王將其眾入苑食果，苑司以聞。王曰：密守無令得去。猴王知之，愴然而曰：「吾爲眾長，禍福所由，貪果濟命而更誤眾。」敕其眾曰：「布行求藤。」眾還藤至，競各連續，以其一端縛大樹枝。猴王自繫腰登樹投身，攀彼樹枝，藤短身垂。敕其眾曰：「疾緣藤度。」眾以過畢，兩腋俱絕，墮水邊岸，絕而復蘇。國王晨往案行獲大獼猴，能爲人語，叩頭自陳云：「野獸領貪生恃澤附國，時旱果乏，干犯天苑，咎過在我，原赦其餘。蟲身朽肉，可供太官一朝之肴也。」王仰歎曰：「蟲獸之長，殺身濟眾，有古賢之弘仁，吾爲人君，豈能如乎？」爲之揮涕。命解其縛，扶著安土。

這樣一個能爲眾猴而慷慨赴死的猴王，其行爲讓人看了都深受感動。在玄奘《大唐西域記》中「獼猴獻蜜」的故事，同樣也是一個有靈性的猴子，最後終成正果：

在昔如來行經此處，時有獼猴持蜜奉佛，佛令水和，普遍大眾。獼

猴喜躍，墮坑而死；乘茲福力，得生人中，成阿羅漢。

劉蔭柏先生認爲，「此故事傳說亦見《賢愚經》卷十二、《彌沙塞律》卷十、《僧祗律》卷二十九及《佛五百弟子自說本起經》等，並被廣泛地見於印度佛門寺院雕刻中。將唐僧取經故事與神猴聯繫起來，又衍爲師徒，恐怕與此說有緣。」（《西遊記研究資料》第 298 頁）確實，猿猴護法得道，肯定會啓發後來演繹佛經故事的創作者們。當玄奘歸國，成了僧徒楷模之後，爲了顯示其神異之處，將其取經歷程和佛經常講的神猴結合起來，非常具有迷人的色彩。

此外，關於孫行者及後來的孫悟空這個形象的形成，長久以來還有一種觀點，認爲其受印度的影響比較大。最早的就是胡適在《西遊記考證》裏提出的觀點。胡適稱：

我總疑心這個神通廣大的猴子不是國貨，乃是一件從印度進口的。也許連無支祈的神話也是受了印度影響而僞造的。因爲《太平廣記》和《太平寰宇記》都根據《古嶽瀆經》，而《古嶽瀆經》本身便不是一部可信的古書。宋元的僧伽神話，更不消説了。因此，我依著鋼和泰博士（Baror A. Von Statel Holstein）的指引，在印度最古的紀事詩《拉麻傳》（Ramayana）裏尋得一個哈奴曼（Hanuman），大概可以算是齊天大聖的背影了。

持類似觀點的還有陳寅恪、鄭振鐸等。〔註3〕《拉麻傳》（Ramayana）現在的
譯名是《羅摩衍那》。而將《羅摩衍那》譯成全部中文的季羨林先生對這一史
詩研究最為精深，他「認為哈奴曼就是孫悟空的原型，這個人物形象最初產
生於印度，傳至中國，經過改造與發展，就成了孫悟空。」並且對孫悟空形
象源自無支祁也不能認同，認為「除了無支祁的樣子像猿猴之外，二者毫無
共同之處。孫悟空能騰雲駕霧，變化多端，好像沒有聽說無支祁有這種本領。
如果無支祁是孫悟空的前身的話，那麼所有中國故事裏的猴子或長的樣子類
似猴子的東西，都可能是他的前身。」（《西遊記研究資料》第764頁）

而反對這一觀點的人認為，中國直到20世紀80年代才見《羅摩衍那》
全譯本問世，即使通過佛經知道《羅摩衍那》故事的，也是在小範圍內傳播。
〔註4〕

然而，事實並非如此，中印兩國佛教僧人交往頻繁，加強了兩國之間的
文化交流。據載，印度僧人很早就來到了中國。這其中有竺佛朔（公元179
年）、竺大力（公元197年）。到公元3世紀來中國的有釋迦跋澄、釋迦提婆
等。5世紀的有求那跋陀羅，6世紀有眞諦。到隋唐時代就更多了，舉不勝舉。
公元4世紀的鳩摩羅什影響最大。他在中國曾系統地向我國介紹過古印度一
些重要哲學思想，還翻譯了大量佛經。他在我國講學、譯經多年，對我國的
宗教、哲學、文學有過重大的貢獻。其業績像玄奘一樣偉大。從中國方面到
印度去的學者就更多了，據史書記載，公元前2世紀，中印兩國之間就有了
接觸。在魏晉時就有人去印度學習佛教，據載最早西行求法的是曹魏人朱士
行。以後時斷時續，從公元3世紀中葉到8世紀中葉，500年間到印度去的佛
教徒就有160多人。在以後的1000年裏，這種交往和學習就沒斷過。《取經
詩話》誕生的宋代，兩國之間的文化交流仍不絕如縷。不過，此時的文化交

〔註3〕陳寅恪在《西遊記玄奘弟子故事之演變》中認為孫行者的形象是《賢愚經》
中「頂生王升仙因緣」與《羅摩衍那》的猿猴傳說融會貫通而成。鄭振鐸在
《插圖本中國文學史》說：「《取經詩話》以猴行者為『白衣秀才』，又會做詩，
大似印度史詩《拉馬耶那》裏的神猴哈奴曼（Hanuman）。」「又，最早的戲
文，《陳巡檢梅嶺失妻》（《永樂大典》作《陳巡檢妻遇白猿精》），其情節與印
度大史詩《拉馬耶那》（Ramayana）很有一部分相類似。」（以上引自劉蔭柏
編《西遊記研究資料》）

〔註4〕吳曉鈴《「西遊記」和「羅摩延書」》認為：「在古代，中國人民是知道『羅摩
延書』的，但是知道的人並不很多；而且，對於『羅摩延書』的故事內容的
瞭解是很不夠的。」（引文出處同上）

流已不是通過佛教做中介，而是通過兩國的貿易往來，文化交流的範圍更廣泛。中國大量從印度進口乳香、麝香木、椰子、木香、珊瑚、象牙、貓兒眼等，而印度則從中國的泉州輸入瓷器，這在後來印度、巴基斯坦、斯里蘭卡的古代遺址中時有發現。伴隨商貿往來，文化交流也很頻繁。公元 975 年，東印度王子來中國。公元 1015 年，南印度的注輦國（現今印度喀拉拉邦 Kerala）曾派 25 人的使節團到宋朝通友好。以後，公元 1020、1033、1077 三次派使節來中國。中國前往印度的僧侶、商人也沒停止過腳步。公元 966 年，僧行勤 157 人從陸路去天竺求法。其後，僧法遇從水路去印度取回貝葉梵經等物。宋朝赴印度的僧人在伽耶建立了刻有漢文的碑；在印度東南海岸尼伽八丹還有宋僧建立的高達數丈的四方形磚塔。這些紀念物的遺跡一直保持到 19 世紀。

　　這些來往的人員如果和整個國家的人口相比不過是滄海一粟，但他們在文化史上起到的示範和推動作用是難以估量的。如玄奘的譯經，其一人就解決了譯經過程中產生的許多難點，規範了很多譯法並一直沿用到今天。如此眾多的人到印度，耳濡目染都不會不知道家喻戶曉的《羅摩衍那》和神猴哈努曼的故事。譬如說玄奘在印度生活那麼長時間，肯定對《羅摩衍那》的故事非常熟悉，尤其是玄奘長時間活動的地區正是《羅摩衍那》史詩誕生之地。

　　我們知道，印度有兩大史詩《摩訶婆羅多》和《羅摩衍那》，前者產生於西印度，後者產生於東印度。而佛教就是在印度東部興起的，佛教最初傳播的地區就是摩揭陀和與它相鄰的憍薩羅。《羅摩衍那》的主要故事就發生在憍薩羅地區。對印度文化有瞭解的學者認為孫行者是受《羅摩衍那》中的哈奴曼的影響而產生的，反對者則認為中國的孫行者有自己的源頭，和印度史詩《羅摩衍那》沒有什麼關係。我們且不要過早的下斷語，先看羅摩的故事形成及和佛教的關係就會有一定的認識。在印度，不管是佛教還是耆那教，都以很崇敬的心情對待大神羅摩。在佛教文獻中，《羅摩衍那》的故事早就出現，如公元 4～5 世紀佛經翻譯家鳩摩羅什多所著《大莊嚴論經》中有《羅摩衍那》的完整故事。大約處於公元 1 或 2 世紀的佛教詩人和戲劇家馬鳴（Asvaghosa）的敘事詩《佛所行贊》（Buddhacarita）的不少地方特別是藝術特點方面，受到《羅摩衍那》的情節尤其是《美妙篇》的情節的影響，而該篇正是關於神猴哈奴曼的重要篇章。《佛所行贊》在印度已散佚，而在中國，卻有北涼曇無讖的漢譯本存世。對馬鳴的認識，還是因為他的戲劇作品手稿殘片於 20 世紀初在我國新疆地區發現後才具體化。很多和《羅摩衍那》有關的佛教文獻，現

在只有漢譯本存世，如前述的《大莊嚴論經》、《阿毗達磨大毗婆沙論》和《世親菩薩傳》等。〔註5〕佛教往往利用羅摩爲本教張目，故事的結尾通常要指出主角是菩薩的化身。如《羅摩衍那》的女主角悉多（Sita）就是從佛教《十車王本生故事》（Dasaratha Jataka）而來。

此外，《羅摩衍那》在亞洲地區影響很大，如印尼、馬來西亞、菲律賓、泰國、緬甸、柬埔寨、老撾、日本、尼泊爾和斯里蘭卡，這些受印度文化影響的國家，都有羅摩的故事，形式有傳說、散文、詩歌、戲劇等。〔註6〕如此影響廣泛的《羅摩衍那》不可能單單繞開中國而去，雖然說該史詩的漢文全譯本在20世紀80年代才出現，但並不能說沒有影響，「而且是廣泛而深入」（季羨林主編《印度古代文學史》第122頁）。並且通過季羨林先生的研究發現，根據兩部漢譯佛典的故事的排列，竟和《羅摩衍那》的故事完全一樣。季羨林認爲：

> 第一個是元魏吉迦夜共曇曜譯的《雜寶藏經》第一卷第一個故事，叫做《十奢王緣》。內容大體上是：有一個國王，號曰十奢。王大夫人生育一子，名叫羅摩。第二夫人有一子，名曰羅漫（羅什漫那）。第三夫人生子婆羅陀（婆羅多）。第四夫人生子，字滅怨惡（設睹盧祗那）。王喜歡第三夫人，告訴她說：「若有所需，隨爾所願」。她當時不提任何要求。國王有病，立太子羅摩爲王。第三夫人忽然提出，立她的兒子婆羅陀爲王，將羅摩流放深山十二年。國王認爲，「王者之法，法無二語」被迫允許。弟弟羅漫慫恿羅摩使用勇力，不受此辱。羅漫不聽。兄弟二人即遠徙深山。時婆羅陀正在他國，回兵入山，想請羅摩回朝登極。羅摩不肯，將革屣交給弟弟。婆羅陀還國，常把革屣置御座，日夕朝拜，代攝國政。十二年後，羅摩還朝爲王。
>
> 第二故事是三國吳康僧會譯的《六度集經》第五卷第四十六個故事。內容大體上是：從前菩薩在一個大國爲王。他的舅舅是另一個國家的國王。舅舅興兵來奪他的土地。他爲了避免戰爭，不讓老百姓受害，帶著元妃逃往山林。海裏有一條邪龍將元妃盜挾，想回到海裏，

〔註5〕印度學者瓦·蓋羅拉在《梵語文學史》中對此多有論述。引自《印度兩大史詩評論彙編》，中國社會科學出版社，1984年3月版。

〔註6〕季羨林主編《印度古代文學史》中有一節專門談《羅摩衍那》「在國內外的影響」。材料來源於 Romila Thaper，《流放與王國》，作者寫了「亞洲的《羅摩衍那》傳統」（The Ramayana Tradition in Asia）一章。

路上遇到一隻巨鳥，堵住道路，被龍用雷電擊掉右翼。國王找不到元妃，手持弓箭，到諸山尋覓。路遇獼猴，告訴他為舅舅所逐。雙方同病相憐，答應互相幫助。國王說明猴王打敗猴舅。猴王派出猴兵尋覓元妃蹤跡。遇到被打傷的巨鳥，告訴猴眾，惡龍把元妃劫往海中大洲之上。猴兵到了海濱，無法渡海。天帝釋化作病猴，前來獻計。眾猴負石填海，到達洲上，與惡龍搏鬥。龍作毒霧，有小猴用天藥抹猴鼻子中，以抗毒霧。龍興風造雲，雷電震地。國王放箭，正中龍胸。龍死，小猴開門救出元妃。人猴兩王班師回國。此時國王舅父已死，國王又登極為王。國王懷疑元妃貞操，元妃說，她是清白的；如果她說的是真話，大地將開裂。結果大地果然開裂。

以上是漢譯佛典中兩個故事的簡要內容。第一個故事相當於蟻垤《羅摩衍那》的前一半，只是沒有悉多的名字；第二個故事相當於後一半，只說「元妃」，也沒有悉多的名字。把這兩個故事合在一起，完完全全就是今天我們熟悉的羅摩的故事。連一些細節都完全吻合到令人吃驚的程度。（《印度古代文學史》第101～102頁）

不管有無譯本，中國人是早就知道這個故事的，並且已溶入中國文化之中。在文化傳播過程中，有時對原型的利用，並不是整體的移植，也可能僅僅是一點由頭，就能生發出五彩斑斕的藝術形象來。這樣的例子不勝枚舉。既然像哪吒這樣的人物從印度傳來，最後完全中國化，為什麼孫悟空形象就不能受哈奴曼影響？另外，由於《西遊記》小說的偉大成績，世人做比較研究時，總愛拿它和《羅摩衍那》相比。殊不知，吳承恩之《西遊記》和《取經詩話》以及《西遊記》雜劇相比已發生了脫胎換骨的變化，孫悟空的形象比其原型高大許多。如果拿雜劇和印度史詩比較，反而可以發現一些端倪。

我們可以看一下孫行者與哈奴曼的特徵。《西遊記》雜劇孫行者的前身來源於《取經詩話》中的猴行者。而幻化的人形是「一白衣秀才」，自稱是「花果山紫雲洞八萬四千銅頭鐵額獼猴王」。不光是他，從無支祁起，似乎猿猴的外表形象都頗知書達禮。如無支祁「善應對言語」，《補江總白猿傳》的白猿還是個文字學家，學問更是精深，「所居常讀木簡，字若符篆，了不可識」。《陳巡檢梅嶺失妻記》的齊天大聖，也是一個「嘯風吟月，醉飲非凡美酒」的風雅之士。而雜劇《龍濟山野猿聽經》的主人公更接近孫行者。他本來是個猿猴，且看他自己唱道：

〔南呂·一枝花〕赤力力輕攀地府歆，束剌剌緊撥天關落。推斜華嶽頂，扯倒玉峰腰。怒時節海浪洪濤，閒時把江湖攬。向山林行了一遭。顯神通變化多般，施勇躍心靈性巧。

〔梁州第七〕我恰才向寒泉間乘涼洗濯，早來到九皋峰戲耍呵哮。我將這蒼松樹上身輕跳。我卻便拈枝弄葉，摘幹搬條，垂懸著手腳，倒掛著身腰。一番身千丈低高，片時間萬里途遙。我、我、我，也曾在瑤池內偷飲了瓊漿；我、我、我，也曾在蓬萊山偷摘了瑞草；我、我、我，也曾在天宮內鬧了蟠桃。神通，不小。只為我腸中有不老長生藥，呼風雨逞咸要。我在林下山前走幾遭，常好是樂意逍遙。

這個曾經鬧過天宮的猿猴在劇中先是化為落魄變為樵夫的讀書人余舜夫，後變成秀士袁遜，其能力是「五典皆通，九經皆誦」。雖然到了雜劇中孫行者的秀才模樣已不復存在，但其前身無不打上讀書人的烙印。

關於這一點，胡適則認為，「《拉麻傳》裏說哈奴曼不但神通廣大，並且學問淵深；他是一個文法大家；『人都知道哈奴曼是第九位文法作者。』《取經詩話》裏的猴行者初見時乃是一個白衣秀才，也許是這位文法家墮落的變相呢！」（《中國章回小說考證》）鄭振鐸也持這樣的觀點，認為孫悟空「本身似便是印度猴中之強的哈奴曼的化身。」「他是一個助人聰明的猴子：會飛行空中，會作戲劇（至今還有一部相傳為他作的劇本殘文存在）。」由此可見，在中印文學當中，猴子有學問這一點是相通的，雖然在雜劇和小說中特徵已發生變異，但隨著歷史越向前推，兩者的相似之處越多，更能說明中國猴子原型來自印度這一問題。

關於孫行者的本事，雖然雜劇因為演出的需要，只用一些簡單的提示性語言，而不像後世小說描寫得那麼逼真詳細。但其最關鍵的本事還是一樣的。如孫行者在李天王帶天兵天將來捉拿他時，他說：「小聖一筋斗，去十萬八千里路程，那裏拿我！我上樹化作個焦螟蟲，看他鳥鬧。」哈奴曼是風神之子，善於跳躍。哈奴曼率猴兵尋找悉多，但到了大海邊卻苦於碧海遼闊無法渡過。猴子頭領鴛伽陀勸眾猴兵不要洩氣，並建議從眾猴中選出跳躍最遠的猴子飛越大海。哈奴曼公認是最擅長跳躍的，結果被大家選中。他站在摩亨陀羅山上，一躍過海，來到楞伽城。變成一隻貓，潛入城內，在無憂樹園中發現了悉多。

　　此外，關於孫行者的故事，不僅是受《羅摩衍那》中的哈奴曼的影響，而且和印度的民間故事也有關係，這樣可以發現文學形象在演變過程的變化、轉移，以及整合其他內容的功能。在《西遊記》雜劇中孫行者爲救被豬八戒的前身妖豬掠去的裴女，特地設了一計，要將他拿下。孫行者說：「將你女孩兒別處安頓了，我卻穿了他的衣裳，在他房裏坐。那魔軍來時，你著他入房來，我料持他。」晚唐段成式《酉陽雜俎》卷十二記一故事，說寧王李憲打獵，在草叢發現一個櫃子，中鎖一少女。少女說自己是被二惡僧劫持至此。李憲救出女子，另將一熊鎖入櫃中。後僧來將櫃子搬入一客棧，開櫃欲調戲女子，卻被熊咬死。段成式其人對佛教和佛僧頗感興趣，往來於中印之間的佛僧的事蹟及軼聞趣事他都喜歡瞭解，該書對中印之間的文化交流記載甚多。上述故事很可能是他在瞭解印度相同故事之後，爲敘述方便，而改爲中國式的。印度古代文獻《故事海》中也有一類似故事：某鎮住著一位出家人，他化緣到了一吠舍種姓人家，見到主人的女兒，便起了淫心。他騙主人說，這女兒不吉，一旦結婚就會毀掉全家，應當把她裝入箱子放到恒河中漂走。主人便這樣做了。出家人命徒弟到下游將箱子撈上岸。在徒弟到達之前，一個王子將箱子撈取，救出少女，並將一隻猴子裝進箱子。出家人得箱子後，支開徒弟，打開箱子準備行淫，卻被猴子跳出來咬掉了鼻子。孫行者救裴女的行動與此是何其相似。在救助婦女方面，孫行者救裴女又和哈奴曼救悉多又是何其相似。

　　第三，孫行者的關鍵情節是「鬧天宮」。它是孫行者性格和本領的集中展示。在長篇小說《西遊記》裏「大鬧天宮」是全書的華彩篇章。被作家極力渲染。在雜劇中，孫行者自己道：「喜時攀藤攬葛，怒時攪海翻江。金鼎國女子我爲妻，玉皇殿瓊漿咱得飲。我盜了太上老君煉就金丹，九轉煉得銅筋鐵骨。」「我偷得王母仙桃百顆，仙衣一套，與夫人穿著。今日作慶仙衣會也。」因爲孫行者破壞了上界的秩序，於是李天王「點八百萬天兵，領數千員神將」，同時帶上三頭六臂的那吒太子，前來捉拿孫行者，但被孫行者戲弄一番。最後只得靠觀音之力，將其壓在花果山下。哈奴曼鬧魔宮也和這一故事相似。哈奴曼想試一試羅波那的力量，於是大鬧無憂樹園，殺死衛士。羅波那大驚，派羅剎來捉拿哈努曼。魔王的兒子因陀羅耆用梵箭擒住哈奴曼，把他帶到魔王駕前。魔王想殺哈奴曼。他弟弟維毗沙那加以勸阻。他哥哥接受了他的意見，認爲不應該殺使者，只能懲罰。於是在魔王宮中，小妖們用破布條和棉

絮纏住哈奴的尾巴，泡在油中，然後點火燒著。猴子拖著帶火的尾巴，滿城
竄跳，全城陷入一片火海之中。哈奴曼乘機逃出，又跳過大海，回到摩亨陀
山上。這兩個情節相似，雖然其間未必有必然聯繫，但是可以看出來，中印
兩國人民對猴子頑皮，愛竄上竄下，偷東西，捉弄人的習性觀察是一樣的。
所以，塑造出來的猴子個性有很多近似之處。

　　第四，關於猿猴性淫，喜歡美色這一點，孫行者和哈奴曼也有共同之處。
錢鍾書在其《管錐編》曾談到這個問題。他說：「猿猴好人間女色，每竊婦以
逃，此吾國古來流傳俗說，屢見之稗史者也。……張華《博物志》卷九：『蜀
中南高山上有物如獼猴，名曰猴玃，一名馬化。伺行道婦女有好者，輒盜之
以去，而爲室家。』《太平廣記》卷四四四《歐陽紇》（出《續江氏傳》）記大
白猿竊取紇妾，先已盜得婦人三十輩；……《類說》卷一二引《稽神錄・老
猿竊婦人》、《古今小說》卷二〇《陳從善梅嶺失渾家》、《剪燈新話》卷三《申
陽洞記》皆踵歐陽紇事。」並且錢氏還引用了莎士比亞劇本中的一句罵人話
「像猴子一樣好色」（Yet as lecherous as a monkey）以此來說明東西方對猴子
的看法是一致的。在《西遊記》雜劇裏孫行者確實保持有這樣的特點。

　　該劇在孫行者出場時就說明他把金鼎國王之女攝在花果山紫雲洞爲妻，
整個是一個惡猴的形象。被唐僧收爲徒弟，好色的毛病依舊不改，滿嘴污言
穢語，只不過因爲頭上戴著金箍兒，才不能放肆。在女人國如入寶山卻空手
而回，非常失望，他告訴唐僧道：「師父，聽行者告訴一遍：小行被一個婆娘
按倒，凡心卻待起。不想頭上金箍兒緊將起來，渾身上下骨節疼痛，疼出幾
般兒蔬菜名來：頭疼得髮蓬如韭菜，面色青似蓼芽，汗珠一似醬透的茄子，
雞巴一似醃軟的黃瓜。」而就是這樣一個猴行者，在成了唐僧徒弟之後，從
掠人妻女的妖怪，變成了救女子的好漢。在《西遊記》雜劇裏共有兩起搶妻
的事，一爲孫行者，一爲豬八戒，搶妻之後，總有人來救，前者爲李天王、
那吒和觀音，後者是孫行者。但總的故事模式是一樣的。在這裏孫行者既扮
演了搶人妻女的妖怪，又扮演了救人於危難之中的俠義者的形象，非常具有
兩面性。

　　而在《羅摩衍那》中這一故事比較單純，哈努曼就是一位有著俠肝義膽
的猴子，面對著被十首羅剎王（Ravana）搶走妻子而陷入極大痛苦的羅摩，
哈奴曼縱身越過大海，見到悉多，帶回她的信物。最後作爲猴軍中最勇猛的
大將與羅剎王開戰，終於取得勝利。雖然說中國的猿猴故事中的猿猴本性多

變好淫，與哈努曼有較大的區別，但中國的猿猴傳說繼承了哈努曼扶危濟難的模式，在本質上有近似之處。

總之，孫行者和哈努曼是誕生在兩種不同的文化背景之下光彩奪目的藝術形象，儘管我們難以找到確鑿的資料證明兩者的聯繫，可是其相似的特徵又使我們不得不進行一系列猜想與論證，這就是不同文化特有的魅力所在。

4. 承前啓後的《西遊記》雜劇——兼論與小說人物的異同

《西遊記》雜劇上接《三藏法師傳》和《取經詩話》，並吸收了民間傳說的可取之處，匯成了《西遊記》雜劇這部戲劇宏篇巨製，雜劇的出現使取經故事更加趨於定型，其中的關鍵情節和人物以後在小說《西遊記》裏也都出現了，可以說《西遊記》雜劇是一部承上啓下的作品。

劉蔭柏先生認爲：「這部規模宏麗的神話劇，比《取經詩話》內容情節和藝術成就都大大地前進了。首先把《取經詩話》中的『白衣秀才』猴行者，變成靈活、狡黠、勇猛又有野性的孫行者，而且保留了較古傳說的痕跡。」（《西遊記發微》第 22 頁）《西遊記》雜劇裏孫行者本事已比《取經詩話》的猴行者大了許多倍。在《取經詩話》裏他偷了仙桃，西王母就可以將其制服。到了雜劇裏李天王父子的天兵神將也奈何不得他，最後觀音出馬才把他壓在花果山下。雜劇通過這一情節來展示佛法的威力。唐僧救了孫行者之後，他卻想吃唐僧，惡習未改。他道：「好個胖和尚，到前面吃得我頓飽，依舊回花果山，那裏來尋我。」觀音見他「凡心未退」，便降落雲端說：「通天大聖，你本是毀形滅性的；老僧救了你，今次休起凡心。我與你一個法名，是孫悟空。與你個鐵戒箍，皀直裰，戒刀。鐵戒箍戒你凡性，皀直裰遮你獸身，戒刀豁你之恩愛。……玄奘，你近前來。這畜生凡心不退，但欲傷你，你念緊箍兒咒，他頭上便緊，若不告饒，須與便刺死這廝。」只有觀音有辦法來約束他，戒其吃人好色的本性。還有關於孫行者的出身，雜劇中，孫行者自稱「一自開天闢地，兩儀便有吾身」，有「弟兄姊妹五人」。在這裏孫行者和原來傳說中的猿猴還沒有分離徹底，並且兄弟姊妹俱全，世俗味道極濃。在小說中，孫悟空的出身就大不一樣了，他是一個破石而出的天產石猴，使孫悟空成了一個活脫脫的大自然之子，身上的世俗氣蕩然無存。這樣，作者就可以將孫

悟空的形象塑造得近乎完美。雖然身上也有不少毛病，但爲了取經這一偉大的事業，他是不辭辛苦，不避兇險，勇往直前的。

在《西遊記》雜劇裏，作者用一本的篇幅寫了玄奘的身世。這是大異於《取經詩話》的，因爲《取經詩話》對玄奘的身世隻字未提。雜劇作者之所以這樣寫，是以創作主體爲前提的，在這裏，玄奘是全劇的主角，孫行者乃是輔佐他取經的次要人物，所以，對主要人物的來歷，要給觀眾一個完整的交待。並且，玄奘被其母放入漆盒順江漂走，被金山寺長老的救下，作者也有所本。在「宋人周密《齊東野語》中有『漆盒盛兒浮江中』故事，寫某郡有人船行江上，遇盜被殺，妻子被占，只生數月的小兒被放在漆盒裏，拋至江上。十餘年後，被強人佔有的婦人於一寺院中，遇到被自己棄江而獲救的兒子，於是母子二人報官雪恥。」另外，這個情節也「似乎兼採唐人傳奇《鄭德璘》（《太平廣記》卷一百五十二）和《陳義郎》（《太平廣記》卷一百二十二）的故事。」（《西遊記發微》第 22 頁）當然，雜劇有關玄奘身世的直接源頭，還是我們前述的宋元戲文《陳光蕊江流和尚》。到小說《西遊記》，玄奘的地位已降至次要地位，作者全力刻畫的是孫悟空，關於孫悟空出世及大鬧天宮的內容作者用了六回描寫，從這兩部作品的前邊對主人公身世用力的不同來看，玄奘的形象由神化到成爲被嘲笑的對象，已反映出作者思想及時代的嬗變。用有的研究者的話說：「由《三藏法師傳》中的超凡入聖，一變而成宋元取經故事中的亦凡亦聖，再變而成世本《西遊記》中的肉眼凡胎。」（張錦池《漫話西遊》第 27 頁，人民文學出版社）其原因是宋元之際，作者寫唐僧還是對他以崇敬的心情謳歌他長驅萬里取經的感人事蹟，而到了明代，唐僧取經成了孫悟空故事的鋪墊，此唐僧已非彼唐僧也。

還有豬八戒，這位在中國人心目中好吃賴做，滑稽詼諧的藝術形象主要是因爲小說《西遊記》的塑造才在老百姓的心目中紮下根的。雜劇和小說中的豬八戒除了好色這點相同之外，其他都大相徑庭。在雜劇中，豬八戒還有很濃的妖魔鬼怪的強盜色彩，知道裴女的父親因未婚女婿家貧欲要悔婚，於是就扮做朱公子去騙裴女。孫行者知道後，欲將其擒下，無奈豬八戒武藝高強，最後只得求助於二郎神及其細犬才將其制服。成了唐僧的護法弟子之後，小說中的豬八戒雖一路「色心未泯」，但始終沒有破過色戒。雜劇卻不同，他到了女人國，卻大破色戒，和女人國的女人做起愛來。這也難怪豬八戒，寡人有疾，這是他的老毛病。就連德行高如玄奘者，在女王緊逼下，差點就範，

被毀了法體，如不是韋馱搭救，一世英名將毀矣一旦。所以，豬八戒會這樣
實屬正常。

　　沙和尚在雜劇中的出現是在豬八戒之前，但作者只用了半折的篇幅來描
寫他皈依玄奘的過程。與豬八戒所佔用的四折篇幅相比懸殊甚大。這和後世
小說中任勞任怨，脾氣溫和的沙和尚相仿。地位遠不如豬八戒，形象也不如
豬八戒的生動。《取經詩話》中沒有沙和尚，只有其前身深沙神，曾兩度吃了
取經人，遇到玄奘師徒後，手托金橋讓其師徒通過。有詩云：「一墮深沙五百
春，渾家眷屬受災殃。金橋手托從師過，乞薦幽神化卻身。」《西遊記》雜劇
發展了《取經詩話》，說他曾九度吃了發願西天取經的人，本來是個惡魔的形
象，但又說他「非是妖魔，乃玉皇殿前捲簾大將軍，帶酒思凡，罰在此河，
推沙受罪。」深沙神是佛經中的神將，唐代不空譯《深沙大將儀軌》，收入《大
正大藏經》第 21 卷「密教部」。有的研究者認為，玄奘前去西天取經的路上，
遇到戈壁沙漠，因此演化為沙和尚，似牽強附會。沙和尚在唐僧徒弟子中的
形象是惟一沒有動物色彩的，在刻畫方面，有時難以像孫行者和豬八戒那樣
個性鮮明。雜劇蒼白的表現也限制了小說的創作，同樣，沙和尚在小說中的
地位位居第四，給人難以留下深刻的印象。

　　此外，在《西遊記》雜劇問世前後，跟取經或其中人物有關的戲劇出現
很多，用時下時髦的話講，成了一種戲劇現象。劉蔭柏先生對此有詳細統計。
根據鍾嗣成《錄鬼簿》和賈仲明《錄鬼簿續編》載有：楊顯之《劉泉進瓜》、
李好古《巨靈劈華嶽》、張時起《沉香太子劈華山》、高文秀《木叉行者鎖水
母》、鬚子壽《泗州大聖淹水母》、吳昌齡《哪吒太子眼睛記》、《鬼子母揭缽
記》、鍾嗣成《宴瑤池王母蟠桃會》、鄭廷玉《崔府君斷冤家債主》。黃丕烈編
《也是園藏書目》「古今雜劇」欄下元代無名氏作品有：《龍濟山野猿聽經》、
《二郎神醉射鎖魔鏡》。清無名氏編《傳奇彙考標目》別本二十五「元傳奇」
欄內載有：無名氏《魏徵斬龍王》、《崔府君》、《江流和尚》戲文。在元明間
或明初出現了無名氏《二郎神鎖齊天大聖》、《猛烈哪吒三變化》等雜劇（《也
是園藏書目》「神仙」類）。如此眾多的與西遊有關的戲出現，使廣大民眾對
唐僧取經故事有了深刻的瞭解，正是在西遊故事這塊肥沃的土壤上，直接催
生了長篇小說《西遊記》的出現。

七、「神佛道化戲」對社會現實的反映

　　文學是社會現實的反映,「神佛道化戲」就是從另一個角度反映社會,從而使人們對元代社會尤其是宗教方面的情況有所瞭解。吳梅曾說,元雜劇「大率假仙佛任俠里巷男女之辭,以抒其磊落不平之氣」。「不平之鳴」固然是元雜劇創作與興盛的主要原因,但也不可否認元代知識分子以神佛道化戲來反映其宗教觀,以及用神佛道化戲自娛娛人的行為。

1. 瀟灑風流與境遇淒慘——元代知識分子的生存狀態

　　首先,我們看一下佛教戲中知識分子的狀況,元代的知識分子在這裏分為兩類,一是雖然仕進,但卻因仕途險惡,懷才不遇,於是嘯傲山水,嘲風弄月;一是「沉抑下僚,志不獲展」(胡侍:《真珠船》),因而走投無路,生活淒慘。《花間四友東坡夢》寫的是北宋時蘇東坡的軼事,但元劇作家內心深處是以蘇東坡那種灑脫自如的風格來標榜與自況的。劇中對蘇東坡攜妓白牡丹到廬山問禪津津樂道,一會兒是唇槍舌劍,機鋒相鬥。一會兒則以妓引誘,暗設圈套。文人那種諧謔風趣的作風被刻畫得淋漓盡致。夏庭芝《青樓集》所列名妓八十人中,大多與當時的名士有相當密切的關係。趙孟頫、姚燧、閻復、鮮于樞、廉希憲、盧摯、劉時中、史天澤等人都與妓女歌舞談謔,贈詩寫詞,而且有的還與雜劇有著密切的關係。如《青樓集》所記名妓與文人之間的交往:

（張怡雲）能詩詞，善談笑，藝絕流輩，名重京師。趙松雪、商正叔、高房山，皆寫《怡雲圖》以贈，諸名公題詩殆遍。姚牧庵、閻靜軒，每於其家小酌。

（曹娥秀）京師名妓也。賦性聰慧，色藝俱絕。一日鮮于伯機開宴，座客皆名士。鮮于因事入內，命曹行酒。適遍，公出自內，客曰：「伯機未飲。」曹亦曰：「伯機未飲。」客笑曰：「汝以伯機相呼，可為親愛之至。」鮮于佯怒曰：「小鬼頭，敢如此無禮！」曹曰：「我呼伯機便不可，卻只許爾叫王義之也。」一座大笑。

從以上可知，文人與妓女之間的密切關係。其中通過與妓女之間的交往，還對雜劇有了更深的認識。至元年間曾在元朝中央和地方政府中歷任重要官職的胡紫山就是一位愛和藝人交往，對著名雜劇藝人極其鍾愛的人。其有關雜劇的詩，被清人紀昀譏為「以闡明道學之人，作喋狎倡優之語，其為白璧，有不止蕭統之譏陶潛者」。（《四庫全書總目提要》集別集類十九）。所謂「喋狎倡優之語」中的一篇《贈宋詩序》就把雜劇所能反映的範圍及演員的重要性都給予肯定：「近代教坊院本而外，再變而雜劇。既謂之雜，上則朝廷君臣政治之得失，下則閭里市井父子兄弟夫婦朋友之厚薄，以至醫藥卜筮釋道商賈之人情物性，殊方異域風俗語言之不同，無一物不得其情，不窮其態。以一女子而兼萬人之所為，尤可以悅耳而舒心思，豈前古女樂之所擬倫也。」（《紫山大全集》卷八）短短幾句，把雜劇超越從前技藝而佔有的劃時代的位置，很簡單而中肯地道了出來。有這樣一批吟風弄月、思想放達的知識分子，欣賞並理解雜劇，那麼以藝術的形式來展現自己的心態，刻畫自己的形象就是自然而然的事了。因此，面對著是側身官場還是出家隱居這樣的抉擇，他們心裏是極度矛盾的。在《東坡夢》中，蘇東坡與佛印關於為官和出家優劣的一段對話，就相當典型：

（東坡云）……這為官的，吃堂食，飲御酒，你那出家的，只在深山古剎，食酸餡，捱淡齏，有什麼好處？〔正末唱〕雖然是食酸餡，捱淡齏，淡只淡淡中有味，想足下縱有才思十分，到今日送的你前程萬里。（東坡云）舌為安國劍，詩作上天梯。（正末云）蚤難道舌為安國劍，詩作上天梯。你受了青燈十年苦，可憐送得你黃州三不歸。

這是出世與入世矛盾碰撞的產物，是對社會高壓束縛不滿情緒的宣洩，帶有對黑暗社會否定和批判的性質。

上邊所述只涉及到元代知識分子的一部分，而絕大多數知識分子已淪入社會的底層，「門第卑微，職位不振」（鍾嗣成：《錄鬼簿》）。他們政治上受壓抑，經濟上受貧困，直至到賣兒鬻子的絕路上去。《龍濟山野猿聽經》這部戲就是兩種知識分子共同得到表現的混合體。龍濟山有根器的野猿幻化兩次，一次是樵夫余舜夫，一次是為官的袁遜，他們代表兩類知識分子，最後都覺得世事險惡，願意出家。余舜夫悲憤地說：「想俺這讀書的空有經綸濟世之才藝，產的在此窮暴之中，好是傷感人也呵」。「空學得五典皆通，九經背誦，成何用？鑱的將儒業參攻，受了十載寒窗冷，不能勾治國安邦朝宗闕，常只是披露帶月似簪中」。「聰明的久困在閒，愚蠢的爵祿封」。而鄭廷玉的《看錢奴》中的秀才周榮祖的境遇就更慘，一家三口，去投親訪友，沿途討飯過活，周榮祖在冰天雪地之中，不禁感歎道：

〔端正好〕路難通，家何在？乾坤老山也頭白。四野凍雲垂，萬里冰花蓋。肯分我三口離鄉外。〔滾繡球〕似銀沙漫了山海，瓊瑤砌世界，玉琢成九街阡陌，粉妝成十二樓臺。似這雪韓退之馬鞍心冷怎當，孟浩然驢背上凍下來，剡溪中禁回了子猷訪戴。三口兒敢凍到在長街！把不住兩精腿千般戰，這早晚十謁朱門九不開，凍餓難捱。

〔倘秀才〕餓的我肚裏饑少魂失魄，凍的我身上冷無顏落色。這雪飄在俺窮漢身邊冷分外。雪深遮腳面，風緊透人懷，忙把手揣。

這可以說是最落魄的知識分子的寫照。他衣不蔽寒，食不果腹，為了給兒子求得一條生路，只得賣給一個所謂的「好人家」。周榮祖僅僅是我們在元雜劇中看到的那些走投無路的知識分子中的一位，他們不得不賣詩鬻字，投親靠友，充當傭工，借債賣子，求食討飯，以致造成「儒人不如人」的感歎在元雜劇中屢屢可見。在中國古典文學作品中，沒有任何一個時代的作品能夠像元雜劇這樣把知識分子的遭遇寫得如此悲慘，而這種描寫正是元代知識分子的地位特別低下這一歷史現象的真實反映，帶有鮮明的時代特點與普遍性，因而即使在佛教戲中，同樣將知識分子的苦況給描繪出來。

2. 難得皈依與宗教迷狂

馬致遠在創作道化戲時，對現實生活進行了細緻的觀察，對被點化入教的人以及道教對社會生活的影響，都做了生動的描繪。首先，我們先看一看

像任屠入道後那種迷狂狀態，可知馬致遠的創作並非向壁虛構，還是有豐厚
的生活依據的。《任風子》中的任屠從一個殺豬販肉的屠夫到皈依全真的信
徒，其發展經歷是令人感興趣的。當代有的元雜劇的研究者認為任屠皈依後
的行為狀態與前期酒後敢於殺人的任屠相比顯得非常突兀。其實，這正是馬
致遠的高明之處，很多人入道之後，已不能以常人的行為標準來衡量他們。
任屠本來是甘河鎮屠戶中的頭領，當馬丹陽化的一方人都不吃葷而改吃素
時，任屠為了保住他們這一行人的飯碗決定將馬丹陽殺掉。他是個粗魯、大
膽的蠻夫，認為自己完全有能力幹掉馬丹陽：

> 想著我撲乳牛力氣全，殺劣馬心非善。但提起身輕體健。俺兩個若
> 還廝撞見，不著那廝巧語花言，遮莫你駕雲軒平地升仙。將我這摘
> 膽剜心手段展，須直到玉皇殿前，撞入那月宮裏面，我把他死羊般
> 拖下九重天。

儘管是粗魯莽撞，但他還是有點小小的滑頭。當他的妻子拼命勸他不要去殺
馬丹陽時，任屠卻話頭一轉，問：「你莫不養著那先生來？」弄得妻子無話可
說。接著他又婉轉欺騙道：「那先生和我往日無冤，近日無仇。我沒來由殺他
怎的。那莊裏有幾個頭口兒，我則怕別的屠戶趕了去。我只推殺那先生，其
實趕頭口去。」巧妙支開自己妻子後，他還是堅定不移地去殺馬丹陽。

然而，馬丹陽高超的法術使任屠奈何他不得。反而被馬丹陽點化入了道。
對塵世生活有所悟，認為「若不是我參透玄機，則這利名場，風波海，虛眈
了一世。」當他妻子來尋時，則休了妻子。最不可思議的是，竟將自己的親
生兒子給摔死了，以示自己與世俗社會的決絕。並且說：

> 由你死共死，活共活。我二則二，一則一。我休了嬌妻，摔殺幼子，
>
> 你便是我親兄弟，跳出俺那七代先靈，將我來勸不得。

由此可見，宗教力量的強大。其實，從古至今，執迷於某種道術的人，像這
種處於毫無理智的迷狂的人並不鮮見，儘管，馬致遠對神仙道化處於欣賞狀
態，但無情的社會現實又使他在直面這一問題的時候，自覺不自覺地將其化
為筆端下的形象。

其次，通過馬致遠的描繪，也可看出，全真道的影響如火如荼，對人們
的正常生活都有所干擾，很多人賴以為生的工作也不能正常進行。《任風子》
一開始就以甘河鎮的屠戶們生意因馬丹陽的到來而被攪亂這一矛盾衝突為開
端，將這一尖銳的問題提了出來。眾屠戶說：「近新來不知是那裏走的個師父

來，頭挽著三個丫髻，化的俺這一方之人，盡都吃了齋素。俺屠行買賣都遲了，本錢消折。」於是找任屠來商量對策。因此任屠認爲，「攪人買賣，如殺父母」，決定將馬丹陽殺死，以除後患。

《岳陽樓》一劇也存在同樣的問題。勸人入道並非易事，很多人原來都按照固有的生活軌跡運行，讓人拋家捨業去尋仙訪道這個決心非常難下。所以，道中高人只能在選擇好了對象以後，採用死纏活磨的辦法，迫使該人就範。呂洞賓到了郭馬兒的茶店，一會兒要喝這樣的茶，一會兒要喝那樣，並且喝每道茶還有這樣那樣的講究。然後就是喋喋不休宣講他的教義。搞得郭馬兒生意也做不成，像躲避瘟神一樣躲著他。郭馬兒自己道：

> 自從見了那師父，但合眼便見他道：郭馬兒，跟我出家去來。我可
> 人生怎生出的家。我如今不賣茶了，在這岳陽樓賣酒。我今日打點
> 些按酒去。我不往前街上去，怕撞著那師父，我往這後街裏去。

但是，終究還是躲不了，連酒也賣不成。

3. 生活慘狀與世態炎涼

元代貧富的對立和封建剝削的慘重是異常嚴重的。貧富的對立主要是統治階級集團上層造成的。以蒙古貴族爲核心的元朝統治集團，他們把持著從中央到地方的各級統治機構，憑著手中的權力，貪婪地掠奪人民的財富。由於元朝統治者是從游牧民族轉變而來，面對比他們千里牧場富庶得多的中原大地，貪婪的本性迅速暴露出來，皇帝和貴族肆無忌憚地積聚財富並影響了他們的下屬。時人指出：「官吏奸貪，盜賊竊發，士鮮知恥，民不聊生，號令朝出而夕更，簿書斗量而車載。庠序不立，人材無自出之由；律令不修，官府無常守之法。捨眞儒，用苛吏，棄大本而求小功，定中國而事外責，取虛名而獲實福。」（劉壎：《元貞陳言》，《隱居通議》卷三一）官吏貪髒愈演愈烈。不僅貴族和官吏處於經濟的上層，漢族的地主也同樣有著極大的利益。在蒙古滅金和元滅南宋的過程中，元朝統治者對漢族地主採取了利用和保護的政策，因此，漢族地主階級在金元和宋元之際，雖然有一部分因改朝換代衰落了，但另一部分降蒙降元的地主不但維持了原有的經濟地位，而且擴大了私有經濟，集中了更多的土地，即所謂「江山易」而「其勢不衰」。有的則依靠新的政治勢力成爲暴發新興地主。這些富豪遍據全國。山西繁峙王家，「田

園沃壤，水陸之利甲一州」（《山右石刻叢編》卷三〇，《繁峙王民世德之碑》）；河北眞定關家，「於鄉有田千畝，歲收萬鍾」（蘇天爵：《關德聚墓碑銘》，《滋溪文稿》卷二〇）；山東東平王家，在大德七年（1303）時一次出米千餘石，布五百匹賑濟閭中貧民（蘇敏中：《王澤歌序》，《中庵集》）。南北地主富豪不僅占著廣大土地，而且還仗勢經營著旅店、商鋪、作坊、質庫、船舶運販等，席卷「水陸之利」。鄭廷玉的《看錢奴》在寫賈仁時說：「有萬貫家財，鴉飛不過的田產，物業油磨坊，解典庫，金銀珠翠，綾羅緞匹，不知其數」。這是對當時富豪的眞實描寫。而元代老百姓之苦是空前的。他們的境遇每況愈下，儘管他們日夜辛勤耕織，但是，繁重的賦稅，沉重的差役，高利貸的剝削等，使他們落得「囊中無鈔甕無粟」。嚴峻的貧富不均的現實必然被反映到元雜劇中。《忍字記》中的劉均佐，是一個「貪饕賄賂，慳吝苦克，一文不使，半文不用」的吝嗇鬼，「我只共錢親人不親」，手狠心狠，「平時不是個慈悲人，每常家休道是凍倒一個，便凍倒十個，我也不管他」。他就是這樣聚集著財富，在社會轉型時期，中國傳統的倫理道德被沖得七零八落，而新的社會風範又沒有建立起來，所以這種醜惡的事層出不窮。在這種時代背景下，老百姓就是累死累活，生活也難以爲繼。《來生債》中的磨博士是這樣敘述他自己的勞動過程的，「我清早晨起來，我又要揀麥，磨了麥了要簸麥，簸了麥又要淘麥，淘了麥又要撒和頭口」。從早到夜，不停辛苦，累得實在難以支持，只好用兩根棒兒支起眼皮，並唱歌咀曲，驅趕睡魔，這樣沒命的幹活，換來的只是每日二分工錢，辛苦一生，竟沒見過銀子是什麼樣子，無怪當偶然得到龐居士贈送的一個銀子後便不知放到哪裏好，揣在懷裏夢見人搶，放在缸裏夢見水淹，放在灶窩夢見火燒，埋在門限下夢見人耙、刀砍、槍絜。有了銀子，卻連覺也睡不成了。在插科打諢的之中，隱含了多少辛酸的眼淚。

第二，比較突出地暴露了高利貸和金錢所帶來的罪惡。元代的高利貸盤剝，比任何朝代都厲害，這是由於商業資本和官僚富豪資本結合的產物，使高利貸的發展隨同原始的資本積纍，成爲齊頭並進的現象。而當時的典當業的興隆，也與此有重大關係。據記載：「斡脫官銀者，諸王妃以錢借人，如期並子母徵之，元初謂之羊羔兒息」（《新元史·食貨志》）。羊羔息是一種年息加倍的高利貸，在這種高利貸的逼迫下，「債家執券月取取償至於賣田業，鬻妻子，有不能給者」（《元遺山文集》卷二十六）。在元雜劇中，多處寫到高利貸給窮苦人民造成的痛苦。這類戲有《相國寺公孫羅汗衫》、《錢大尹智勘緋

衣夢》、《風雨象生貨郎擔》、《合同文字》等。而《竇娥冤》之所以能成爲「感天動地」的大悲劇,儘管與官吏貪污、獄刑黑暗和惡霸橫行的原因有關,但高利貸的剝削也是誘發悲劇產生的一個重要原因。神佛道化戲同樣把這一重大社會問題反映到作品中來。《來生債》中的李孝先,說了這樣一段賓白:「小生前者往縣衙門首經過,見衙門裏面繃扒弔拷,追徵十數餘人,小生上前問其緣故,那公吏人道是欠少那財主錢物的人,無的還他,因此上拷打追徵。」李孝先因欠龐居士銀兩無力歸還,見此情景後竟然給嚇病了。在這個劇本中還講到,龐居士家中的牛、馬、驢騾,都是前生欠了他的債,今生變爲牲畜來償還。這景象真是令人心驚目眩!龐居士來到餵牲口的地方,聽到裏邊在講話:

> (驢云)馬哥,你當初爲什麼來?(馬云)我當初少龐居士的十五兩銀子,無的還他。我死之後,變做馬塡還他。驢哥,你可爲什麼來?(驢云)我當初少龐居士的十兩銀子,無錢還他,死後變做個驢兒與他拽磨。牛哥,你可爲什麼來?(牛云)你不知道,我在生之時,借了龐居士錢十兩,本利該二十兩,不曾還他,我如今變一隻牛來塡還他。

劇作者用頗爲誇張的,帶有宗教色彩的手法寫出來,其實還是對高利貸的有力控訴。

元代的商業資本抬頭之後,逐漸從封建的生產關係中解脫出來,商人的地位穩步上昇,金錢的罪惡也慢慢暴露出來。命途多舛的才子與淪落風塵的妓女的戀愛正在綢繆繾綣、如漆似膠之際,往往因一個商人的闖入而買動鴇母的心。才子則因囊空金盡,無法與商人抗衡,只好與自己的所愛慘然分手。如《青衫淚》中的茶商劉一郎財大氣粗地說:「小子久慕大名,拿著三千引茶,來與大姐焙腳,先送白銀五十兩,做見面錢。」「隨老媽要多少錢,小子出得起。」所以鄭振鐸在《論元人所寫商人士子妓女間的三角戀愛劇》中說:「元這一代的經濟力量是怎樣強固的爬住這些戲劇、散曲,而決定其形態,支配其題材的運用之情形,也可於此得見之。」因此,知識分子對金錢的罪惡及在社會上決定一切的傷害更是描寫得淋漓盡致,深惡痛絕。《來生債》中指出金錢「無錢而尊,無勢而熱。排金門,入紫闥,危可使安,死可便活,貴可使賤,生可使殺。是故非錢而不勝,幽滯非錢而不撥,冤仇非錢而不解,令聞非錢而不發。」「這錢所使作的仁者無仁,恩者無恩,費千百才買的居鄰。

這錢呵將嫡親的昆仲絕了情分。」「無錢君子受熬煎，有錢村漢顯英賢，父母兄弟皆不顧，義斷恩疏只爲錢。」這些曲詞和莎士比亞《雅典的泰門》裏關於金錢的獨白對比毫不遜色，有異曲同工之妙，這說明在封建時代商業經濟發展的初期，對金錢產生的罪惡認識這一點上，東西方是完全相通的。

「神佛道化戲」還描繪了世態炎涼，人情冷暖以及敗壞了的元代社會風氣，元代的法制比較混亂。這不是說元代沒有一部可以遵循的法律，因爲帝王往往「臨時裁決」，「任意而不任法」（《元史‧刑法志》），故有法也沒有用。帝王任意，產生兩個極端，一是殘酷的專制，一是不依法的寬縱。元代屬於後者。因此官僚衙門紛雜，官員各自爲政。犯罪的人得不到懲處，人們把朝廷的法令視同兒戲，恃強凌弱。鑒於這種情況，鄭介夫在給尙書省的上書云：「國家地廣民眾，古所未有，累朝格制，前後不一、執法之吏，輕重任意。」他建議，「請自太祖以來所行政令九千餘條，刪除繁冗，使歸於一、編爲定制。」（《續通志》卷一百四十七）但事實上這個建議沒有實現。在元代這種社會政治氣候下，好人與壞人都可以進行充分表現，強者可以爲所欲爲，弱者只能遭受欺凌，美醜不分，這都給劇作家的創作提供了豐富的素材。

此外，元朝的建立，還徹底結束了宋末「儒風驟盛」的局面（《牆東類稿》卷十二《中大夫江東肅政廉訪使孫公墓誌銘》），把兩宋慘澹經營的理學體系蕩滌一空。在元初統治者看來，「儒者之說，急於所緩，高而迂，滯而疏……不能成事」（《靑容居士集》卷三十三）。這種貶斥固然帶有征服者的野蠻落後的味道，客觀上卻也刺中了宋儒侈言道統，恪守師說的弊端。儒的神聖外衣一旦被剝去，以往所遵奉的「父子君臣，天子之定理」（《河南程氏遺書》卷五）的綱常倫理觀念自然就會發生動搖，儘管這是對中國封建桎梏的一種反撥，但在人們的思想無所依託的時候，也必然使社會道德喪失殆盡。在法制不嚴，道德無準的社會狀況下，人與人那種融洽的社會關係被破壞了。人情淡薄、忘恩負義，殺人越貨的事情層出不窮，就連對自己的親屬，也能幹出傷天害理的勾當來。面對如此醜惡的社會現象，元劇作家無能爲力，只有用因果輪迴、一報一應的思想對此進行狠狠的詛咒。

我們從這些劇中可以看到一幅幅令人髮指的畫面。在元代，不管是農村還是城市，不管是外出還是居家，也不管是奴婢、農民、商人甚至某些官吏，人們的生命財產都沒有保障，有「國初，盜賊充斥，商賈不能行」（《元文類》卷五十七）的說法，《朱砂擔》中的強盜白正，路遇外出經商的王文周硬要一

起做生意，光天化日之下，他蠻橫兇惡無人敢惹。王文周膽戰心驚，逃不開，甩不掉，終於被他害了性命，他奪了朱砂，殺了王父，妻子爲其霸佔。這樣一個殺人兇手，連鬼力也因「他十分兇惡，所以不敢近他」。在家庭糾紛中一些人更狠毒。《神奴兒》中的王臘梅爲了分家產，竟氣死其兄李德仁，勒死侄兒神奴兒，並將其嫂陳氏誣陷下獄。這使我們看到封建社會的家庭關係是如何沉浸在利己主義的冰水之中，封建倫理秩序和封建道德也開始發生了危機。《忍字記》則刻畫了忘恩負義的小人。劉均佐在雪中救起洛陽人劉均祐，並認他爲兄弟。但劉均祐不講信義，趁劉均佐出家之際，與其妻私通。劉均祐在佛的干預下，一「忍」了事，可以看出劇作家對世風日頹、人心不古的時代無可奈何。還有一點，隨著元代商業經濟的繁榮，人情淡薄，拜金主義統治了一切。在《看錢奴》第三、第四折裏，周榮祖的兒子改名爲賈長壽，到廟裏燒香，遇見已淪爲乞丐的周榮祖夫婦，大耍「錢舍」的威風，將親生父母毒打，趕出廟門。最後，經中人陳德甫撮合，父子相見，周榮祖不肯認打過自己的兒子，賈長壽便「與他一匣子金銀，只買一個不言語。」在眞金白銀面前周榮祖盡釋前嫌，與兒子重歸於好。這表明有了錢，就能任意妄爲，甚至可以買回父子之情。

社會風氣的敗壞一般都是從社會上層和官府開始，對於這些作惡多端的人，作家只有靠宗教的力量希望他們能幡然悔悟，走上正道。《呂洞賓度鐵拐李岳》中的岳壽是鄭州的六案都孔目，是一個具體的辦事人員，用他自己的話說，「這爲吏的，若不貪髒，能有幾人也呵！」對當吏的一枝筆的厲害，深知其中的奧妙：

> 想前日解來強盜，都只爲昧心錢買轉了這管紫霜毫。減一筆教當刑
> 的責斷，添一筆教爲從的該敲。這一管扭曲作直取狀筆，更狠似圖
> 財致命殺人刀。出來的都關來節去，私多公少，可曾有一件兒合天
> 道？他每都指山賣磨，將百姓畫地爲牢。

就是這樣一個事理都明白的人，在整個環境影響下，也不免驕橫跋扈，當呂洞賓激怒他之後，他就威脅道：「我要禁持你容易，只消得二指闊紙提條。」當他與張千談起如何整治韓魏公時，眞是辦法多多。儘管作爲一員「能吏」的岳壽只是說說而已，並沒有眞正實施，但從這段對話，也可以看出吏制腐敗之一斑。暗訪的官員受到的待遇足以反映出普通老百姓是如何受官吏壓迫的。在作家眼裏岳壽是「迷卻正道」的人，「做六案都孔目，瞞心昧己，扭曲

作直，造業極多」。最後在呂洞賓的引領下，「拜辭了人我是非鄉，拂掉了滿面塵埃。名韁利鎖都教剖，意馬心猿盡放開。也只怕尊師怪，遠離塵世，近訪天台。」走上了成仙的路。

4. 生活圖景與世俗民情

在描述社會生活方面，「神佛道化戲」也透露出一些有價值的信息。如《呂洞賓三醉岳陽樓》中郭馬兒以開茶坊為生，在這茶坊中就不僅僅有茶葉砌的茶，它還有其他豐富的飲品。呂洞賓在郭馬兒茶坊，共點了三種飲料，有木瓜湯、杏湯和酥僉。湯主要由藥材製成，也有用果品製成蜜餞或研成末或熬成漿，加開水沖開飲用。此風從宋時開始盛行。當家中「客至，多以蜜餞漬橙，木瓜之類為湯飲客」（《南窗紀談》）。酥僉則是在茶中加進酥油，這是元時蒙古統治中原，其生活方式影響漢人飲茶習慣的事例。呂洞賓拿到酥僉後，問：「郭馬兒，你這茶裏無有真酥？」看來茶裏面是否放了真酥油是衡量這盞茶品質好壞的關鍵。

還有一種食品，元雜劇中經常提到，神佛道化戲也不例外，《西遊記》「村姑演說」一折中，長安城外的老張因村裏的王二、胖姑兒去城裏看送玄奘西行的壯觀場面去了，說：「等他們來家，教他們敷演與我聽，我請他吃分合落兒。」合落又稱飴餎，合酪。是北方的一種食品，它是由蕎麥「治去皮殼，磨而為麵，攤作煎餅，配蒜而食。或作湯餅，謂之『河漏』，滑細如粉，亞於麥麵，風俗所尚，供為常食。」（《農書‧百穀譜集之一‧蕎麥》）蕎麥性寒，北方多有種植，元朝時山西北部、內蒙古南部，還有大都、上都周圍的農村都種蕎麥。合酪就是將蕎麥麵揉成麵團後，放進木桶狀帶有網眼的圓槽中，用木棍擠壓成麵條後煮著吃。這種食品，筆者少年時還在食用。合酪煮熟後放上蔥花、韭菜，吃起來非常筋道。所以，劇裏最後唱道「籹子麵合落兒帶蔥韭」。指的就是加芝麻醬帶蔥花、韭菜。看來這種食用方法從古至今都無多大變化。蕎麥麵不易消化，像吃了蕎麥麵合酪，「飽而有力，實農家居多之日饌也」（引見同上）。合酪不見於南方，雖說江南亦有蕎麥，但江南人則將蕎麥「磨食，溲作餅餌，以補麵食」（引見同上）。雖然，楊景賢上輩移居浙江錢塘，但作為蒙古人的他對北方的生活習慣依然熟悉。

　　還有娛樂活動，神佛道化戲也有反映，《月明和尚度柳翠》就拿娛樂用具來比喻柳翠的命運，這裏邊提到的有圍棋、雙陸、氣球。圍棋在元代很流行，關漢卿就曾說過自己會圍棋，會雙陸。李文蔚《破符堅蔣神靈應》雜劇也稱：「棋乃堯王制，相傳到至今。手談消鬱悶，遣興過光陰。」一般認爲是比較好的消遣工具。元人有詩贊道：「儒臣春值奎章閣，玉陛牙牌報未時。仙杖已回東內去，牡丹花畔得圍棋。」（柯九思：《宮詞一十五首》，《草堂雅集》卷 1）

　　再說雙陸，雙陸據說是起源於印度的一種遊戲，唐代在中國盛行，南宋統治下的江淮以南地區，人們幾乎不玩雙陸。但在遼金統治的北方，仍很流行。元朝，雙陸又成了一種民間時尚娛樂，從宮中到民間，雙陸隨處可見。類書《事林廣記》中載有雙陸的規則及其由來，並有雙陸的圖形和下雙陸的圖畫。雙陸和其他棋類一樣，有盤，長方形。玩者分爲黑、白雙方，每方各十二路，中有門、左、右各六路，「雙陸」之名即由此而來。比賽時，先擲骰子，然後根據骰子上的點數行走。所以月明和尚見到骰子裝做不明白，問：「這兩塊骨頭喚做什麼？」柳翠回答：「這個喚做色數兒。」指的就是骰子。作者還通過月明和尚之口對骰子做了一番描述：

> 哦，一不喚做一、喚做麼。我記著，我記著。二對著五，二雙屬陰，
> 五單屬陽，上下也是陰陽相對著。三對四，四雙屬陰，三單屬陽，
> 上下也是陰陽相對著。

然後，通過此，對柳翠的命運做了一番議論。說柳翠就像骰子一樣，「自從有點污，拋擲到今生。」

　　《月明和尚度柳翠》提到的還有一項娛樂活動就是氣球。柳翠在第三折中說：「母親，將過氣球來，我和師傅踢一拋咱。」這裏說的氣球，指的就是古代常舉行的體育項目蹴鞠。據考，蹴鞠在戰國時就出現，唐、宋時期是各階層喜聞樂見的一種運動。《水滸傳》曾對高俅因擅踢一腳好球而勢壓朝野的故事加以描繪。元代，蹴鞠仍然流行，關漢卿在自傳式散曲《不伏老》，就提到自己「會蹴鞠」，並且他還在《鬥鵪鶉·女校尉》裏說：「散悶消愁，惟蹴鞠最風流。」鄧玉賓在《村裏迓鼓·仕女圓社氣球雙關》提到「似這般女校尉從來就少，隨圓社常將蹴鞠抱拋」。這說明蹴鞠的普及程度，就連風月場也把它做爲一種消遣的運動。

　　在《西遊記》「村姑演說」一折中，作者以村姑之口把熱鬧的社火表演

生動地描繪。如說做院本的，是「笑一聲打一棒椎，跳一跳高似田地」。用劇中人的話說：「這是做院本的。」還有踩高蹺的，劇中人唱道：「一個漢木雕成兩個腿。見幾個回回，舞舞面旄旗，阿剌剌口裏不知道甚的。」還有提線傀儡，「一個人兒將幾扇門兒，做一個小小的人家兒。」「黑墨線提著紅白粉兒，妝著人樣的東西。」這裏說的院本，大概是短的滑稽戲。陶宗儀曾說：「院本、雜劇，其實一也。國朝院本、雜劇始釐二之。」（《南村輟耕錄》）楊景賢提到的院本和元雜劇已區分開來，元雜劇已成完整成熟的戲劇樣式，而院本則還是沿襲宋代雜劇內容，包括各種雜項節目。在元明雜劇中仍有些滑稽打逗片斷，就是把院本搬進雜劇中表演。如《西廂記》第三本第四折開頭「潔引太醫上，雙鬥醫科範了」。一般都是講請醫生看病時，都要進來一位庸醫插科打諢。在《西遊記》裏敘述的棒槌打人，一般是由副末擊打副淨，以引起人發笑。這在套曲《莊家不識勾欄》中同樣可以得到印證：

> 教太公往前那（挪）不敢往後那，抬左腳不敢抬右腳，翻來覆去由
> 他一個。太公心下實焦躁，把一個皮棒槌則一下打做兩半個。

至於說踩高蹺，也是宋元之際民間社火表演的常見項目，《都城紀勝·瓦舍眾伎》就有「上竿、打筋斗、踏蹺、打交棍、脫索、裝神鬼、抱羅」等技藝。而木偶即傀儡演出在宋元也不鮮見。在宋代共出現 5 種傀儡：懸線傀儡、杖頭傀儡、水傀儡、藥發傀儡和肉傀儡。其中懸線傀儡和杖頭傀儡比較普遍。《東京夢華錄》、《都城紀勝》、《夢粱錄》對各種傀儡均有詳細的記載。如吳自牧《夢粱錄·百戲伎藝》曰：

> 凡傀儡，敷衍煙粉、靈怪、鐵騎、公案、史書歷代君臣將相故事話本，或講史，或作雜劇，或如崖詞。如懸線傀儡者，起於陳平奇解圍故事也。今有金線盧大夫、陳中喜等，弄得如真無二，兼之走線者尤佳。更有杖頭傀儡，最是劉小僕射家數果奇，大抵弄此，多虛少實，如巨靈神、姬大仙等也。其水傀儡者，有姚遇仙、賽百哥、王吉、金時好等，弄得百憐百悼。兼之水百戲，往來出入之勢，規模舞走，魚龍變化奪真，功藝如神。

由此可見，此時已出現了不少木偶名家，並且各有傳長。這種傳統一直保持到元代。如元代文人圓至有《觀傀儡》詩云：「錦襠叢裏鬥腰妓，記得京城此夕時。一曲太平錢罷舞，六街人唱看燈詞。」足以說明當時的盛況。

5. 淪落風塵與逃離苦海

元雜劇中的神佛道化戲還表現了妓女的生活狀況。雖然說神佛道化戲反映妓女的作品主要說明高僧或仙道度人於苦海的目的，但是客觀上反映了元代妓女的實際情況。元代妓女大量的出現有多種多樣的原因，或因爲經濟破產，生活難以爲繼；或因爲世風日頹，道德淪喪；或因爲社會動盪，朝不保夕，世人今朝有酒今朝醉的思想作祟。如此等等，不一而足。面對這一狀況，妓女現象就不可避免地出現在作家視野當中。元代作家創作出了大量以妓女爲主角的戲，神佛道化戲也不例外。

據《馬可·波羅行記》載，在元代，僅大都就有妓女 25000 人，其中當然不包括那些「不隸於官，家居而賣奸」的「私科子」（謝肇淛《五雜俎》卷之八《人部四》）。元人夏庭芝的《青樓集》記述了當時才藝出眾的一百多名青樓女子的生活片斷。這些淪落風塵的女子，他們大都有不幸的身世，家庭貧窮，賣笑求歡。姑娘們一旦身入「樂籍」，特別是成了「上廳行首」，就會受到官府的更多壓迫。由於他們色藝雙全，官吏們常以「喚官身」之名隨意招來承宴佐酒，尋歡作樂。《度柳翠》就多次提到「喚官身」一詞。柳翠夜裏做一怪夢，本欲求人尋問，「爭奈喚官身」而不得爲之。楊景賢的《馬丹陽度脫劉行首》第二折中也提到劉行首常被喚官身，其母親說到：「我這孩兒吹彈歌舞，吟詩作句，拆白道字，頂眞續麻，件件通曉。官人每無俺孩兒，不吃這酒。官身可也極多。」元代青樓極多，這和官府把此當成消遣的場所有關。並且把招喚妓女給了一個冠冕堂皇的稱呼「喚官身」，這樣無疑助長了整個社會的狎妓之風。

另外，按照妓院的一般情況，「妓之母多假母也」（《北里志》「泛論三曲中事」條）。更爲殘酷的是，迫使這些女子追歡逐笑的，是她們的生身之母，這也是元代娼妓制度奇特的現象。《兩世姻緣》裏韓玉簫的母親說：「老身許氏，夫主姓韓，是這洛陽城個中人家，不幸夫主早亡，止有一個親生女兒，小字玉簫，做個上廳行首。」上述柳翠的母親可能也是親生的。這些親生母親對女兒的敲詐，與其他鴇兒相比併不遜色。雖然韓玉簫生生死死鍾情於韋皋，但其母嫌韋是個窮秀才，用激將法巧妙地將其趕走。「韋姐夫，不是我老婆子多言，你忒沒志氣，如今朝廷掛榜招賢選用人才。對門王大姐家張姐夫，間壁李二姐家趙姐夫，都赴選登科去了，你還只在俺家纏。俺家愛你那些來，不過爲著這個醋瓶子，不爭別人求了官來，對門間

壁都有些酸辣氣味，只是俺一家淡不剌的。知道的便說你沒志氣，不知道的還說俺家誤了你的前程。」其實，這些鴇母喜歡的是「頗有些錢鈔，人皆員外呼之」的豪富之輩。如《劉行首》中唱道：「見一面半面，棄茶船米船；著一拳半拳，毀山田水田；待一年半年，賣南園北園。我著他白玉妝了翡翠樓，黃金壘了鴛鴦被，珍珠砌了流水桃源。」來的全是有實力的人物。《度柳翠》中的牛員外一次就拿出「一千貫鈔與大姐權做經錢。」當月明和尚勸說柳翠出家，她母親就罵道：「你看這個風和尚，俺女孩正好覓錢，如何教他出家，你快出去。」從這裏我們可以看出元代的道德淪喪到何等程度，笑貧不笑娼，非常坦然面對自己女兒所操職業，並無什麼內疚的心情。所以對妓女的態度，大多數不像關漢卿描寫妓女時有那樣的思想深度，他們一方面將士子和妓女的交往當做風流韻事津津樂道；另一方面，飽受侮辱與損害的妓女卻又被他們視為誘人墮落的淵藪而大加鞭撻。「妓女則只有任人擺弄、評說的份兒，毫無辯白的權力，她們沒有社會地位，淪為被排斥在社會之外的一群。」（黃克《關漢卿戲劇人物論》，第77頁）正是存在了像大批富豪與書生這樣的買方市場，所以才會有元代如此多妓女出現。很多號稱「幼習儒業，博覽群書」的書生，就頗好此道。如《兩世姻緣》的韋皋自白：「生來酷好花酒，不能忘情。先年游學至此，幸遇大姐韓玉蕭不棄，做了一程夫妻。」《劉行首》中開解典鋪的商人林盛說：「這裏有個上廳行首劉倩嬌，我和他作伴。我一心待要娶他，他有心待要嫁我。爭奈有老婆在家，我和他生了一兒一女，我因此不好說得。」「不若娶將他來，則在外面住，豈不美哉！」這是士子和商人的典型。還有我們前邊提到的《花間四友東坡夢》中的白牡丹也是一個典型，據稱她是「白樂天之後」，落難成為一名歌妓，被蘇軾帶上去「魔障」「一代文章之士」佛印禪師，但最後失敗了，知識分子就是這樣行為放蕩不羈，荒誕不經，把妓女當作自己調笑取樂的工具。最後蘇東坡終有所悟，佛印禪師也淺嘗輒止，收到皆大歡喜的效果。而他們此時卻忘掉了對別人心靈的摧殘。

　　然而，最為可悲的是妓女對自己的悲慘命運認識不到，而別人又把她們作為罪惡的淵藪加以指責，並且還要讓仙道神佛引出迷津，度脫成仙。《度柳翠》中的柳翠被月明和尚三番五次勸說擺脫這種生活與他出家時，柳翠心裏極為矛盾，她覺得自己年輕，「正好覓錢」，加上有牛員外這樣的人們供養，還真有點捨不得。特別是她母親從中作梗，更堅定了她不出家的想法。這是

受娼妓制度毒害極深的人麻木不仁的心理。因此不覺其苦，也沒什麼抗爭的意識，她與關漢卿筆下的杜蕊娘有天壤之別。杜蕊娘痛恨自己陷身的賣俏生涯，「我想一百二十行，門門都好著衣吃飯，偏俺這一門，卻是誰人制下的，忒低微也呵！」因此她與秀才韓輔臣一見鍾情，希望藉此來實現自己逃脫苦海的理想。而月明要度脫柳翠就是怕她惹下禍害，玷污聖僧，勸說、恐嚇、威脅，用盡了種種手段，但也道出了一些妓女的苦衷。比如月明和尚將柳翠比為氣球，用意十分深刻：

〔麼篇〕郎君每心閒時將你腳上踢，興闌也絡在網裏裏，端的個不見實心，但聽拋聲，盡是虛脾。有一日，臭皮囊，褪了口元陽真氣，柳翠也，早閃下你這褪胞兒便死心塌地。

說明妓女只是人家手上的玩物，一旦人老色衰，就像褪氣的臭皮囊，無人再理了。

6. 以小見大與專注描摹——關於《藍采和》的個案研究

在神佛道化戲裏，《漢鍾離度脫藍采和》是一個不可多得的特例，該劇寫漢鍾離度脫雜劇藝人藍采和的故事，反映了元雜劇的演出以及家班的組織情況，這在元雜劇史料不多的情況下，至為珍貴。

首先我們可以從劇中看到，這是一個家庭戲班，藍采和是許堅的藝名，即這個家班的主要演員。家庭其他成員有「渾家喜千金，所生一子是小采和，媳兒藍山景，姑舅兄弟是王把色，兩姨兄弟是李簿頭。」完全由自己的子女和親戚組成。他們的行當分別是：許堅，末。末，又稱末尼，是戲班的首領。吳自牧《夢梁錄》曰：「雜劇中末泥為長。」喜千金，旦。小采和，徠兒。藍山景，外旦。王把色和李簿頭，淨。因筆者在第五章「神佛道化戲『八仙戲』研究」中已經談及，在此不再贅述。

再看勾欄和演出之前的安排。戲班在城市演出，須在勾欄進行，此次許堅在洛陽演出，就是在梁園棚內一勾欄做場，而負責管理事務的，就是王把色和李簿頭，他們既當演員，又當劇務。所以，一上場就要把勾欄門打開，還要管理勾欄裏的秩序。但漢鍾離進的勾欄，卻不守規矩，隨意坐下，所以王李二人要讓他到觀眾區去。漢鍾離耍賴不走，他們對許堅說道：

我方才開了勾欄門，有一個先生坐在樂床上。我便道：先生，你去

神樓上或是腰棚上那裏坐，這裏是婦女每做排場的坐處。

這裏提到幾個概念，「樂床」、「神樓」和「腰棚」。關於樂床，一種觀點認為
是婦女演奏樂器所用。杜善夫《莊家不識勾欄》描寫道：

見幾個婦女向臺上坐，又不是迎神賽社，不住的擂鼓篩鑼。

即是婦女坐在樂床上，擊鼓打鑼，以吸引看客。這在民間戲班中，可以經常
見到，開演之前，婦女們坐在臺上，一是展示戲班的陣容，一是用女演員來
招徠看客，這種情況，在完全商業化的情況下，不難理解。就是在今天，國
外的大馬戲團到某一國家的城市演出，常常進行全城巡遊活動，這時女演員
是活動的主角。還有現在的一些民間劇團，依舊用色情等幌子吸引觀眾。元
高安道《嗓淡行院》散套有更詳細的說明：

〔七煞〕坐排場眾女流，樂床上似猴頭。樂睃來報是些十分醜。一
個個青布裙緊緊的兜著奄老，皂紗片深深的裹額樓，棚上下把郎君
溜。

同時，也可以通過此來引得一些浮浪子弟看戲。元睢玄明《詠鼓》散曲「排
場上表子偷睛望，恨不得街上行人將手拖」，說的就是這個意思。

再說腰棚、神樓。劇中講得並不清楚，可能是觀眾席。神樓大概是正對
著舞臺的坐位，腰棚則是兩邊稍低一點坐位。《莊家不識勾欄》寫的「咱入得
門上個木坡，見層層累累團圝坐，抬頭覷是個鐘樓模樣，往下覷卻是人旋窩。
見幾個婦女臺上坐，又不是迎神賽社，不住的擂鼓篩鑼。」鐘樓可能是觀劇
最佳位置，所以很顯眼，其他則是或站或坐的觀眾了。而臺上坐的婦女，也
印證了女演員坐樂床的事實。

演劇之前，還要做一下宣傳，貼一下廣告，即該劇講的「招子」。「昨日
貼出花招兒去，兩個兄弟先收拾去了。」因為招子是彩色紙書寫的，所以也
叫「花招兒」。這種情況在其他劇目和散曲中也有描述：

今早掛了招子，不免叫孩兒出來，商量明日雜劇。(《宦門子弟錯立
身》)

正打街頭過，見弔個花碌碌紙榜，不似那答兒鬧攘攘人多。(《莊家
不識勾欄》)

除此之外，還要將道具和扁額拿出來。藍采和在演出前告訴王把色，讓他做
一些事：

（云）王把色，你將旗牌、帳額、神幀、靠背都與我掛了者。（淨云）
我都掛了。（正末唱）一壁將牌額題，一壁將靠背懸。（云）有那遠
方來看的見了呵，傳出去說，梁園棚勾欄裏末尼藍采和做場哩。（唱）
我則待天下將我的名姓顯。

旗牌大概是為了渲染氣氛，在勾欄門口和戲臺周圍插上彩旗。帳額就是懸在
舞臺上方的橫幅。如元代壁畫上的「堯都見愛大行散樂忠都秀在此作場」，將
班社主演的名字寫上去，做突出宣傳。還有神幀、靠背等也都是和演出有關
的器物，前者可能是明應王殿壁畫中描敘的演員背後的一幅帛畫，可能是戲
班供奉的神像。靠背可能是演出服裝。小說《水滸傳》「插翅虎枷打白秀英」
一回，寫行院白秀英作場，勾欄門首掛著許多帳額，「旗杆弔著等身靠背」，
就是指的演出服裝，現在戲曲服飾仍用大靠、靠旗等語，估計是從此衍生而
來。

　　戲班不僅要有出色的演員，還要有看家的劇目，這樣才能立於不敗之地。
從藍采和與鍾離權的的對話當中可知，藍采和文武兼備，是一個能戲甚多的
演員。藍采和唱道：

我做一段于祐之金水題紅怨，張忠澤玉女琵琶怨。（鍾云）你做幾段
「脫剝」雜劇。（正末云）我試數幾段脫剝雜劇。（唱）做一段老令
公刀對刀，小尉遲鞭對鞭，或是三王定政臨虎殿。（鍾云）不要。別
做一段。（正末唱）都不如詩酒麗春園。

〔天下樂〕或是雪擁藍關馬不前。

這裏作家寫的劇名並非杜撰，皆有所本。《于祐之金水題紅怨》，是李文蔚所
作雜劇名，該劇演于祐之、韓翠萍故事，已佚。《張忠澤玉女琵琶怨》，庚天
錫作，今佚。鍾離權讓藍采和演的「脫剝」雜劇，就是武戲。或曰「脫膊」。
朱權《太和正音譜・雜劇十二科》中有「鈸刀趕棒」類，注云「即脫膊雜劇」。
凡此種武戲，常需脫去上衣，赤膊交戰，故此得名。老令公刀對刀，演的可
能是楊家將故事。小尉遲鞭對鞭，《元曲選》有無名氏《小尉遲將鬥將認父歸
朝》，當指此劇。《三王定政臨虎殿》，也是一雜劇名。未見著錄。《詩酒麗春
園》，在元劇中有數部同名劇目。高文秀有雜劇《黑旋風詩酒麗春園》，可能
演水滸故事，現已佚。王實甫有《詩酒麗春園》雜劇，今佚。另外，庚天錫
名下也有與高文秀同名的劇作，亦佚。不知藍采和演出的是那一部。雪擁藍
關馬不前指的是無名氏《韓退之雪擁藍關記》雜劇，演韓愈和韓湘子的故事。

劇本今存殘曲。由此可見，藍采和所演劇目均是作家精心撰寫的。並且，藍采和自己也說出劇作家創作的重要性。他說：「若逢，對棚，怎生來妝點的排場盛，倚仗着粉鼻凹五七並，依着這書會恩官求些好本令。」意思是講若唱對臺戲，要有書會才人寫的好劇本才行。

　　此外，藍采和之所以走上逃脫世俗的道路，直接誘因是在生日做壽之際，被「喚官身」，因去遲了，還遭處罰，於是萬念俱灰，跟鍾離權學道去了。所謂「喚官身」就是藝人被官府叫去支應官差，「喚官身」一般都是盡義務，服侍不到位，「誤了官身」，是不得了的事。前邊提到的《劉行首》一劇就演繹了此事。關漢卿的雜劇《謝天香》和《金線池》也反映了這一現實。元劇之所以有這麼多的劇目反映這一問題，說明此風在元代愈演愈烈，成了藝人身上一項沉重的負擔。《藍采和》關於喚官身的對話就是一個典型的例子：

> （正末云）又是誰喚門哩？（祗候云）大人喚官身哩。（正末云）我今日好的日頭，著王把色去。（祗候云）不要他，要你去。（正末云）著李簿頭去。（祗候云）也不要他。（正末云）著王把色引著妝旦色去。（祗候云）都不要，只要你藍采和去。（正末云）我正是養家二十口，獨自落便宜。罷，罷！我去官身走一遭去。

在這裏，藍采和步步退讓，都不行。他先是讓兩個淨角去，接著突破底線讓王把色領着女演員去，但都沒被答應。最後只得親自出馬，但是見了官員，還是差點被打一頓：

> （做見跪科，孤）你知罪麼？不遵官府，失誤官身！拿下去，扣廳打四十！準備大棒子者！

正是被這種屈辱所壓抑，藍采和才毅然決然地拋棄一切，出家去了。他在最後的演唱，可以說把這種心跡表白得很清楚：

> 再不將百十口火伴相將領，從今後十二瑤臺獨自行。我那時財散人離陪下情，打喝處動樂聲，戲臺上呼我樂名。我如今渾不渾濁不濁醒不醒。藍采和潑聲名貫滿城，幾曾見那扮雜劇樂官頭得悟醒。

當然，元雜劇的神佛道化戲對現實生活的反映不僅僅就是以上幾點，筆者只是選取其中的幾個方面，以其通過它們對元代社會有進一步瞭解。

結語：在虛幻與現實之間徘徊

　　元雜劇作為一代之文學，其所涵蓋的內容是包羅萬象的，它的生成、發展以至走向頂峰，都由它內在的規定性與歷史的邏輯性決定的。從現存的元劇劇本和存目中，「神佛道化」戲幾乎占整個元雜劇的七分之一、有這麼多的作家寫出這麼多的作品，這是個不能不令人思考的問題。只有把這一問題研究清楚，才會瞭解到元代作家在表現清官斷獄，妓女苦況，愛情婚姻，民族壓迫等問題的同時，會利用神佛鬼道這些東西來充實自己的創作，使豐富多彩的元雜劇染上更加瑰麗搖曳的風姿。

　　為什麼元雜劇作家會在現實的世界之外，去構築一個虛幻的世界來度脫俗人，使之成佛成仙，這是因為現實世界有很多事是作家茫然而無法解決的問題。正像馬克思對宗教的經典論斷：「宗教裏的苦難既是現實的苦難的表現，又是對這種現實的苦難的抗議。宗教是被壓迫生靈的歎息，是無情世界的感情。」（馬克思《黑格爾法哲學批判》見《馬克思恩格斯選集》第一卷上，第 2 頁，以下出自這篇文章的引文均見該書 1～15 頁）正是因為宗教有這種功能，元劇作家雖然對宗教的認識還處在模糊狀態，但是他們如馬克思所說，「宗教批判使人擺脫了幻想」，元劇作家對宗教主要是依賴，還缺乏清醒的批判精神，宗教依然是很多人的精神支柱。也就是說，「當人還沒有開始圍繞自身旋轉之前，它總圍繞著人而轉」。因此馬克思認為最重要的就是「彼岸世界的真理消逝以後，歷史的任務就是確立此岸世界的真理」。反之，此岸世界的真理沒有確立，在紛紜混亂的社會，宗教也能暫時撫慰人們的心靈。元雜劇的主體思想體系屬於儒家文化系統，但很早以來，儒家的世界觀和藝術觀就與佛、道滲透。三者一起成為構築中國思想文化的三個支柱。比如說印度佛教於東漢魏晉之際在中國傳播時，就有一個漢化的問題。其一重要主張「無

我」在輪迴業報說中就缺少一個承載主體,由於注釋者發揮了肉體有生死,死魂永不泯滅的中國思想,於是根據靈魂不滅的因果輪迴業報說成了爾後中國佛教區別於印度佛教的一大特徵。繼而禪宗興起,佛教更成了中國化的宗教,封建士大夫對其的嗜好已不亞於對科舉的追求,慢慢成爲修身養性的一種手段。因此有「兩宋諸儒,門庭徑路半出於佛老」(全祖望《題眞西山集》)的說法,就連理學大師朱熹也有這樣的自述:「某年十五六時,亦嘗留心於禪。」(《朱子語類》卷一零四)但他遺憾的是「於釋氏之說,蓋嘗師其人,尊其道,求之亦切至矣,然未能有得。」(《朱子文集》卷三十)正是佛道對中國知識分子的影響,所以,元劇作家通過宗教戲劇爲在現實社會遭受苦難的人們打開一條通往理想世界,或者說是彼岸世界的途徑。

然而,理想的天國和虛幻的世界畢竟離人們太遙遠、太飄渺,在他們筆下自然渲泄出對現實社會的不滿。他們用另一種眼光去審視現實,從而思考著、憂鬱著、傍徨著、苦惱著,漸漸變得不合時勢,不滿現狀,似乎有一個永恆的東西在他們心頭噪動著,召喚他們既有目的又沒有目的地前進。但是在嚴峻的現實面前,理想化的傾向卻往往會使這些知識分子陷入某種巨大的精神痛苦之中。在理想的闡述和追求中,他們愈來愈超越世俗社會,融入虛幻的世界中,從此岸與彼岸,現世與未來,世俗社會的強烈吸引與幽境疏林的頻頻召喚,人生的適意與自我的體認角度去啓發人們思考,讓人們心領神會,頓開茅塞。從而對世界,對人生的內在意蘊有整體性的認識。但是這種認識是艱難的,《忍字記》和《任風子》就寫了劉均佐和任風子從塵俗走向永恆世界的艱苦歷程。

對虛幻世界的嚮往是因爲現實世界過於污濁。馬克思在批判宗教的虛幻性時,特別強調,打破這種虛幻,使人民對社會現實有一個更清醒的認識。他說:「廢除作爲人民幻想的幸福的宗教,也就是要求實現人民的現實的幸福,要求拋棄關於自己處境的幻想,也就是要求拋棄那需要幻想的處境。因此對宗教的批判就是對苦難世界——宗教是它的靈光圈——的批判的胚胎。」馬克思在這裏已經把其本意表述得非常清楚,對宗教的批判只是對苦難世界批判的「序幕」,人們之所以會篤信宗教,那是因爲現實的苦難無法驅解與排遣才造成的。宗教戲劇也不例外,度脫戲的神仙每次要度脫人時,被度脫者戀著塵世不肯出家,這時,神仙們總是製造一些「惡境頭」,讓被度脫者知世道艱難險惡,恍然大悟。

　　元雜劇中之所以會產生如此多宗教劇目，是因爲元代的社會現實問題在生活中無法解決，作家通過宗教戲劇抒發抑鬱之氣，以其在戲劇構成的虛幻世界中使自己的心靈得到舒展。同時，由於宗教與生俱來的儀式色彩和莊嚴成份，使宗教戲劇在描繪虛幻世界的同時又形成了其自身的慶賀特點以及由莊嚴到極致而演化成的諧趣風格，這又具有很強的現實性。我們不妨可以這樣說，現實的苦難引導人們走向虛幻，而虛幻的世界又和現實社會有絲絲縷縷的聯繫，元劇作家正是在虛幻與現實的徘徊中，尋找著自己的前路。

　　這大概是元雜劇神佛道化戲給後人留下的印象和遺產。

後　記

　　這本書是筆者攻讀博士學位的論文。在緊張的撰寫過程中，正是兒子剛剛出生之際，白天要照顧他的生活，晚上等他入睡後才能抓緊時間寫上一些章節，雖說異常辛苦，但也樂在其中。

　　我在攻讀碩士學位期間，已對元雜劇中的宗教戲劇感興趣，在撰寫碩士論文時，開始對元雜劇的佛教戲進行研究。導師沈達人先生從題目選擇到遣詞造句逐一推敲，可以說是手把手地教我走上學術道路。達人老師是戲曲理論大家，對戲曲文學理論有非常精到的見解，還創立了「意象戲劇」學說，老師嚴謹的治學態度對我以後從事學術工作一直都有影響。

　　這部論文能夠順利完成並通過答辯，是與導師劉蔭柏先生的精心指導分不開的。先生於文獻與宗教研究頗深，甚有心得體會，當我們商討定下這一題目之後，先生慷慨將自己的部分研究成果提供給我，並且在文獻的細節上提出不少意見，使論文內容更加豐富厚重。

　　論文答辯時聘請了沈達人先生、李修生先生、周育德先生、黃克先生和吳毓華先生為答辯委員，諸位學界前輩給予論文高度評價，也指出了存在的一些缺憾，給予我的啓發良多。在此書出版之際，對這些先生表示深深的謝意！

　　論文雖然已完成多年，感謝臺灣花木蘭文化出版社予以刊行。在閱讀校樣時，仍會對其中的一些創見而興奮，但也會為其中的不足而扼腕，可是為了保留原貌，筆者除校正個別錯誤外，未做刪改，以就教於讀者。

毛小雨

2013 年 6 月 30 日

主要參考徵引書目

1. 文淵閣：《四庫全書》電子版，武漢大學出版社，1997 年出版。
2. 《宋史》，中華書局，1976 年版。
3. 《元史》，中華書局，1976 年版。
4. 韓儒林主編：《元朝史》，商務印書館，1986 年版。
5. 蒙思明：《元代社會階級制度》，中華書局，1980 年版。
6. 史衛民：《元代社會生活史》，中國社會科學出版社，1996 年版。
7. 《東京夢華錄・夢粱錄・都城紀勝・西湖老人繁勝錄・武林舊事》，中國商業出版社，1982 年版。
8. The Travels of Marco Polo，Wordsworth Editions Limited，1997。
9. 牟鍾鑒、張踐：《中國宗教通史》，社會科學文獻出版社，2000 年版。
10. 〔日〕鐮田茂雄：《簡明中國佛教史》，上海譯文出版社，1986 年版。
11. 嚴北溟：《中國佛教哲學簡史》，上海人民出版社，1985 年版。
12. 郭朋：《宋元佛教》，福建人民出版社，1981 年版。
13. 卿希泰、唐大潮：《道教史》，中國社會科學出版社，1994 年版。
14. 卿希泰主編：《中國道教史》（三），四川人民出版社，1993 年版。
15. 〔宋〕普濟：《五燈會元》，中華書局，1984 年版。
16. 任繼愈選編：《佛教經籍選編》，中國社會科學出版社，1985 年版。
17. 郭朋：《壇經導讀》，巴蜀書社，1987 年版。
18. 方立天：《佛教哲學》，中國人民大學出版社，1986 年版。
19. 葛兆光：《禪宗與中國文化》，上海人民出版社，1986 年版。
20. 葛兆光：《道教與中國文化》，上海人民出版社，1987 年版。
21. 賴永海：《中國佛性論》，中國青年出版社，1999 年版。

22. 張廣保：《金元全真道內丹心性學》，生活・讀書・新知三聯書店，1995年版。

23. 馬書田：《中國佛教諸神》，團結出版社，1994年版。

24. 徐沁君：《新校元刊雜劇三十種》，中華書局，1980年版。

25. 臧晉叔：《元曲選》，中華書局，1958年版。

26. 隋樹森：《元曲選外編》，中華書局，1959年版。

27. 趙景深：《元人雜劇鉤沉》，上海古典文學出版社，1956年版。

28. 《全元曲》，河北教育出版社，1998年版。

29. 中國戲曲研究院編：《中國古典戲曲論著集成》，中國戲劇出版社，1959年版。

30. 吳毓華編：《中國古代戲曲序跋集》，中國戲劇出版社，1990年版。

31. 王國維：《宋元戲曲考》，見《王國維戲曲論文集》，中國戲劇出版社，1984年版。

32. 青木正兒：《元人雜劇概說》，中國戲劇出版社，1957年版。

33. 游國恩等主編：《中國文學史》（三），人民文學出版社，1964年版。

34. 張庚、郭漢城主編：《中國戲曲通史》，中國戲劇出版社，1980年版。

35. 李春祥：《元雜劇史稿》，河南大學出版社，1989年版。

36. 鄧紹基主編：《元代文學史》，人民文學出版社，1991年版。

37. 李修生：《元雜劇史》，江蘇古籍出版社，1996年版。

38. 劉蔭柏：《元代雜劇史》，花山文藝出版社，1990年版。

39. 劉蔭柏：《西遊記發微》，臺灣文津出版社，1995年版。

40. 劉蔭柏編：《西遊記研究資料》，上海古籍出版社，1990年版。

41. 浦江清：《浦江清文錄》，人民文學出版社，1958年版。

42. 楊季生：《元劇的社會價值》，文通書局，1948年版。

43. 徐扶明：《元代雜劇藝術》，上海文藝出版社，1981年版。

44. 沈堯：《戲曲與戲曲文學論稿》，中國戲劇出版社，1986年版。

45. 廖奔：《宋元戲曲文物與民俗》，文化藝術出版社，1989年版。

46. 周育德：《中國戲曲與中國宗教》，中國戲劇出版社，1990年版。

47. 么書儀：《元人雜劇與元代社會》，北京大學出版社，1997年版。

48. 李修生等編：《元雜劇論集》，百花文藝出版社，1985年版。

49. 黃克：《關漢卿戲劇人物論》，人民文學出版社，1984年版。

50. 傅惜華：《元代雜劇全目》，作家出版社，1957年版。

51. 莊一拂：《古典戲曲存目匯考》，上海古籍出版社，1985年版。

52. 邵曾祺：《元明北雜劇總目考略》，中州古籍出版社，1985 年版。

53. 譚正璧著、譚尋補正：《話本與古劇》，上海古籍出版社，1984 年版。

54. 胡士瑩：《彈詞寶卷書目》，上海古籍出版社，1984 年版。

55. 趙景深：《中國小說叢考》，齊魯書社，1982 年版。

56. 倪鍾之：《中國曲藝史》，春風文藝出版社，1991 年版。

57. 《楊家將演義》，寶文堂書店，1980 年 12 月第 1 版。

58. 《四遊記》，上海古籍出版社，1986 年 1 月新 1 版。

59. 季羨林主編：《印度古代文學史》，北京大學出版社，1991 年版。

60. 季羨林、劉安武：《印度兩大史詩評論彙編》，中國社會科學出版社，1984 年版。

61. A.Berriedale Keith, The Sanskrit Drama, Motilal Banarsidass Publishers Pvt.Ltd., 1992.

62. 王樹英編：《中印文化交流與比較》，中國華僑出版社，1995 年版。